Patrick Chamoiseau est né en 1953 à Fort-de-France en Martinique. Prix Goncourt pour *Texaco*, il est l'auteur de récits intimes, de romans, d'essais, de pièces de théâtre, de poèmes et de scénarios. Il vit au Lamentin.

Cet ouvrage a paru pour la première fois
aux Éditions La Branche en 2013 sous le titre
Hypérion victimaire, Martiniquais épouvantable.

TEXTE INTÉGRAL

ISBN 978-2-7578-7075-4
(ISBN 978-2-02-35584-554-3, 1re édition)

Patrick Chamoiseau

J'AI TOUJOURS AIMÉ LA NUIT

ROMAN

Sonatine

Hélas, l'enfer est vide ! Tous les diables sont ici.
AIMÉ CÉSAIRE, *Une tempête*.

ACTE I

UN TUEUR EN VILLE

Inspectère, je suis un ami de la mort,
ce qui ne veut pas dire que je n'aime pas la vie.
En fait, c'est par la mort que la vie
trouve la vie... en fait.

(Extrait de l'enregistrement du tueur)

UN MONSTRE AU PISTOLET D'ARGENT – « *C'est pas que je veuille te choquer, inspectère, mais le problème c'est que je n'aime pas la jeunesse. Je dis jeunesse mais peut-être que j'abuse, et qu'il faudrait la précision. En fait, je n'aime pas la jeunesse de maintenant...* »

Le supplicié fixait la gueule de l'énorme pistolet que le tueur lui pointait à hauteur de l'œil gauche. Il avait beau se répéter à lui-même (tel un mantra capable de conjurer le pire) : « Je suis le commandant de police Éloi Éphraïm Évariste Pilon », et le déclarer sur le même ton au tueur, et plusieurs fois de suite, et en lui demandant : « Qui êtes vous ? Qui êtes-vous ?... », cela ne réduisait en rien l'immense gueule du canon où toute son existence était sûre de sombrer. Le pistolet était une saleté argentée : il transfigurait les reflets de la lune en de sombres prédictions que le mental du commandant voyait grossir autour de lui. Avec un déploiement de force qui lui montait du ventre, lui nouait chaque épaule, consolidait son immobilité d'archange, le tueur tenait la lourde arme à bout de bras ; son index, crispé sur la gâchette, l'avait enclenchée de quelques millimètres, et la maintenait ainsi, au bord de l'explosion, avec une précision sadique et une détermination de même genre et modèle. Le commandant savait qu'entre lui et la mort – l'explosion de l'œil gauche, la liquéfaction immédiate du cerveau, l'arrachement de tout l'arrière du crâne – ne demeurait plus qu'un infime tressaillement. Dans une pensée involontaire, disons une pointe de confusion mentale, il se demanda quelle place, ou quel espace, l'impact laisserait à la douleur ? Aurait-elle le temps d'être ressentie avant que le cerveau n'explose, ou alors serait-elle capable de lui griller le système nerveux dans une sensation à tout jamais inexprimable ? Il se demanda encore s'il aurait le temps de voir surgir la balle se ruant vers sa pupille, tellement tout paraissait figé dans une mosaïque d'ombres et de lumières sans âme. Dans l'alentour informe, il captait la moindre pointe des criailleries de grenouilles, des stridences de criquets, et le clapotis d'une pluie imperceptible qui ornait de friture la voix trop douce du tueur.

Le commandant n'eut pas de suite conscience que le monstre lui parlait : l'évidence était l'effrayant pistolet, d'autant plus redoutable qu'on le sentait graissé, lustré et mignonné d'une sorte monomaniaque. L'immobilité majestueuse du canon indiquait que rien dans les muscles de l'énorme bras du tueur n'échappait à une totale concentration. Le monstre paraissait impavide, ni impatient de tuer, ni excité à cette idée, ni même seulement troublé de mettre en joue un officier de police : l'arme semblait brandie par un démon de pierre, elle rayonnait d'une énergie de pierre, et paraissait fusionnée à l'index qui se maintenait aux limites du désastre. Malgré tout, la voix douce ondulait dans la nuit. Elle semblait provenir de nulle part, bien distincte des sonorités sourdes, en tout cas impossibles à nommer, que le commandant percevait tout partout dans un reste d'entendement. Cette voix lui paraissait être un souffle de miel dans un clapotis d'eau de source et de feuilles mouillées ; ou alors un soupir mélodique, aux extensions improvisées mais qui, à la manière d'une mélodie de Bach, n'arrêtait pas d'entremêler des lignes de fuite diffuses. Le commandant fut happé par l'idée que, dans une ironie malencontreuse du sort, il était en train de vivre ce qu'il avait ardemment désiré au fil de sa longue et monotone carrière : la rencontre avec un tueur considérable, une bête de sang demeurée inconnue des forces de police. Et c'était là, durant la merde de ce vendredi 13, ultime nuit de garde de sa longue carrière, qu'il découvrait son existence, et qu'il se retrouvait soumis au bon plaisir de ce que la Martinique avait sans doute produit de plus épouvantable...

LE TRANCHANT DE L'AUTORITÉ[1] – C'est pas que je veuille te choquer, inspectère, mais le problème c'est que je n'aime pas la jeunesse. Je dis *jeunesse* mais peut-être que j'abuse, et qu'il faudrait la précision. En fait, je n'aime pas la jeunesse de maintenant. Car ce

1. Extrait de l'enregistrement du tueur – Dossier 13 – Cote AB 19 – Page 4 – Annexe 412.

serait permettre à l'eau d'engloutir la farine que de dire qu'on n'aime pas la jeunesse, alors qu'à un moment de l'existence on a été jeune soi-même, et de belle jeunesse, une jeunesse d'antan dans un pays d'antan qui, hélas, a vraiment disparu. Mais cette jeunesse et ce pays, je les porte au plein dedans de moi, avec toute la précaution qu'il faut pour ne jamais les oublier, et pour en faire sinon un fil à plomb mais, comme dit le créole, une larel, à comme dire : la référence à une équerre de vie et de posture bien droite. *Ad augusta per angusta*… ! Hmm…

La jeunesse de mon temps était une vraie jeunesse ! Ce qui ne veut pas dire que la vie était de même douceur qu'un toloman sucré, non, vaut mieux pas penser ça ; la misère était devant-derrière, on n'en soutirait qu'un bi de fruit à pain avec une cuiller d'huile et une maille de morue et la viande, s'il y en avait tous les jours chez les békés et les mulâtres, y en avait très peu et très rare parmi nous, la négraille des champs de cannes ; mais tout de même quand même, nous tenions une bonne position dans l'obéissance à notre manman, et pas seulement à elle, mais aussi aux cousines, aux tontons, mais aussi aux voisins, à toutes les « Grandes personnes » que le pays pouvait compter sous la divinité. C'était pas seulement notre manman qui nous éduquait, mais la commune entière, d'autant que j'ai accumulé mes âges dans la commune de Macouba. Tu vois c'est loin d'ici, un endroit calme, tu m'entends, un endroit où la vie nouvelle avait du mal à arriver, et qui nous a laissé le temps de grandir selon la tradition. Quant à ma manman, elle ne connaissait pas ces histoires de jeunesse, ou de ceci-cela, elle ne connaissait que l'autorité, le respect, le travail, la marche droite, le pas-de-vagabondagerie, et elle vous expliquait cela à coups de lianes-tamarins si comme tel on avait du mal à vraiment la comprendre ! *Dura lex, sed lex !* Qui donc, moi qui te parle, inspectère, je le fais avec respect car j'ai connu le tranchant de l'autorité, et quand on a connu *le tranchant de l'autorité*, on connaît le respect : on respecte les gens, on respecte la police, on respecte Dieu et les bêtes à bon Dieu, les cimetières et les églises, on respecte les voitures, on respecte les vieilles dames, on respecte l'école et les stades de football, on respecte les femmes, et on respecte la question de l'amour ; et dès lors, le respect n'est pas une manière à images mais une « marche-ou-crève » qui s'est inscrite dans ta peau, dans tes os, dans ton sang ! Ce qui fait donc et donc par conséquent, que ma jeunesse a été une vraie qualité de jeunesse comme celle de tous les bougres de ma commune, et même de ma génération. Ce qui ne veut pas dire qu'il n'existait pas de bêtiseurs, la bêtise fait partie de la vie, mais la bêtise dont je parle, celle de ce temps-là, n'avait rien à voir avec la bêtise de maintenant ! Aucune sorte de béni-commerce entre les deux ! Le bêtiseur de mon époque était pour ainsi dire enfilé sur le fil du respect, son dérespect longeait toujours *une larel* du respect le plus fondamental, et donc ce n'était pas au respect qu'il portait quelque atteinte mais seulement à lui-même, car le respect était posé autour, derrière et devant lui comme les grillages d'une nasse, si bien que le dérespecteur se consumait avant tout sur lui-même sans rien ébranler de l'ordre de la vie et de l'aplomb du monde. Mais aujourd'hui, inspectère, où est passé le respect ? Et où est la jeunesse ? Et où est le tranchant de l'autorité ? Et donc où sont les

« *Grandes personnes* », où qu'elles sont et sont-elles, ho pectère ?... [...]

Et justement, parlons des « Grandes personnes ». Ma manman, par exemple. Oui, elle ! C'était vraiment la grande personne des « Grandes personnes ». Elle travaillait au tabac, elle plantait le tabac, puis elle a planté de la canne sur la bitasyon des békés De Médeuil, et puis elle a laissé tout cela because son corps qui ne répondait pas, qui ne répondait plus à cette haute-taille que nous chante la misère. Elle a continué à travailler dans les sucres d'orge et les doucelettes qu'elle faisait cuire la nuit tandis que nous dormions, et qu'elle s'en allait vendre durant toute la journée, toute la sainte journée, pectère, à traînailler sa vie dans les chaînes de la rue. Mais elle était comme cela. Droite. Réglo. Au fil à plomb. Le respect, l'honneur et le tranchant de l'autorité. C'est ce genre de personne que le créole appelle une « *Grande personne* », on crache sur le créole mais le créole sait dire les choses ! Et que donc, quand je vois la qualité-modèle qu'était ma mère, je comprends ce que « *Grande personne* » veut dire, et je comprends aussi que les enfants de son temps n'étaient pas des chiens-fer sans bretelles, mais des personnes aussi, des *petites personnes* comme on dit en créole. Qui donc, ma mère nous a donné sa vie, elle nous a tout donné. Et je dois te dire qu'elle ne nous a jamais laissés supposer qu'elle faisait un quelconque sacrifice de sa vie ou de qui-ça d'autre pour nous. Elle ne gémissait pièce ni ne nous reprochait quelque atteinte à sa pauvre existence. Pourtant, nous étions huit, huit à lui aspirer la moelle, huit brailles à maintenir sous le tranchant de l'autorité. Qui fait qu'elle y passa sa jeunesse, ses sommeils, ses envies et pour tout dire sa vieillesse et sa vie. On sentait simplement qu'elle avait sa propre existence à faire bouger à la baguette, et que dans cette existence il y avait nous, ses enfants, ses huit crasses de boyaux, j'en étais le dernier, et que tout cela devait, à beau dire à beau faire, suivre la bonne larel. [...] Qui donc, le tranchant de l'autorité n'était pas un exercice sur un tel ou sur un tel, *l'autorité était totale*, elle était dans l'air et dans le soleil, bandée sur tous les aspects de sa vie et sur la nôtre aussi...

Voilà, inspectère, ce qui me vient à l'esprit quand je pense à la question de la jeunesse, voilà ce que je sais de la jeunesse, et comment j'ai grandi en commettant bien sûr toutes les bêtises que faisaient ou pouvaient faire en ce temps-là les marmailles ou les jeunes, mais à chaque fois il fallait en payer pile-cash les conséquences, et de telle manière que chaque bêtise devenait l'occasion d'une leçon de maintien et de respect que ma manman, cette malheureuse, s'arrangeait sans mollir pour nous administrer... *Unum castigabis, centum emendabis !*... [...]

QUI ÊTES-VOUS ? – Le commandant de police, agenouillé en face du monstre, bras repliés, doigts entrecroisés sur la fièvre de sa nuque, continuait de fixer la gueule de l'énorme pistolet. Il aurait aimé pouvoir l'identifier, en sorte peut-être d'estimer les dégâts dont il était capable, et par là même soupeser son espérance de vie, mais cela demeurait impossible. L'arme luisait étrangement, comme recouverte des écailles d'un serpent au sortir d'une mue ; elle semblait tout en argent massif, ou chromée, ou couverte de nickel ; elle n'avait rien de clinquant, juste luisante de cette fatalité qui remontait de sa nature. Dans son crâne de commandant, sa propre voix hurlait et son nom et son grade comme pour se retrouver un semblant d'assurance et se reconstituer la matière de ses os ; mais elle hurlait aussi : « Qui êtes-vous ?! Mais qui êtes-vous ?!… » sans trop savoir si cette dérisoire question était véritablement proférée, ou si elle se contentait de tournoyer dans son cerveau, ou même si, émergeant et se diffusant dans l'air trop immobile, le tueur était en mesure de la comprendre un peu. Le monstre continuait de lui parler de sa voix douce, et le commandant croyait y percevoir une réelle indignation, de la tristesse, mais surtout les accents d'une funeste sincérité. Cette dernière épouvanta le commandant. Elle était de celles que l'on actionne aux ultimes confessions, de celles qui suivent ou qui précèdent les extrêmes-onctions. Le commandant se dit que le tueur lui parlait du plus profond de son cœur pour la seule raison qu'il avait décidé de l'exécuter, ce qui ne lui laissait aucune chance de vivre. Il hurla encore son grade et son *Qui êtes-vous ?!* pathétique, tout en percevant combien la voix du tueur tissait et retissait une camisole glaciale qui se resserrait impérieusement sur lui. Il s'entendit proférer encore son titre et sa fonction, rappeler qu'il n'était jamais bon de menacer un officier de police, qu'aucun tribunal n'admettrait cela, et qu'à en prendre le risque on devenait passible de la prison à vie, tout en percevant combien ses menaces se perdaient dans la fatalité de la trop douce voix. Il s'entendit aussi protester de son grade – « Pas inspecteur : commandant ! Vous menacez un commandant de police ! » –, mais cela ne semblait pas atteindre l'entendement du monstre, ni troubler en quoi que ce soit l'innocence dramatique de son timbre…

DÉCLARATION[1] – *Qui êtes-vous ?!...* C'est la question que tu me poses, inspectère : *Qui êtes-vous ?!...* Hmm. Je ne sais pas pourquoi mais cette question me fait toujours penser à la mort, à croire que la mort a fini par se coller au plus fixe de mes os. Au fil des années, j'ai dû donner bien des réponses à cette question – disant que j'étais la mort elle-même, l'Archange de la destruction (appellation un peu exagérée qui me renvoyait à mes mauvaises lectures) –, mais je préfère toujours dresser un bref bilan de mes activités, bilan bien entendu pas du tout exhaustif mais qui permet à ma victime (ou plutôt : mon client du moment) de se faire une idée de l'être irrémédiable qui se dresse en face de lui… et ce bilan se constitue en une « déclaration », un exposé pas ordinaire que j'articule comme le grand chant d'une liturgie… […]

Qui donc, inspectère, avant de répondre à la question que tu me poses, et que tous mes clients me posent, je commence par expliquer que je ne suis personne, pour la bonne raison que je suis sans doute déjà mort en moi-même. Hmm. j'ai fini par être convaincu de ceci, inspectère : *à chaque fois que l'on tue, on élimine une part de soi-même... Horresco referens !* J'ai tellement eu de clients que je ne suis plus tellement sûr qu'il demeure autre chose de moi qu'un résidu de la mort elle-même, ce qui (en guise de présentation) m'amenait souvent à murmurer que j'étais – que je suis – un massacreur, un égorgeur de chose, un défonceur de chair, un déchireur de peau, un briseur de vertèbres, un démanteleur de hanches, d'épaules et de cou, un

1. Extrait de l'enregistrement du tueur – Dossier 13 – Cote AB 22 – Page 18 – Annexe 415.

écarteleur de poitrine, un dérouleur de boyaux et, parfois, en certaines circonstances, un très goulu buveur de sang. Je dis aussi que j'ai mordu battu écrasé coupé et abîmé presque toutes les formes d'existence qui en valaient la peine, c'est-à-dire qui méritaient le châtiment divin, la frappe claire de l'Archange, et que j'étais même allé au-delà en ce qui concerne les fourmis, les mouches, les vers de terre, papillons, rats et raccoons, dont j'avais souvent dégusté le sang frit avec de l'oignon vert et de petits piments. Je leur disais ces précisions avec le respect que je te témoigne aujourd'hui, inspectère, le même respect dans la même confidence…

Il y a ce phénomène étrange : je suis un homme silencieux et discret, mais aux moments où l'Archange redescend parmi moi, je deviens *ipso facto* enclin à… la « communication » comme on dit maintenant. De m'entendre aussi sincère dans ma déclaration, le client du jour avait tendance à rire d'une drôle de manière, un rire caillé, qui ne savait pas quoi penser de ce délire, un peu comme toi, inspectère, qui me regarde ahuri en te demandant qui peut bien être ce bougre fou, ce tok-tok qui te tient un pistolet sur l'œil, qui t'a mis à genoux, et qui raconte n'importe quoi. Je connais cette incompréhension. Elle est normale. Se retrouver en face d'un archange de la mort est toujours quelque chose d'impensable. On ne comprend pas ce que l'on voit, on ne comprend pas ce que l'on entend, ni même ce qui se passe. On reçoit en pleine gueule l'éblouissement de l'impossible et les piments de l'impensable. Or donc, comme toi-même, inspectère, le client se demande toujours s'il s'agit d'un amusement de mauvaise qualité, mais cela ne dure pas longtemps, d'abord parce que je suis d'une totale sincérité, et que la sincérité, inspectère, débouche toujours sur la splendeur du vrai.

Pourquoi cette sincérité ? Très bonne question, même si tu ne me l'as pas posée, tout comme personne ne me l'a jamais posée. La sincérité n'intéresse personne. On la voit, on l'entend, on fait ce que l'on peut avec mais elle n'intéresse pas. Pourquoi ? Parce que la sincérité relève de l'innocence, elle fait partie de l'innocence. Quand on est innocent on l'accueille sans même la distinguer, mais quand on ne l'est pas, quand on n'a plus la moindre maille d'innocence, on l'empoigne comme on le ferait d'une faiblesse ou d'une sorte d'égarement, ou alors on la fuit à toutes jambes. La sincérité est vraiment terrifiante pour celui qui l'entend et qui n'est plus un innocent. D'autant qu'au moment où je parle, ma mémoire me ramène, de toutes les fosses de mon esprit, des scènes en relation directe avec ce que je dis. Quand je dis *sang*, il y a du sang dans mon esprit, et du vrai sang, pas une image ! Et quand je me déclare massacreur, égorgeur, il y a du massacre et de l'égorgement dans mes souvenirs les plus précis. *Ab imo pectore !* Cette correspondance immédiate entre l'énoncé et le souvenir, installe dans ma voix, dans mes yeux, une étincelle spéciale, ou peut-être une absence d'étincelle, qui finit par glacer le sang de celui auquel je m'adresse sincèrement…

Mais si je suis toujours sincère, il ne m'est jamais arrivé de prononcer cette déclaration sans me sentir envahi de tristesse. Comme si les termes utilisés constituaient entre moi et moi-même la masse d'un mur sanglant contre lequel, sans le savoir encore avant cette nuit maudite, j'ai perdu une bonne part de mon âme.

Je ne sais pas si l'un de mes « clients » avait perçu cette tristesse. J'en doute, car je n'en avais pas nettement conscience moi-même. Je la percevais sans pour autant la percevoir, si tu vois ce que je veux dire. J'en doute donc, même si parfois j'aime à penser que cette tristesse faisait partie de la froidure qui s'emparait de mon « client », c'est-à-dire de celui qui, dès l'énoncé de ma déclaration, comprenait qu'il allait prendre du fer. Dès lors, je sentais toujours émaner du client, le parfum citronnelle de la peur, ou l'onde camphrée de la terreur, ce qui avait pour vertu principale de libérer en moi toutes sortes de démons à mâchoires : *l'Œuvre* prenait possession de ce que j'étais sans rien laisser de libre. Une possession qui altérait sans nul doute ma conscience car, neuf fois sur dix, je n'avais souvenir de ce qui s'était passé que par mailles et fragments. Au fil des ans, j'ai compensé cette défaillance de ma mémoire en me raccrochant au *rituel de la mort* que je mettais en branle sitôt que la frappe avait eu lieu, et que la vie avait quitté les yeux du sacrifié, et s'en était allée là où habite le diable… […]

ROUTINE – Éloi Éphraïm Évariste Pilon aurait pu se penser en train d'halluciner s'il n'y avait pas eu cette gueule sombre pointée entre ses yeux, légèrement décalée vers sa paupière gauche ; ou alors cette odeur de graisse et de poudre qui émanait de l'arme. Le commandant savait que toutes les armes sentaient pareil. Cette senteur avait fait partie de son quotidien, à tous les échelons de sa vie policière. En revanche, il ne s'était jamais retrouvé dans une situation aussi inconfortable, ni aussi humiliante – les genoux dans l'eau sale et le cœur dévasté –, et n'avait même pensé une seconde que cette journée toute de routine allait s'achever de si mauvaise manière. Dès sa première affectation, il avait mille fois tenté d'imaginer comment allait se dérouler le dernier jour de son existence : *le canon scié d'un trafiquant de crack se mettant à cracher... le coup de coutelas d'un fou furieux... une balle perdue... le tranchant du rasoir d'un rhumier... le coup de ciseaux d'une putain énervée...* Il avait toujours pensé à une rupture soudaine, sans grande gloire, qui l'aurait fauché d'un coup, au moment où il s'y attendrait le moins. Mais les années s'étaient enfilées. Rien de tout cela ne s'était produit.

C'est donc en commandant indemne qu'il avait abordé son ultime permanence, et c'est avec cet ennui qui (depuis ces cinq dernières années) avait envahi son esprit, réduit son énergie et sa motivation qu'il avait abordé les dossiers et les tâches. C'était le rituel de la maison que de confier une nuit de permanence à l'officier qui s'en allait. Cette pratique, dont l'origine se perdait dans la nuit du service, n'avait jamais été interrompue. Il n'en avait pas vraiment compris la signification. Sans doute permettait-elle à l'imminent retraité d'opérer une sorte de tour d'honneur, comme une revue des bases de son foutu métier. Sans doute aussi parce que la nuit fermait pour ainsi dire le ban, et que rester éveillé jusqu'à l'apparition de la lumière nouvelle constituait une manière symbolique de faire le deuil d'une profession, de lui tourner le dos dans l'éclat d'un soleil qui s'élève. Tout cela, Éloi Éphraïm Évariste Pilon y avait à peine songé en prenant son service. Il avait juste eu l'envie que la nuit finisse vite. Maintenant qu'il avait la certitude qu'elle serait la dernière de son existence, il se la repassait lentement en mémoire, comme pour tenter de retrouver le signal anodin que le destin n'avait sans doute pas manqué de lui faire parvenir. Il se disait même qu'il avait sans doute offensé une quelconque divinité, un geste de trop, une pensée malheureuse qui avait inexorablement orienté cette permanence banale vers l'épilogue tragique. Mais il ne trouvait rien. Très attentif à la voix trop sirupeuse du tueur, il s'était dix fois repassé les détails de cette nuit policière. Mais rien. Tout avait été d'une normalité affligeante, sauf que le déroulement de quelque chose de pas normal en ville s'était lentement imposé…

LE PUNCH ET LE CHAMPAGNE[1] – Mon absolue proximité avec la mort m'avait toujours amené à la célébration de la vie. Ce que j'ai fait longtemps avec le punch des traditions : le rhum sec, bu d'un coup de gorge, avec juste cette déroute de l'esprit que provoque le feu clair de l'alcool. Ou alors avec le punch élaboré selon l'instance de la coutume. Je prenais toujours soin d'utiliser le meilleur rhum, Trois Rivières, Neisson ou souvent Saint-Étienne, suivant les variations de leur récolte de cannes à sucre. Outre les fragrances de la terre et de la pierre de leur région, tous nos rhums à des degrés divers conservent, dans l'arc-en-ciel de leurs saveurs, la bienfaisance d'une eau claire de rivière, les parfums du bois ti-baume ou du glicyridia qui partout imprègnent l'humus des champs, et que les cannes aspirent depuis l'orée de leurs bourgeons. Parfois, ils fleurent l'icaque mûre ou la fleur d'hibiscus souvent le goût âcre et fondant de la grosse banane jaune qui vous rue dans la bouche comme une marée d'orage. En quelque heure, ils recèlent (à prendre le temps de les surprendre, et de les savourer) les saveurs circulantes

1. Extrait de l'enregistrement du tueur – Dossier 13 – Cote AB 22 – Page 8 – Annexe 415.

des mangots-bassignac, de la caïmite violette ou de la pomme-cannelle… Hmm, à croire que la canne à sucre fait son sucre et son âme de tous les sucres qui font nos paysages !… Donc, en l'affaire du rhum, le sucre est la question… *Ubi est, mors, victoria tua ? Ubi est, mors, stimulus tuus ?…*

C'est pourquoi, en préparant mon punch, j'accordais toujours la plus grande vigilance à la qualité du sucre dans lequel j'allais le dilater. Je m'approvisionnais en cassonade à l'usine du Galion, un sucre compact, épais, bruni par la vitalité, que le cuiseur (qui me craignait) me choisissait parmi les plus sauvages. Dès lors, pour livrer mon punch aux alchimies du sucre, je grattouillais la cassonade avec un couteau-chien en sorte de recueillir une fine pellicule de saveurs dont je ne prélevais que treize grains très exacts. Je les lâchais l'un après l'autre dans mes deux doigts de rhum, les laissais s'amollir, puis entreprenais de les remuer lentement, dans un geste coulé, d'abord avec une cuiller à punch en argent, puis avec un de ces petits lélés que vend la distillerie Dillon. Ensuite, je prélevais un zeste du citron, juste une écale à moitié translucide, et je la complétais (comme le font les békés) par une raclure pelliculaire. Une raclure effectuée à la pointe du couteau, en quatre égratignures, juste quatre pour ne pas dépasser la saveur et trouver l'amertume. Puis, je le laissais reposer, à tournoyer entre mes doigts, jusqu'à ce qu'il prenne cette teinte de pus très clair dont parle Saint-John Perse, mais qui en fait n'est qu'amorce d'une coulée d'or. C'est cela, inspectère : un punch de tradition se fait en vingt minutes, se médite avant que l'on y goûte, et se déguste sur un plaisir de trente-trois minutes. En dessous de ces durées, on est dans l'alcoolisme ! Moi, pour la cérémonie d'un seul de mes punchs, il me fallait deux heures, prolongées par la méditation tranquille qui sert à l'écraser dessous l'hommage d'une eau de Didier pétillante et bien fraîche. Je les savourais toujours dans l'éclat d'un midi, la lumière basse du soir, en m'accordant toute la disponibilité indispensable pour bien les siroter et célébrer à travers eux le délice de la vie *(soupir)*...

Je dois t'avouer que jusqu'à cette nuit maudite, je n'avais pas le sentiment de célébrer la vie, j'avais juste le souci d'apprécier et le rhum, et le sucre, et le citron (il faut le prendre dans les hauts du Prêcheur, entre les pieds de corossols, au nord du plateau des épices, juste avant les grandes eaux de juillet). Ce rituel s'imposait à moi de manière régulière et tout autant obscure. *(Petit rire)* Mais quelquefois, dans mes cérémonies du punch, je glissais au-delà du bizarre, dans les hérésies bienheureuses qui me pressaient d'y ajouter une larme du sirop de batterie (récupéré dans les cuves du Lorrain), ou la chair cotonneuse d'un jeune maracudja (obtenu de haute lutte négociante à Dominante au Marigot), ou la chair vive d'une goyave de Bellefontaine, le tout aggravé par une poignée de glace pilée (eau de la source de l'Alma que je mettais à congeler après macération dans sept fleurs d'oranger), et je dégustais cette mixture que je savais païenne mais qui me conférait un sentiment de liberté, tant il est vrai, et je l'ai toujours su, que la liberté n'atteint à ses ampleurs qu'avec les grands éclats de la provocation, laquelle est une manière de la verser aux radicalités. Non pas à la profanation ou à l'injure, mais à la célébration paradoxale de ce qui constituait la tradition la plus aiguë ; car j'avais pleine conscience que ces déraillements de saveurs et d'imagination puisaient leur trouble magnificence dans cela même qu'ils bousculaient…

Mais souvent, comme tout Martiniquais, et sans doute comme toi-même, inspectère, mes célébrations de la vie quittaient les cérémonies du punch pour explorer le beau palais à bulles de la Veuve Clicquot, ou de ce merveilleux champagne Baudin, découvert lors d'une de mes virées à la Foire de Paris, et que je me faisais livrer par *Federal Express* aux moments importants de l'année. J'avoue qu'il m'est arrivé d'opérer de somptueux rapprochements entre le punch et le champagne, non pas selon l'absurde recette de l'american flyer, mais en augmentant simplement le punch le plus équilibré qui soit d'une larme de vieux rhum Lapalun, et de trois doigts de mon champagne Baudin le tout se buvant dans une flûte très étroite, de sombre cristal de Vienne, que je prenais soin de bien givrer au préalable. Hmm. *Ah le champagne, inspectère, le champagne !* Après quelques-unes de mes œuvres, je veux dire quelques-unes de mes « exécutions », il n'était pas rare que je traîne un Baudin bien frappé dans un tube isotherme… […]

SANG FRIT ET POÉSIE[1] – Il faut savoir aussi, inspectère, je sais que tu te dis *commandant*, je t'ai bien entendu, mais *commandant* pour moi, c'est l'armée, c'est la guerre en Afghanistan ou en Irak, alors que *inspectère* c'est la police, c'est la Loi, c'est l'ordre, la justice, la paix dans les quartiers, la sécurité, le juste prolongement de la Bible et du Coran, et c'est ça que je dis quand je dis *inspectère*, c'est la manière de te

1. Extrait de l'enregistrement du tueur – Dossier 13 – Cote AB 30 – Page 16 – Annexe 415.

rappeler que *commandant* ne transporte rien de tout cela, et que je te rends hommage en disant *inspectère*.

Que donc, puisque nous sommes dans la confidence, et pour bien que tu comprennes cette mésaventure que j'ai à te conter, il faut savoir aussi que tuer me donne faim. Généralement, avant que je ne descende aux œuvres de l'Archange, je me court-bouillonne toujours des boyaux de thon à la manière des vieux nègres du Prêcheur, que je déguste avec du riz-pois-rouge ou du pois d'Angole des plus sauvages venu de Sainte-Marie, accompagné d'un pain-bois du Diamant à la croûte bien épaisse, et le tout travaillé de piments. Ou alors, en revenant d'une de mes œuvres, après avoir pris soin de m'enlever tous les éclats de sang qui se fichaient sur moi – c'est étrange, inspectère, comme le sang excelle à s'incruster, c'est la matière vivante, la matière même de la vie même, et c'est à mon avis le lieu le plus exact où il est permis de constater que la vie est matière, et que la matière est vie, indissolublement ; oui, le sang c'est une matière faite pour pénétrer, circuler, imprégner, nourrir, traverser, habiter ; elle est mystérieusement reliée à l'énergie de la vie, si bien qu'à l'irruption de la mort, elle cherche à se réfugier dans tout ce qu'elle peut rencontrer de vivant, et c'est pourquoi je me retrouvais tellement imprégné du sang vivant de mes clients, le sang a toujours besoin de la chaleur d'un corps, la pulsation d'un cœur accordé à une chair ; malgré mes précautions, mes gants et mes cirés, j'en ai retrouvé en croûtes, en miettes, en gerbes, en pointillé dessous mes ongles, dans les volutes de mes oreilles, dans l'arc de mes sourcils comme de fines pellicules (même sous mes aisselles pourtant bien à l'abri), dans les plis de ma peau dessous mes pectoraux, et souvent (peut-être à cause de l'émotion) dans mes pupilles que le sang paraissait inonder au point d'y laisser des taches jaunâtres ou noires, des taches qui restaient à me flotter devant les yeux durant trente et trois jours ; et donc j'accordais le plus grand soin à me laver au savon de Marseille, utilisant même un tampon Jex pour mieux désensanglanter les coins et les recoins… – et donc après une de mes œuvres, quand je me sentais bien propre (sensation assez rare), je prenais plaisir à me frire les œufs d'une daurade de Case-Pilote, dans une huile d'olive sicilienne bien bonne pour les artères, avec une gousse d'ail de Provence, trois lanières de piments végétariens, des rondelles d'oignons-France sur un petit hachis d'oignons-pays, et, juste avant de m'attabler, une semaille de persil et de coriandre fraîche, cueillis direct dans mon coin d'aromates ; et je dégustais le tout dessous l'autre coin de véranda, à l'angle sud de ma case, où j'avais tout le loisir de suivre ou bien les arabesques crépusculaires des chauves-souris, ou bien les complications vaseuses d'un feuilleton brésilien. Si le client s'était trop débattu, que ma frappe n'avait pas été celle d'un archange foudroyant, il me fallait cuisiner un de ces manicous du quartier la Médaille que je garde en cage pour ce genre d'occasion. Le goût musqué du manicou avec des rondelles d'aubergines frites me dissipe la tristesse – ou bien ce mal à l'aise nerveux qui me prend toujours en cas d'imperfection –, j'aime aussi dans ces cas-là me remplir d'une grillade du poisson-chirurgien des pêcheurs de Tartane, dont le goût, âcre et fort, mais d'une finesse sans fin, sait tenir en respect l'oignon-pays et le piment haché, vous renforcer les graines, vous conforter la bande…

Parfois, au dérivé d'une œuvre, ni vraiment content ni vraiment mécontent, je célébrais la vie avec une chair de poisson-coffre, ou un blaff de brigots provenant du Ghetto, ce vieux bar du Lorrain qu'aimait Eugène Mona. Mais si tout ne s'était pas déroulé comme je l'avais imaginé (car j'imagine toujours mes œuvres avant de les exécuter), je prenais le temps de recueillir à la jugulaire de mon client, ou à l'artère de l'aine, une bonne roquille de sang dans une bouteille plastique (de Didier ou de Chanflor) rapportée à ma case, et que je délayais dans une poêle en téflon pour mieux laisser sa lourde odeur s'évaporer, et la humer avec ce délicieux tremblement des mâchoires que rien en moi ne saurait réprimer ; je faisais frire ma chope de sang dans une cuiller de beurre breton et de la fleur de sel parfumée au gingembre, sans rien ajouter d'autre, avant d'en déguster chaque fibre accompagnée d'un bon Baudin ou du rhum Saint-Étienne vieilli dans des fûts écossais. Il m'arrivait d'ajouter le sang frais à mes boyaux de thon, à mes œufs de daurade, à ma salade de poisson-coffre ; nu alors j'en diluais quelques gouttes dans un verre de single malt d'Écosse, ambré dans un tonneau de chêne, que je me faisais livrer pour la Pentecôte par mon ami Richard qui enseigne les Antilles à Oxford. J'en mettais parfois sept gouttes dans le champagne, ce qui lui donnait un doux rosé conforme aux tendances parisiennes. Ou encore, je le passais au mixeur avec de la tomate de Trinité, du poivre de Grand'Rivière, deux clous de girofle des Anses-d'Arlet, un rien d'essence d'amande, le tout posé au congélateur durant trente-deux minutes, avant de le siroter dans ma berceuse, à l'autre angle de la véranda, en relisant le troisième paragraphe des *Oiseaux* de Saint-John Perse, « *Et si légère pour nous est la matière oiseau, qu'elle semble, à contre-feu du jour, portée jusqu'à l'incandescence...* » Ou cogiter en vain la finale hallucinante du *Cahier* de mon Aimé Césaire, « *... c'est là que je veux maintenant pécher la langue maléfique de la nuit en son immobile verrition... !* »... Relire Perse et Césaire en dégustant le sang d'une femme perdue, ou d'un vieil isalop, dans une salade de petites tomates fraîches, est l'expérience la plus bouleversante qui soit, inspectère. Il me semble qu'il y a tant de vie dans la poésie qu'elle s'accorde très naturellement au bel canto qui subsiste à jamais dans la moindre goutte de sang – même si ce sang provient d'une créature malsaine qui ne méritait plus de vivre !... Tu vois combien je suis humain, combien j'ai le sens du respect et de la vie en ce qu'elle se déroule dans le palais de la mort, *plurima mortis imago !* [...]

Tout cela doit te laisser le sentiment que je divague, inspectère, mais je ne divague pas. Il est important de t'expliquer ce que je suis, surtout comment je vois la vie, et ce que j'étais jusqu'alors avant cette nuit terrible avec ces petits monstres. Il faut bien que tu comprennes que, même en proximité précieuse avec la mort, avec le sang, avec la peur et la terreur, je suis comme je l'ai toujours dit un Martiniquais très authentique, *ecce homo !*... L'Archange de la mort c'est quelque chose d'autre qui est un peu moi mais qui surtout n'est pas vraiment moi. Je suis toujours dans cette célébration de la vie, comme je l'ai toujours été, mais (depuis cette nuit terrible) avec d'autres horizons et une autre perspective. Pas une seconde de mes âges où je n'ai universellement célébré l'existence, respecté toutes choses, et les ai estimées. J'ai honoré l'honorable, et respecté le respectable, *ecce homo, ecce homo !*... Cela explique pourquoi je suis autant scandalisé par ce que j'ai dû vivre cette nuit du vendredi, et qui a si douloureusement modifié la perception que j'avais de moi-même et du monde dans lequel nous vivons [...].

Et donc, pour bien que tu comprennes, tout à commencé de la manière la plus banale, lors d'une fin de journée, alors que je gagnais la ville, bien préparé pour accueillir l'Archange, ainsi que je le faisais à chaque vendredi 13 [...].

UN ARCHANGE EN VILLE[1] – J'ai toujours aimé la nuit, et j'ai toujours eu le sentiment que ma DS 21 elle aussi aimait la nuit. Cette conviction était fondée sur l'extraordinaire silence dont elle faisait preuve à mesure que défilaient, de part et d'autre de l'habitacle, sur les vitres latérales et la surface aérienne des pare-brise, de fugaces lumières, des silhouettes de cases avalées de verdure, et celles encore plus galopantes des lampadaires et des néons. Comme très souvent pour un vendredi 13, il pleuvait, et la sensation de cheminer vers la justice divine se faisait de plus en plus forte en moi, j'allais dire : de plus en plus divine dans la beauté inépuisable de ces luminosités qui se chevauchaient dans les flaques de pluie. De temps en temps, une volte pluvieuse précipitait contre la DS une forme fantomale que les phares transformaient en halo lumineux, quasi impénétrable, et j'avais l'impression d'avoir laissé la Martinique pour une banlieue de verglas quelque part en Europe, mais le zouk que diffusait dans l'habitacle le poste de radio maintenait mon esprit en plein cœur du pays. Je savourais cette doucine d'être escorté d'un si beau décorum

1. Extrait de l'enregistrement du tueur – Dossier 13 – Cote AB 32 – Page 4 – Annexe 415.

alors que je descendais dans la plus grande lenteur exécuter en ville ces monstres qui devaient l'être…

Mon autre plaisir était de voir disparaître la verdure des campagnes, de voir à mesure à mesure se densifier l'urbain, et petit à petit, de part et d'autre de l'autoroute, de sentir naître la ville. À chaque fois, je goûtais au spectacle, et y cueillais de-ci, de-là plein de nouveaux détails que ma grande disponibilité d'esprit, mes muscles sereins, mon ventre sans flatulences me permettaient d'examiner. Tu l'ignores sans doute, inspectère, car tu n'es pas attentif aux détails inutiles, mais la ville s'amorce par des panneaux publicitaires, surtout par des panneaux publicitaires, et là c'est comme si un autre monde, ou alors le monde lui-même, s'ouvrait au cœur même de notre Martinique. Le monde c'est avant tout cela, inspectère, de la publicité, avec des panneaux qui répercutent ce qu'on a déjà vu dans des spots et des clips. Mais cela ne me dérange pas. La ville n'est pas pour moi mais elle ne me dérange pas. Je suis comme un de ces papillons jaunes que l'on voyait dans le temps, avant la pollution, à butiner de fleur en fleur dans toutes sortes de raziés, et pour moi, papillon des campagnes, la ville est une fleur, nauséabonde, carnivore, tueuse d'âme et de vertu, mais avec, comme toutes les fleurs démones, un parfum singulier auquel il faut avoir goûté. Et à bien y réfléchir, inspectère, les choses les plus belles, excitantes, agréables, sont souvent enchâssées dans des océans de merde, ou de piments si tu préfères. Toutes les merveilles dans toutes les merdes, c'est cela la vie, et rien d'autre ! Seulement, c'est ce mélange indissociable de merde et de merveille qui fait l'extraordinaire du vivre et du mourir.

Mais qu'est-ce que je disais ?

Ah oui, la ville qui lève des mille panneaux publicitaires, mais il n'y a pas qu'eux. La ville commence aussi par des ronds-points, une enfilade de ronds-points qui se resserrent tandis que les panneaux se chevauchent et mélangent leurs messages. Dans chaque rond-point, dix millions de pancartes, plus ou moins mal plantées, signalent et orientent vers toutes sortes de commerces. Apparaissent alors les hangars métalliques des « zones industrielles », pas d'usines, pas de manufactures, pas d'ateliers, que des hangars où s'entassent le déversement de douze centaines de containers. On les devine à peine, presque effacés qu'ils sont par un halo continu de néons que brise parfois le couperet d'une ombre tombée du ciel sans lune. Puis, surgit la grande surface Carrefour qui opère la jonction entre les quartiers Dillon, Sainte-Thérèse, Renéville, Volga-Plage, toutes ces zones populaires qui bordent de part et d'autre le long boulevard miteux crié Maurice-Bishop. Quartiers que j'aime, encore tout imprégnés de ces manières qui viennent de la campagne et que ces familles de malheureux (rescapées du lent naufrage des grandes Habitations), venaient multiplier alentour de la ville. Ça se passait dans les années 1950, 1960, inspectère, c'est pas moi qui vais te l'apprendre… Toutes ces bonnes gens (qui venaient de la campagne avec de bonnes manières, qui plantaient les pieds de fruyapen, levaient des caloges de poules et de rats d'Inde, ouvraient des parcs-cochons, se donnaient des coups de main pour construire leur baraque, se distribuaient l'honneur et le respect), tous ceux-là ont aujourd'hui disparu, avalés par la ville et par les HLM…

Et pour laisser la place à quoi, quoi, inspectère ? À quoi ? Allez, tu sais : à des colonies de Saint-Luciens, Haïtiens, Dominiquais, qui traficotent la drogue, vendent des armes et commettent toutes sortes d'atrocités ! Je n'ai rien contre ces gens-là, inspectère, et je ne voudrais pas généraliser comme le font les racistes de France que je vois chroniquer à la télévision, mais faut reconnaître que ceux qui nous tombent dessus ici ne sont pas les meilleurs. C'est vrai qu'il y en a un ou deux qui travaillent bien la terre, qui plantent dachines, ignames ; d'autres qui font du pain ou de la mécanique, et qui sont bien utiles ! Mais tout le reste ne vaut pas plus que des bandes de chiens-fer ou de rats ! Mais enfin, on n'y peut pas grand-chose, c'est le monde qui est devenu comme ça ! Tu te rends compte, inspectère, que plus personne n'a vraiment de terre natale, de nationalité, de culture, de race bien nette et claire, tout bouge, tout se mélange, tout s'injecte dans tout, et on se retrouve incapable de poser des règles et des manières, ni de déterminer une larel claire, qui soit définitive ! C'est pourquoi j'ai quitté la ville, inspectère, pour retrouver un peu de genre et de manières, car là où je suis retourné vivre, dans la commune de Macouba, c'est légèrement un peu plus stable, même si la merde et la racaille commencent à nous atteindre, et à nous infecter les principes de la vie… […]

Je suis comme tout le monde, inspectère, qui pleure très sincèrement sur les malheurs d'Haïti, mais qui n'aime pas vraiment les voir débarquer sur nos plages et squatter comme des touffes de yenyen nos cases et nos quartiers. J'ai beau me dire que ce sont de pauvres bougres qui fuient des dépassées-déveines (pas de la petite déveine ordinaire, mais bien la grosse manman-déveine) et qui viennent grappiller une chiquetaille de vie dedans nos abondances et nos consommations, j'ai quand même du mal à réagir autrement… Et je vais te dire quelque chose qui va t'étonner, inspectère, car moi je sais ce que je dis, ce ne sont pas des choses que j'ai lues dans les livres, ou que j'ai vues sur le Canal Satellite de la télévision. Je les connais yeux dans yeux, car il m'est souvent arrivé d'aller porter la justice divine dans ces quartiers, rappeler à quelques-uns de ces indélicats l'honneur et le respect, donc je les connais comme je connais ma poche, et je peux te dire qu'*ils nous méprisent, inspectère !* Nous on les plaint, on les aide, on leur envoie des pointes Bic et des secours, on se croit supérieurs, mais eux ils nous méprisent. Et tu sais pourquoi ? Mais parce qu'ils sont « indépendants » ! Voilà le mot, inspectère ! Eux sont « indépendants » et nous, sommes des « assimilés », « assistés », « perfusionnés », un peu comme un peuple de mendiants avachi sous la table de la grande maison France ! Voilà ce qu'ils pensent, inspectère, même s'ils ne le disent jamais en face, voilà comment et ce qu'ils pensent… […]

Alors ? Où en étais-je ? Ah oui, le boulevard Maurice-Bishop que je prends toujours plaisir à remonter lentement dans les ombres d'une nuit qui commence. Ce boulevard a connu des périodes plus fastes, il n'en reste que ces fantômes de boutiques anciennes, à moitié délabrées, des enfilades de cases tombées d'un autre siècle, des ombres de garages et de pizzerias, stations-service, brocantes et pharmacies. Au bout, on passe devant le port à containers à gauche, l'ancien quartier de Morne-Pichevin à droite, et on voit le centre-ville qui s'amorce juste en face.

Alors l'En-ville m'avale !

Ce n'est pas rien, inspectère, que l'En-ville qui m'avale… C'est à cet instant que je perçois l'étrange plénitude de l'Archange qui ouvre ses ailes en moi… *O et praesidium et dulce decus meum !*… C'est de cette plénitude dont je voulais t'informer, inspectère : te dire combien j'étais cool, débonnaire et tranquille au début de cette saleté de vendredi 13 ! J'étais un peu à la poésie, un peu à la célébration, un peu aussi à la rumination à la fois mélancolique et bienheureuse. J'étais à mille lieues de seulement imaginer que je m'avançais vers la pire catastrophe qu'il me serait donné de vivre de toute mon existence. J'étais bien préparé à ce que j'allais faire, avec l'anticipation du plaisir qu'allait me procurer cette nuit nouvelle en marche. Tous les vendredis 13 s'étaient jusqu'à maintenant montrés prodigues en belles satisfactions. Mais ne crois pas, inspectère, que je suis victime du délire coutumier qui accompagne et ce jour et ce chiffre ; d'abord parce que j'en ignore toutes les superstitions ; ensuite parce que ce qui me plaît dans cette affaire, c'est l'émoi général que cette conjonction entraîne dans l'ensemble du pays. Cette fièvre de jeux, d'appels à la chance et de conjuration de la déveine, et cette agitation d'une charge de persécutés qui s'attendent à ce que cette nuit rameute à leur service tous les démons des sept enfers ! Je sais aussi la frénésie qui s'empare cette nuit-là des séanciers, sorciers et quimboiseurs, voyants, dormeuses et marabouts, sans compter les astrologues et autres bêtiseurs qui infestent les radios et les télés de la manière la plus autorisée… C'est en tout cas un grand moment d'agitation pour Hortensius Capilotas, mon ami et voisin, un filou que j'aime bien, et qui dispose sans doute d'un certain talent pour mobiliser quelques zombies et démons, mais d'un talent certain pour greffer ses profits à la crédulité de ceux qui croient en ses pouvoirs et qui, à l'approche de chaque vendredi 13, le submergent de suppliques de toutes sortes. Il faut que je te parle de mon ami Hortensius…

Nous avons fait connaissance il y a quelques années de cela. J'étais revenu du monde et de mes campagnes militaires dans deux-trois vieux pays. Déjà bien dégoûté du genre humain, j'avais décidé de me retirer dans l'arrière-fond de ma commune de Macouba, loin de la ville, près de la mer, dans une pointe de rocaille couverte de conques de lambis, et de chèvres faméliques, de ti-baume et de surettes-cochon, loin de toute ville et de la ville. C'est là, dans la petite case de ma mère, restaurée avec mes primes de guerre et l'essentiel de ma pension d'ancien militaire et d'ancien combattant, que j'avais commencé à méditer sur ce trou béant qui s'était élargi en moi-même, et qui me laissait sans grande motivation, ce qui ne m'empêchait pas de cultiver mes fleurs, mes orchidées, ma vanille et mon jardin créole… À l'orée de cette méditation sur moi-même, je te rassure, inspectère, pour bien te montrer que je ne suis ni un fou ni un illuminé, il n'y avait aucune qualité de voix comme dans le cas de cette folle de Jeanne d'Arc, ni aucune apparition d'un envoyé du ciel comme dans l'histoire de cette Vierge Marie, ni aucun genre de révélation de quelque manière que ce soit qui m'aurait versé dans la ravine des mysticismes pathologiques. Non rien, ni coup sur la tête ni rêve révélateur, simplement la lente germination d'une nécessité qui se confirma en moi, en plein cœur du trou vide, à mesure que je lisais jour après jour le *France-Antilles*, et que je découvrais la litanie interminable des férocités ordinaires. Tant de crimes, de coups, de sang, de monstres en liberté, tellement de trafics et de pertes humaines dans les boues du cannabis et de la cocaïne, tellement de violeurs de femmes et d'enfants, et toutes ces nuées de prédateurs qui décimaient notre jeunesse, qu'il me fut clair que quelque chose d'au-delà de moi, et d'au-delà de nous, allait venir…

Je ne savais pas comment, ni surtout ne me doutais que cela se ferait à travers moi, mais cette certitude m'envahissait l'esprit. D'autant plus que mon voisin le plus proche, Hortensius Capilotas, était parvenu à la même conviction grâce à ce que lui disaient les diables de ses invocations, et qu'il était venu m'offrir sa bénédiction inversée, qui n'était pas celle des abbés, du Christ et de l'église, mais celle de ces démons qu'il fréquentait dans les ténèbres de ses escroqueries. Sa bénédiction inversée consista à me verser une huile malodorante sur la tête, et à m'offrir un œuf de caille couvert de cire d'une bougie rouge, et que je dus garder au chaud de mon aisselle durant cinq jours dont un dimanche, et siroter en sa compagnie ce bon vieux rhum J.M qui, sans conteste s'impose comme l'une des sept merveilles d'ici… […]

Hortensius Capilotas disait avoir ses clairvoyances, car il n'arrêtait pas de m'examiner sous toutes les coutures, de s'étonner de mes cicatrices apparentes, et surtout de l'énorme tressaillement de mes muscles qui lui semblaient tout un troupeau de buffles. J'avais beau lui expliquer que mon aspect physique provenait de mes entraînements, et surtout de mes campagnes militaires dans des enfers sans paradis, il continuait à me fixer avec la même étonnée inquiétude, et à me répéter que j'étais un archange, ou plutôt qu'il imaginait parfaitement que l'archange destructeur de Sodome et Gomorrhe devait avoir des ailes aussi noueuses de muscles impatients que mes bras, mes épaules et mon torse. Je le soupçonnais de penser, bien qu'il ne m'en ait jamais rien dit, que je devais serrer de vieilles ailes dessous ces casaques militaires qui me couvraient le dos durant mes suées de jardinage, et que, la nuit, je devais m'envoler dans les feuillages de ces grands fromagers qui frissonnent de mystères dessous les flancs de la montagne. J'avais fini par lui rendre la pareille : m'intéresser à lui ; même à le visiter, comme il me l'avait proposé, et de jour et de nuit. C'est ainsi que je découvris cette officine qui faisait de lui mon voisin : un abri de tôle, de bois-caisse et de toile goudronnée, où il faisait commerce avec des démons invisibles pour s'efforcer de soulager ces désespérés qui s'en venaient auprès de lui crier vengeance, justice, miséricorde, et quémander une solution à leur déveine…

Dès 4 heures du matin, c'est-à-dire en pleine nuit, ils étaient des dizaines à s'entasser autour de l'officine d'Hortensius Capilotas, perdue sous un treillis de bambous dégoulinant de bougies rouges et noires et de fumerolles d'encens, et décorée de poules frisées offertes à sacrifices et qui se consumaient de pourriture sans qu'aucune mangouste ne s'avise d'y goûter. Là, se déroulaient des cérémonies d'alcool, d'encens, de soufre, d'invocations et de sacrifices, ordonnancées par Hortensius Capilotas lui-même. Je trouvai cela tellement choquant, d'abuser ainsi de la crédulité de gens accablés de souffrances, que je pensai à lui appliquer, dès la moindre occasion, la foudre du *Négateur*, puis à l'enterrer dans une ravine de fromager, puis à effacer de la surface de la terre cet immondice de tôles et de vieilles diableries, en sorte de purifier l'endroit et de conforter ma précieuse solitude. Mais j'appris en même temps à le connaître de jour, quand il devenait un planteur averti de dachines, et un expert en plantation d'arums avec lesquels il couvrait des hectares de sous-bois. C'était un homme sensible, solitaire et charmant, il aimait l'humanité autant qu'il aimait les femmes à grosse poitrine et à gros matériel. Il aimait vivre, il chantait, il était très malin, et sans doute pétri de clairvoyance, car il n'en finissait pas de percevoir toutes sortes de choses en moi. Quand l'idée de le tuer me passa quelques jours dans la tête, il n'en finissait pas de me fixer en clignant des paupières et en balbutiant : « Tu es un éclair et un tranchant de coutelas ! », ce qui n'avait pas de sens mais qui n'était pas faux. Toujours est-il qu'il me prit en passion, et que moi, sans amitié et sans tendresse, je me retrouvai à tolérer son existence dans le rayon le plus proche de ma case…

Il éprouvait une telle crainte admirative pour ce qu'il me supposait être, qu'il trouva naturel de m'ouvrir à ses soucis. J'appris que les clients étaient exigeants, que les diableries ne marchaient pas toujours, mais surtout qu'il existait sur cette terre des injustices insoupçonnables et qui ne rencontraient jamais de solution par le biais des démons. Des mères qui demandaient vengeance impossible pour leur fille ou leur fils. Des vies brisées, de mille manières, en toute impunité, et qui en vain criaient vengeance avant de se consumer. Tout cela rejoignait ce que je lisais dans mon *France-Antilles* de chaque jour que le facteur me déposait dans ma boîte lointaine, tout là-haut sur la route, et que je dépouillais attentivement, tout autant que s'il s'était agi d'une carte militaire, en sirotant une eau de coco, troublée par une crème tendre. Quelque chose s'aiguisa de cette manière en moi, sans pour autant parvenir à trouver une sortie, jusqu'à ce petit matin où Hortensius Capilotas se retrouva ensanglanté au-devant de ma case, poursuivi par trois mauvaises qualités de païens, de ceux qui ne respectent même pas les puissances diaboliques. Ces bougres s'étaient trouvés vexés d'une non-réponse des démons de mon Hortensius à je ne sais quelle haute déveine qui leur avait été soumise. Hortensius Capilotas avait crié mon nom – « Hypérion

Victimaire ! » –, m'avait appelé à l'aide. J'avais bondi de mon lit et m'étais faufilé dehors par la porte de derrière, m'étais serré dessous les acacias pour contourner lentement la scène de la lapidation, et me positionner d'une manière imprévisible. J'avais pu tranquillement compter les agresseurs, mesurer leur méchanceté tandis qu'ils piétinaient et bastonnaient mon Hortensius, et considérer qu'ils n'avaient aucune arme, sinon de vieux couteaux de cuisine et un coutelas d'ouvrier des bananes. J'avais pu ainsi déterminer qu'ils étaient plus méchants que dangereux, si bien que je m'étais contenté d'apparaître, et de leur dire : « Quand même, quand même, quand même, c'est la profitation qui mène à la malédiction ?! »

J'avais planté mon coutelas (aiguisé sept fois par jour) dans les raziés, juste à ma gauche et à portée de main ; glissé un vieux Walther P22 nickelé Umarex (chambré en 9 mm PAK) dans le creux de mes reins, la sûreté enlevée ; et je gardais sur mon nombril, serré par la corde de mon short militaire, caché par mon tee-shirt flottant, un poignard irakien qui n'avait pas servi depuis de longues années. Les profiteurs m'avaient vu apparaître, tranquille, sans un geste menaçant, simplement indigné. Ils n'avaient aucune possibilité de seulement deviner une quelconque de mes armes, mais ce fut comme s'ils avaient vu surgir un chevalier d'apocalypse. J'eus même l'envie de regarder par-dessus mon épaule pour découvrir ce qui pouvait les effrayer autant, mais la règle de la guerre est de ne jamais donner le dos, ni cesser de fixer l'ennemi. Je restai donc attentif, yeux plissés, prêt à tout, me contentant de les voir s'égailler à la manière d'une niche de fourmis folles quand on lui jette une allumette. Mon P22 n'eut même pas à tirer, et mon coutelas dut se contenter d'un miroitement sinistre dans l'ombre des raziés…

Hortensius Capilotas m'expliqua que ces trois chiens (je lui désinfectai ses blessures avec du rhum camphré et une crème d'aloès) avaient débarqué dans son officine, dans l'intention de lui percer le cœur comme on fait aux vampires avec une bouteille de rhum Dillon, puis de le brûler dans de l'encens trinidadien aggravé de cannelle et de pneus, jusqu'à recueillir ses cendres désespérées qu'ils auraient mélangées à des cacas de rat pour les brûler encore. Il en était très affecté, mais il oublia très vite cette mésaventure pour me scruter d'une manière étrange. Je voyais bien, au battement hasardeux de ses paupières, à la dérive de ses pupilles, qu'il était pris de ces clairvoyances qui l'emplissaient vis-à-vis de moi d'une terreur affectueuse. Je n'osai lui demander ce qu'il avait vu quand j'avais surgi du bois, ni pourquoi en me voyant il avait levé ses bras ensanglantés en criant « Hosanna !... » ; ni même pourquoi il semblait considérer normal que ses agresseurs se soient enfuis dès mon apparition. J'étais surpris sans vraiment l'être. En bien des circonstances durant mes guerres, ce genre de déroute s'était souvent produit à mon apparition, mais j'avais toujours mis cela sur le compte de mon attirail de guerre, de mes blessures purulentes et de ce sang caillé qui couvrait mes couteaux.

D'autant qu'à mon retour et lors de mes errances dans ce que la vie pouvait avoir de civil (aéroports et ports, quartiers miteux de villes miteuses, cales de porte-containers, banlieues, boulevards lumineux et centres commerciaux, jusqu'à mon échouage, un peu hagard, en Martinique), je passais (et je passe) inaperçu aux yeux de la plupart des gens, parfois même carrément invisible. Cela ne me dérangeait nullement. Depuis que j'avais détourné mon attention du reste de mes semblables, je pensais qu'aucune vie ne saurait être un spectacle pour une autre, et encore moins la mienne. Seulement, comme il existe des natures de médium, il existe des sensibilités d'une nature spéciale qui détectent en moi quelque chose d'effrayant. Hortensius Capilotas en était un exemple, ses agresseurs aussi. Sans doute ce que j'avais vu, enduré et vécu, durant ces guerres interminables où j'avais bousillé une bonne part de moi-même, et dont j'avais maintenant la plus grande peine à me souvenir, m'était resté quelque part dans la peau, comme une odeur, comme une sueur, ou comme l'une de ces foudres mentales qui vous abîment à jamais le regard et vous emplissent les pupilles de sel sombre et d'acier, *lasciate ogni speranza, voi che'ntrate !...*

Capilotas (tout en me zieutant comme si j'étais un général Mangin sorti d'une conque de lambi) me remercia avec belle effusion de lui avoir sauvé la vie. Il se serait jeté dans mes bras si ses clairvoyances en ce qui me concerne ne l'avaient pas maintenu dans la marge des terreurs. Je ne le savais pas encore, mais j'aimais tous les parfums de la terreur quand ils se mettaient à prendre l'envol autour de moi. Ce n'est jamais le même parfum, mais c'est toujours la même terreur. Si donc et sitôt qu'Hortensius Capilotas s'en trouva imprégné, nous devînmes des compères, compères sans amitié et sans fraternité, sans aucun modèle de familiarité non plus, mais compères quand même. Il venait m'aider à gratter mon jardin, me ramenait des courses dans sa vieille bâchée quand il allait en ville ; et moi, je l'aidais à désherber autour de ses arums, à fouiller ses dachines aux lunes exactes de leur maturité. La nuit, et dans quelques avant-jours, j'opérais une ronde de sécurité aux alentours de son officine où s'entassaient les souffrances de ses clients persécutés. Les autres temps, je retrouvais ma violente solitude, et lui se débattait dans ses histoires de femmes à tétés fruit-à-pain et à bonda spongieux. Et c'est comme ça que la vie allait et s'en allait tandis que quelque chose se précisait en moi.

La fuite des profiteurs, leur terreur instantanée avaient émulsionné de très vieilles eaux mentales. Je me surpris durant mes rondes autour de l'officine à espérer qu'ils s'en reviennent, et j'avais descellé ma vieille mallette pour m'affubler de tellement d'armes que mon ombre ressemblait à celle d'un robocop destiné aux massacres. Quand je virais et revenais à mes hardes de cabane, j'étais assailli de vieux cauchemars jusqu'alors oubliés. Je me débattais, me délectais aussi, dans les marécages d'une terreur sans origine et sans assise. Je me nourrissais de la frayeur des crabes, et les crabes se nourrissaient de l'innocence de mon âme, et je hurlais des rires qui conjuraient des lunes verdâtres tandis que d'étranges langues conjuraient par de tremblotantes litanies l'avancée de mon ombre : *Fiat voluntas tua ! Primum vivere deinde philosophari ! Yacuma urmangarajuscallapita ! Gaskiya ta fi Kwabo !*... Parfois, au lieu de dire mercredi, je déblatérais *Boudhbar ! Bonjour* devenait : *Sabahyn kheyir !*

Pour dire *cheveux*, je me retrouvais à chuchoter : *Ngwonsɔgɔ*... ! *Chien* devenait : *Skilos* ! *Devant* et *derrière* surgissaient en : *Khang mouk* et *Khang tròy !... Ar fistr zo graet'vit bout evet, hag atr merc'hed vit bout karet... N'ti dji kè kolon-na k'â sousou !...* et cætera.

Un petit matin, je trouvai Hortensius Capilotas accroché à la fenêtre de ma chambre. Il avait dû être attiré par les éclats de mon tragique sommeil, et avait dû demeurer là, pétrifié par mes agitations, mes suées, mes cris de bête blessée dans des langues bizarres, et les combats que mes bras et mes jambes menaient avec eux-mêmes. Je m'étais réveillé avec une de ces lucidités immédiates qui m'avaient permis de survivre dans les déserts de l'Irak ou les montagnes d'Afghanistan. C'était passer du sommeil total à une vigilance immédiate où il fallait frapper sans réfléchir, mitrailler sans comprendre, ou se jeter aux abris si la situation était désespérée. Hortensius Capilotas aurait pu mourir là si je n'avais pas identifié sa personne, surtout cet air de vieux chien aux abois qui lui déformait le visage quand les ennuis le submergeaient. Ce jour-là, il me rappela une fois encore que ses démons étaient de bonnes créatures, même si beaucoup d'entre eux n'étaient que des feignants, et qu'en général ils portaient une foudre salvatrice dans les déveines qui leur étaient assignées. Seulement, devant certaines profitations commises par certains monstres, ils restaient insensibles aux treize meilleures prières, ne se laissaient même pas troubler par les septièmes invocations, et se dérobaient à toutes les assistances. Cela portait atteinte à la crédibilité de mon Hortensius, lui attirait de dangereuses représailles, et le faisait passer pour un Mickey de Walt Disney ou un cousin de l'engeance des Simpson, « car les démons, tu sais Victimaire, restent des démons, ils sont pas là pour rendre justice, ni celle d'ici ni celle qui se dirait divine, ils ne connaissent ni le bien ni le mal mais uniquement l'infini des ombres et des abîmes de la lumière qui pour eux se rejoignent, et leur intervention n'est jamais le fruit d'une volonté d'oracle ou l'envie de mettre fin à quelque désagrément, non, elle sert juste à précipiter un débraillement quelconque dans une quelconque déveine, et très souvent cela suffit à contenter, ou je dirai "à soulager", mon bon client souffrant… Mais hélas, des fois, parvenus au recoin où se loge la déveine indiquée, ils se contentent de la contempler en riant, ou de danser dedans, ou de danser avec, et le coupable qui mériterait d'être puni se retrouve conforté par leurs danses malsaines. Celui qui devait être châtié se retrouve exaucé, sanctifié, pour tout dire : *épargné*. Et ce n'est pas la question de ma réputation qui se trouve dans la rue, moi qui devant mon client me retrouve impuissant, non, ce qui me fait de la peine, Victimaire, et se retrouve en jeu, c'est l'atteinte à l'honneur et au respect des choses, qui veut dire que les démons dansent tandis qu'un isalop, détrousseur, assassin, demeure bien à l'aise parmi nous, pas dans les enfers mais là, ici-bas parmi nous, il continue de vivre à l'huile d'olive, dans la doucine, l'abondance, l'argent, et le s'en fout du non-respect ! Alors je le dis, Victimaire, mon ami, si les démons dansent, et si les monstres tètent parmi nous au sirop de cette danse, je ne dis pas Dieu, je dis la divinité, la divinité est offusquée, elle fronce les sourcils, et appelle son archange… » Et ce disant, il m'avait regardé fixe. J'étais resté silencieux, non parce que bouleversé par ce qu'il m'avait dit, mais parce que c'est sans doute ce jour-là que j'avais senti le lent mouvement de deux grandes ailes en moi, *vox populi, vox dei* !…

Deux ou trois fois par semaine, Hortensius Capilotas invoquait les deux ou trois démons qui lui rendaient quelques services. Durant mes rondes de protection autour de son officine, j'avais eu l'occasion d'entrevoir ce que je croyais être quelques belles macaqueries. Même s'il s'en dégageait des vibrations malsaines qui me donnaient la chair de poule, et me rendaient malade, j'avais le plus grand mal à lui accorder quelque crédit ou à éprouver quelque estime pour ces tambouilles obscures. Je me concentrais sur cette force nouvelle que je sentais en moi, et que la proximité avec ces diableries semblait comme affirmer, *alea jacta est !* Le plus étonnant c'est que Capilotas lui-même devait le ressentir, sans doute mieux que moi-même, à tel point qu'il perçut, selon ses propres mots, le premier battement d'ailes que l'Archange de la démolition dut effectuer en moi, et cela avant même que j'eus vraiment conscience de cette lente possession, *in principio creavit Deus cælum et terram. Terra autem erat inanis et vacua, et tenebræ super faciem abyssi, et spiritus Dei ferebatur super aquas. Dixitque Deus : « Fiat Lux ». Et facta est lux... !* [...]

Il recevait toutes sortes de plaintes de ses clients souffrants, le plus souvent aussi imaginaires que ses diables et ses démons, jusqu'au jour où il fut de nouveau alerté par ces soupirs de parents impuissants dont les fils et les filles, personnes naïves et innocentes, mal préparées aux coups de fer de la vie, s'étaient trouvés victimes du crack et de sévices sexuels de la part d'une série de personnages qui gâtaient le pays, et particulièrement l'En-ville. Certaines de ces victimes étaient mortes écumeuses et gonflées à la suite de surdoses, après avoir subi bien des enfers dans l'univers des dealers les plus minables, les plus crasseux, souvent les plus impitoyables. Certaines filles avaient fugué, mi-dépendantes, mi-kidnappées, et s'étaient retrouvées à disposition, corps et âme, d'un pervers polymorphe qui les avait transformées en popote à fantasmes et à vices de chien-fer. Certaines étaient revenues au bercail, abruties de mauvais souvenirs et d'une envie cyclopéenne d'un crack qui leur caillait le sang. D'autres étaient restées à tout jamais dans les labyrinthes sans espoir des ghettos et des squats, devenant de ces sortes de zombies au squelette cliquetant que l'on entrevoyait dans les tourbillons des gyrophares de la police. Hortensius Capilotas, pourtant bien aguerri, fut bientôt stupéfait du nombre de ces familles qui portaient cette déveine, d'autant que ses diables et démons se montraient plus que jamais impuissants contre ce genre de catastrophes, lesquelles, disait-il, ne leur donnaient qu'une envie de danser. À force d'entendre ces plaintes, et de les écouter, Capilotas réussit à identifier deux ou trois noms, toujours les mêmes, qui semblaient se trouver au sommet de ces crasses, de ce crack, de ces trafics en tous genres et de ces règlements de comptes. Un imbroglio qui partait de la ville et qui se ramifiait comme un chatrou à sept cents tentacules dans chacune des communes du pays. Il leur avait lancé de beaux méchants quimbois, peuplé l'église de Sainte-Marie, et tout autant de cimetières, d'une horlogerie de maléfices, renforcés par des miettes d'hostie et de la sueur de religieuse, le tout orienté impitoyablement sur ces bonhommes dont il avait fini pas vraiment tout savoir. Mais tout cela semblait se perdre dans l'indifférence de la poussière et l'inconstance du vent, pour lui laisser en finale ce sentiment d'inutilité raide que procure l'interminable charroi de l'eau dans un panier à mailles. Hortensius Capilotas poursuivit longtemps ses promesses de tout régler, et les incantations qui s'en venaient avec, jusqu'à ce fameux jour où il revint sur terre, c'est-à-dire du côté d'un peu plus de sérieux et d'une certaine raison.

Il fit donc (*Fiat lux !...*) appel à moi.

Pour ce faire, il m'invita à déjeuner, lors d'un dimanche de grandes pompes patronales, durant lequel le bourg de Macouba avait connu la venue de l'évêque en personne, trois bandes de majorettes, et pour finir le spectacle gratuit d'une survivance sénile de l'orchestre Perfecta. Je déjeunai chez lui, dans son F4 de HLM, avec sa femme (une koulie aux hanches larges dont l'existence se résumait à une incroyable chevelure) et six adolescents – une jeune fille qui passait un CAP de coiffure, une autre qui dès seize ans était tombée enceinte et qui à dix-huit ans en était à sa neuvième fausse couche, et toute une grappe de garçons à casquette et à locks, tatouages ou crâne rasé, flottant dans des Nike contrefaites, accrochés à des iPod chinois, et qui peuplaient leur désœuvrement de musique hip-hop, de slams débiles et de djobs incertains, et qui à eux seuls représentaient (comme le soupirait souvent Capilotas) un concentré très exhaustif de la jeunesse de la commune, de celle de la côte atlantique, et tout compte fait de celle du pays en son entier et du monde par-derrière. Dès que la table fut dressée dans les règles de l'art, nous mangeâmes tous les deux, seuls, face à face. La koulie, du genre anorexique, préférait traquer une niche de souris dans le coton de la cuisinière à quatre feux et thermostat turbo ; les autres marmailles allaient venaient, leur assiette à la main, un œil sur l'écran de télé gigantesque, une oreille sacrifiée à l'iPod, une main consacrée aux manettes qui d'une DS ou qui d'une PS3, tout en gérant une guerre fratricide qui depuis leurs naissances respectives alternait entre les injures, les coups, les menaces, et les hostilités affectueuses. Le vacarme était tel que nous pûmes nous parler tout à l'aise, sans même avoir à prendre le ton des confidences.

Il m'expliqua ce qu'il voulait à propos de ces monstres, dont il détenait les noms et les adresses, et tout un lot de renseignements quant à leurs habitudes, après m'avoir expliqué combien les diables et les démons se trouvaient désormais dépassés par ce qui se passait dans le pays et dans le monde. Il m'expliqua qu'il en avait été alerté par sa propre famille dont il ne comprenait ni l'envers ni l'endroit, et qui correspondait bien à ces décompositions qu'il voyait dans les journaux télévisés et dans le *France-Antilles*. Il m'expliqua que cela n'avait rien à voir avec Sodome et Gomorrhe, car ces villes se situaient comme des échardes purulentes dans un ordre bien identifié de la terre et du ciel, avec des tables de la Loi, mais qu'aujourd'hui, quand il recherchait les principes (l'homme, l'honneur ou le respect, l'humilité, le sens de la paternité, les devoirs de la mère, le bon sirop de la fraternité), il ne trouvait que des ordinateurs, les ondes de téléphones portables, les écrans tactiles, la science et la Raison, et les infestations colossales de l'argent. Il lui semblait qu'une béance s'était ouverte dans le ciel, et que par là se déversaient sur chacun d'entre nous des postures et des manières semblables d'un bout à l'autre de la planète, à tel point qu'il avait perdu le sentiment de vivre à Macouba pour se retrouver à exister dans les clips des musiques sexuelles, les cours du CAC 40, les attentats de terroristes, les croisades américaines, la météo française, la hanche de Johnny Halliday, les massacres chinois, les martyrs palestiniens dans le mouroir israélien, et dans ce pêle-mêle qui lui venait de ses mélanges de CNN, de LCI, de TF1, d'Arte, et des frappes quotidiennes du Canal Satellite. Et, vibrant d'une sincère indignation, il reprit alors cette idée de l'« Archange », non parce qu'il s'en remettait à l'ordre convenu du ciel et des divinités, mais parce qu'il pensait que tout cela était à effacer, anciens dieux, diables et démons laissés aux croyances du passé et à leurs oubliettes, et qu'il fallait revenir aux radicalités. Il était donc de notre devoir de faire intervenir un nouvel archange, *celui de la refondation*, du recommencement sans héritage et sans pièce patrimoine. Un événement qui surgirait du néant et de toute sa raideur pour exprimer urbi et orbi que nous n'étions pas d'accord avec certaines choses. C'est ainsi, inspectère, que je reçus mon appel au « grand Œuvre », *et creavit Deus hominem ad imaginem suam ; ad imaginem Dei creavit illum...*

J'étais estébécoué qu'une telle mission s'impose à moi à travers ce brouillard de diableries et de médiocrités obscures, mais malgré tout, dans ce qu'il m'avait dit, j'avais identifié la lumière de mon Œuvre, ce qui donnerait et du sens à ma vie, et de la vie à ma mort. *Dixitque Deus : « Fiat lux ». Et facta est lux !...* Cela, inspectère, s'est passé il y a presque plus de dix ans de cela. Dix ans durant lesquels j'ai mené l'Œuvre partout dans le pays, mais plus souvent que rarement dans l'En-ville. Je dois juste préciser que notre déjeuner s'était déroulé deux semaines avant le premier vendredi 13 de mes interventions, et que ce jour-là, la koulie de Capilotas nous avait concocté un manioc au safran, avec une garniture de giraumon au piment, du riz piqueté de pois boucoussou, le tout précédé d'un souskay de graines-bouc, d'une friture des branchies d'un poisson-crapaud, et poursuivi par un blanc-manger parfumé à la fleur d'hibiscus. Avec le punch, nous avions dégusté des marinades de titiris et des rondelles de brigots panés, frites à feu vif dès leur sortie d'une saumure de curry. Ce repas s'institua en rituel, et ce menu précédait toujours l'arrivée d'un vendredi 13 scellant à chaque fois une mission de l'Archange. C'est pourquoi, deux semaines avant que je me retrouve à rouler tranquillement sur le boulevard de Sainte-Thérèse, nous avions déjeuné exactement de la même chose, avec peut-être un peu plus de mesure, en raison de cette saleté de chlordécone qui, dit-on, grimpe aux plantes et aux arbres, s'incruste dans toutes les existences du fond de l'océan, et en finale nous empoisonne tous…

Et donc, je me retrouvai à rendre de signalés services à Hortensius Capilotas, et cela en rendant visite à quelques isalops sans principes, monstres à venin, profiteurs sans baptême, pédophiles sadiques, dealers sans âme, empoisonneurs des existences, toute une racaille qui sévissait un peu partout aux alentours, et jusqu'à Fort-de-France, et qui faisait pleurer bien des gens innocents. Comme Hortensius Capilotas avait annoncé à ses pauvres clients que ses démons allaient désormais s'occuper de leurs persécuteurs, nul ne doutait que l'enfer, et rien d'autre, s'était déversé sur celui que j'avais visité, un enfer de démons sanguinaires si on en croit les exclamations du journal *France-Antilles*, les procès-verbaux dubitatifs de la gendarmerie et des forces de police, et les perplexités sans fond des médecins légistes qui se demandaient quel genre d'animal était passé par là. C'est pas que nous soyons plus superstitieux que les autres peuples de la terre, ni plus bêtes que ceux qui croyaient aux monstres du Gévaudan, au yéti, ou à je ne sais quelle autre fable horrible, mais à chacune de mes œuvres, nul ne me nomma ni ne chercha un quelconque criminel, mais juste un animal, un zombie hystérique, un dorlis vampirique, ou même un antéchrist vaudouisant remonté des enfers. Quelques associations organisèrent des battues dans les champs et savanes, deux-trois abbés sanctifièrent de-ci, de-là des routes et des maisons, et des confréries diverses déboulèrent de partout pour désenvoûter quelques miettes de terre par-ci, quelques recoins du pays par-là, tandis que la police se désintéressait très vite de ces horribles dossiers qui sentaient l'alcali et le souffre camphré, et ne s'ouvraient que sur ces « je ne sais pas, pas vu, pas connu, pas entendu et pas compris », qu'aucun inspecteur n'aurait pu démêler. Hortensius Capilotas retrouva une certaine sérénité, si tant est qu'un appeleur de zombies puisse atteindre à une paix quelconque. Il put enfin s'engager sur les châtiments exigés des démons, annoncer des délais convenables, et parfois même le jour, l'heure, la minute et la seconde exacte de leur exécution… […]

LA DERNIÈRE PERMANENCE – Le commandant de police, Éloi Éphraïm Évariste Pilon, se trouvait incapable de savoir s'il fixait encore la gueule du canon, ou s'il s'était concentré sur ce que lui disait le tueur. Il pensa à la théorie d'Einstein à propos de la relativité du temps et de l'espace, et se rendit compte à quel point il ne disposait plus d'aucune perception de ces notions. Ce qui lui arrivait paraissait suspendu dans un ailleurs, ou plutôt un nulle part, où la totalité de sa vie se tenait d'un seul bloc et dans un fourmillement de détails foudroyants. De plus, l'abîme insondable de sa mort semblait avoir déjà tout aspiré dans une absurdité désespérante. Il se voyait enfant dans la cour de l'école Perrinon au cœur de Fort-de-France, mais aussi en pleine cérémonie de mariage à l'église de Bellevue, et en même temps raide mort dans un cercueil réfrigéré qui laissait deviner (dessous une vitre embuée par les regrets) son crâne et son visage malement recomposés. Il s'efforça de mettre de l'ordre dans ses pensées, de chasser cette envie d'injurier le sort ou de se lamenter sur l'injuste absurdité de sa situation. Pourtant, il avait beau écarter ce fait de son esprit, il lui revenait à chaque fois avec l'aigu fixe d'une lancinance : *c'était* *sa dernière nuit en tant que commandant de police, après plus de quarante-cinq ans de carrière, et c'était celle où il allait mourir.* L'absurdité se révélait tellement insupportable qu'il entreprit de se raccrocher une fois encore aux détails de cette ultime permanence. Il voulait de nouveau y trouver un signe, une annonce prémonitoire, quelque chose qui lui aurait signifié que cette nuit serait la dernière de son existence. Il avait la certitude d'avoir commis une faute, offensé quelque chose, effectué à un moment précis ce qu'il ne devait absolument pas faire, et qu'alors s'était mis en branle l'engrenage de sa mort. Le tueur continuait de délirer de sa voix douce et le commandant de police s'efforçait de tout enregistrer dans sa puissante mémoire, tout en essayant de s'en abstraire pour passer en revue les heures, minutes, secondes qui l'avaient acculé dans leur tragique enchaînement, à ce moment précis.

C'est paradoxalement la gueule terrifiante du canon pointé vers son œil gauche qui lui permit de se raccrocher à un clair souvenir, et de recommencer le défilé mémoriel de sa nuit. *Il songea à son arme de service.* Une nouveauté dont il avait été affublé avec ses galons de commandant, le jour de sa nomination. Un Sig Sauer SP 2022, semi-automatique, capable d'arrêter au vol la charge d'un éléphant. L'arme du tueur était identique à la sienne, sauf que la sienne était en acier sombre et n'avait pas ces rutilances nickelées ou argentées que le monstre avait dû ajouter à grands frais. Le commandant de police aimait cette arme, et prenait toujours plaisir à la nettoyer, voire à la mignonner, au moment de sa prise de service. C'est en touchant au Sig Sauer qu'il oubliait ses soucis personnels et devenait ce « babylone » que bien des créatures crackées avaient appris à détester, surtout à redouter. Il se souvint avoir pour la énième fois bien astiqué son arme, l'avoir reposée dans l'armoire, avoir contemplé son reflet réanimé dans la pénombre et qui signifiait sans doute à des forces invisibles que le commandant avait pris son service. L'après-midi touchait à sa fin, et les équipes de nuit commençaient à investir les différents étages, tandis que le gros des agents, inspecteurs, et personnel administratif, abandonnait le bâtiment. Dans quelques minutes, ce serait l'ambiance de nuit. Une atmosphère toujours étrange dans laquelle la ville de jour s'assoupissait (remisait ses vols à la tire, combats de marché, cambriolages des milieux de matinée et des chauds après-midi), pour laisser place à l'imprévisible apaisement de la nuit qui pouvait se dérouler dans le calme et la monotonie, ou vous exploser à la figure, dans tous les sens, avec force de tracasseries aussi violentes que de petits poisons. Éloi Éphraïm Évariste Pilon se souvint qu'il était habité d'un mélange d'exaltation confuse et de mélancolie. C'était son dernier jour de service avant le solde de ses congés qui s'étaleraient sur près de quatre mois, puis la bascule, ou le couperet, de la retraite. Il était à la fois heureux et inquiet de cette nouvelle vie qui s'annonçait. Heureux car il allait enfin pouvoir s'occuper sérieusement de sa fille. Inquiet car il ne savait pas du tout, malgré sa rationnelle préparation, comment il réagirait au fait de ne plus être « babylone », « gad-kaka », « kôlbôkô », « la Loi », et tous ces sobriquets que des générations de vagabonds avaient infligés à sa personne ou à sa profession. Non seulement il avait toujours été kôlbôkô, mais il avait toujours, aussi loin qu'il s'en souvienne, désiré l'être, et cela pour des raisons qu'il n'avait jamais vraiment identifiées, et qui maintenant, à y penser encore une fois au bout de tant d'années, pouvaient se résumer au simple fait qu'il aimait la justice. Il aimait l'ordre, le respect, l'honneur, il détestait les violents, pervers, filous, trappistes et malhonnêtes avec lesquels il s'était pourtant toujours montré attentif, patient, juste, ferme et résolu. Comme s'il s'était toujours efforcé de ne pas s'arrêter à la surface pourrie, veillant juste à la désinfecter pour laisser une chance à ce vieux fond valable que portait tout humain, et qui selon lui était fait de joie, d'humilité, de partage, de bonté, de sacrifice et d'amour. Éloi Éphraïm Évariste Pilon avait donc toujours été un flic respectable, jamais de bavures, jamais d'abus, jamais de tortures, jamais de coups en traître, jamais la moindre familiarité, jamais la bassesse, la haine, ou cette bêtise que confère instantanément un semblant de pouvoir. Il pouvait se le dire maintenant, se l'avouer : il avait toujours été d'une très grande sensibilité. S'il n'avait jamais fait montre de la moindre sympathie pour les crapules du tout-venant, quelque chose en lui était toujours demeuré disponible pour un surgissement d'humanité, disons une présomption, totalement résistante à la violence ou à la mort. Dans ce petit bilan tragique qui lui sautillait de par le crâne, il fut forcé d'admettre que subsistait au-dessus de tout cela, et au cœur même de tous ces souvenirs, la lancinance d'un vieux regret : ne pas avoir été employé à sa juste mesure.

Éloi Éphraïm Évariste Pilon était un intuitif.

Son champ de perception ordinaire était infini. Sa lucidité, le plus souvent pleine d'espérance, se voyait aiguisée par une intelligence hors du commun. C'est du moins ce qu'il avait pu lire (avec toujours de l'incrédulité) dans les appréciations qui accompagnaient ses notes annuelles. Ces superlatifs l'avaient toujours attristé. Ils le renvoyaient au quotidien de son travail qui, à son sens, ne demandait ni sensibilité ni même une graine d'intelligence. Les affaires les plus spectaculaires étaient quelques massacres d'hommes ou de femmes, liés sans doute à des rites sacrificiels magiques, qui jetaient de grands émois dans la population, et sur lesquelles les techniques et méthodes policières demeuraient inapplicables et vaines. Pour le reste : affaires de coups de coutelas, affaires de murs sales, affaires de violences alcooliques, affaires d'assassinats liés à des tracas d'amour, vols de poules et de bijoux, cambriolages de bas étage, et la flopée des désagréments qui accompagnent le cannabis ou les fleuves sales du crack. Des coupables aussi lamentables et insignifiants que leurs victimes, qui avouaient tout de suite, ou qui se clamaient dans les procès-verbaux prêts à tout recommencer. Si bien qu'Éloi Éphraïm Évariste Pilon parvint au grade de commandant sans jamais avoir rencontré un mystère à la Agatha Christie, ou une énigme à la mode Scarpetta, ni même vu surgir un *serial killer* contre lequel il aurait pu déployer ses intuitions et son intelligence. Les crimes irrésolus étaient toujours des massacres liés à des rituels de diablerie, ou à des événements complètement insensés où n'apparaissaient ni raison, ni mobile, ni indice, ni la moindre signification, comme si la victime avait été anéantie par une puissance immatérielle qui ne laissait aucune trace sur terre et que rien ne donnait envie de rechercher. Il avait donc vécu et travaillé avec ce regret, surtout avec un vaste ennui qui ne l'empêchait pas de ne jamais compter ses heures ni ménager sa peine, mais qui ne l'empêchait pas non plus de végéter à la manière d'une plante mal arrosée. Il se disait en souriant qu'il avait roulé à dix à l'heure alors qu'il disposait d'un moteur de sept cent mille chevaux.

Il se le disait encore en prenant son ultime permanence, cette nuit durant laquelle il allait chapeauter les trois équipes de la brigade anti-criminalité, la section des mœurs, celle de la sûreté urbaine, et les équipes en uniforme qui assuraient le contrôle des voiries. Il avait essayé de se trouver un enthousiasme pour cet ultime contact avec ce qui avait constitué le routinier de sa vie. Il tenta de retrouver ses émois de jeune inspecteur, dans un commissariat de l'Essonne, quand il pensait toujours avoir découvert dans chaque dossier merdique l'affaire du siècle ou le grand criminel de sa carrière. En ce temps-là, il avait la capacité de s'intéresser aux gens, à leur regard, leurs pupilles, à leur corps tout entier où il avait appris à lire comme dans un livre ouvert. Il pouvait prendre le temps d'écouter durant des heures des jérémiades, colères, indignations, tristesses, désespérances qui lui livraient des poisses de vie insoutenables. Au fil de son expérience, cette attention lui constitua une connaissance très fine de la nature humaine. Mais le quotidien ne lui fournit très vite aucun renouvellement. S'il continua de se montrer toujours patient et attentif dans son travail, il dut se réfugier dans les romans policiers pour vivre une vraie chasse aux criminels. Ces lectures lui permirent de vivre une vie de flic virtuelle bien plus variée que la réelle. Quant à son goût pour les poèmes, Saint-John Perse, Segalen, Rimbaud, Claudel et Césaire, et les lectures qu'il en faisait entre deux fictions policières, ils lui alimentèrent une vie d'homme cultivant un rapport délicat à la beauté du monde.

Lors de cette nuit-là, il s'efforça d'abaisser son bouclier contre l'ennui et décida de rester attentif aux auditions transmises par les agents de permanence. Il aurait pu se contenter de tout superviser (intégrité des procédures, signature des PV, liaisons avec le substitut de garde, indications aux officiers de la Bac immergés dans des rondes difficiles…), mais il préféra plonger une dernière fois dans cette boue humaine que les heures de nuit sédimentaient aux guichets de l'accueil, dans les cellules de garde à vue ou celles de dégrisement. C'est ainsi qu'il auditionna deux braconniers d'oursins, un planteur de cannabis, une femme jeteuse d'acide au visage de son amant, une chabine couverte de croix en or, et qui accusait des voisins de n'être rien d'autre que *soucougnans* et *bêtes-à-Man-Ibè*… Derrière ce fatras de choses dérisoires, Éloi Éphraïm Évariste Pilon percevait toujours la même réalité : humaine misère, pauvreté matérielle, déficits profonds en rêves et idéaux, un effondrement spirituel qui s'accompagnait d'une régression de la personne elle-même. Cela n'avait rien à voir avec les pauvretés qu'il avait connues dans son enfance, on avait atteint là une involution pour laquelle le mot *misère* lui-même manquait de matière sémantique. Entre les cas quelque peu insolites, défilait la marée habituelle des naufragés du crack. Ceux-là s'étalaient dans toutes les nuances entre l'épave totale et le jeune dealer arrogant qui ne respectait rien ni personne, et qui semblait tirer du choc de sa jeunesse et de la drogue un sentiment de toute-puissance. Ils n'établissaient jamais le rapport entre ce qu'ils étaient encore et ces épaves humaines, puantes, boutonneuses, qui s'alimentaient dans les poubelles du McDonald's, et qui dormaient sur des cartons, comme des bêtes sans tanière, dans les encoignures et les maisons abandonnées. Tous ceux-là, à un moment donné de leur vie, avaient été amateurs de cannabis. Devenus dealers de crack, ils avaient régné durant quelque temps sur des jumpies angoissés, et tous avaient habité cette arrogance, ce sentiment de surpuissance que le commandant de police n'arrêtait pas de voir s'exhiber devant lui. Au-delà de l'envie de recourir à des gifles quand il ne parvenait plus à maîtriser son exaspération, la désespérance de cette jeunesse le plongeait dans une vieille amertume, laquelle se constituait très largement de ce qu'était devenue Caroline, sa propre fille. Non seulement il ne comprenait pas cette jeunesse naufragée, mais il ne comprenait pas la jeunesse elle-même : sa fascination pour les bad boys, son goût pour l'alcool, sa conception pornographique du sexe, ses bascules instantanées dans la violence absurde, son immersion dans les marais de la consommation, son émiettement en égoïsmes individuels qui la rendait incapable de se construire de grandes causes à défendre. Des générations constituées d'individus solitaires, éduqués par les clips musicaux plus que par leurs parents, et se retrouvant le plus souvent démunis au bord de la plupart des perversions et de toutes les déviances. Il avait beau se dire que ce n'était qu'un point de vue, que son métier de kôlbôkô positionnait son regard à hauteur des poubelles et bas-fonds, il ne pouvait s'empêcher de penser que quelque chose de très profond, une destruction certaine, une pourriture, avait atteint les sociétés humaines, et que la Martinique n'y échappait pas. Quand, avec l'âge, son sommeil avait commencé à se raccourcir, ou même à disparaître, et qu'il avait pris coutume de s'avachir durant des nuits entières devant les cent vingt chaînes du Canal Satellite, et que le monde se déversait en lui, il en sortait avec le même sentiment, la même amertume qu'au bout d'une nuit de permanence : rien n'était assuré, rien n'était clair, tout était possible, de grandes libertés ouvraient la voie à de grandes régressions, des misères et des oppressions moyenâgeuses extrêmes surgissaient dans l'avancée des techniques et les aspirations convulsives à la consommation. Le difficile était alors de retrouver une âme, un fondement, une certitude praticable pour son métier de policier. Il ressentait encore la même indignation en face des déshonneurs, des violences sales, des vols et viols crasseux, des perversions humaines sans horizon ni oxygène ; la même révolte en face de tous ces bougres désespérés qu'il avait poursuivis dans des ruelles infâmes, dans le lacis des quartiers populaires ou des mangroves urbaines, pistés à cent à l'heure sur les autoroutes… Mais il avait très vite compris que cette indignation ne provenait que de lui-même, qu'elle était raccordée à une vieille conception du monde qui n'avait plus une quelconque pertinence. Il voyait bien comment les jeunes inspecteurs étaient blasés, et même désenchantés ; combien ils étaient indifférents à des choses qui, lui, le révulsaient, et combien ils fondaient leur implication dans le métier sur des goûts strictement personnels qui allaient du penchant pour l'action, l'appétit de la cogne, à de superficielles postures de shérif ou de cow-boy, et derrière tout cela quelques fumeuses références à la loi ou à l'ordre. Rien de profond. Rien de majeur. Rien de fondamental. En ces quelques dernières années, il en avait eu trois de suicidés, deux autres qui s'étaient enfoncés dans l'alcool et d'invincibles neurasthénies, et la plupart des autres qui se rabattaient sur des occupations extérieures, ou qui se consacraient corps et âme à l'avenir de leurs enfants jusqu'à négliger leur métier et s'oublier eux-mêmes. Quelques-uns ne se préoccupaient que de conquérir des médailles et galons, et d'accumuler les brillances d'une carrière qui, au moment de la retraite, les laissaient aussi creux que des bwa-bwa de carnaval. Dès lors, ils mouraient très vite, ou se décomposaient jusqu'à tomber malade et végéter dans un abrutissement. C'est à force d'aller aux enterrements de vieux et jeunes collègues qu'Éloi Éphraïm Évariste Pilon avait tenté de se prémunir contre cette absurdité globale et meurtrière. Il avait commencé par lutter contre l'ennui et l'amertume grandissante qui le rendaient parfois silencieux et amorphe durant ses interminables journées de travail. Il avait activé en lui les vieilles lunes de la justice, de la morale, de la droiture, du sens du devoir, de la fierté martiniquaise, de la dignité, du respect des valeurs et des choses, tout en percevant combien elles ne faisaient que tourbillonner à vide dans la petite calebasse d'un vouloir solitaire. Mais il s'efforçait de toutes les célébrer, jour après jour, et avec force. Cet artifice le maintenait debout, mais le rendait procédurier, administratif, un peu psychorigide sur l'étiquette, les grades, les règlements, le maintien et la formulation. Cela avait fini par le faire apparaître comme un original dans un hôtel de police où les officiers se voulaient branchés, cools et sympas. La racaille ordinaire n'aimait pas trop avoir affaire à lui qui n'admettait pas que l'on garde sa casquette ou ses lunettes de soleil durant une audition, ou que l'on s'asseye de travers sur la chaise, ou que l'on néglige le ton que l'on emploie, tout comme les mots utilisés et leur formulation. Cette manière surannée fut mieux acceptée quand il fut nommé commandant, et que, du coup, ses galons furent renforcés par cette maniaquerie vieillotte qui, aux yeux de tous, devenait naturelle. Enfin, il s'était préoccupé de sa retraite, au point de l'anticiper de deux ou trois années. Il avait parfaitement planifié ce qu'il allait faire, les poètes qu'il allait lire et relire, les activités physiques auxquelles il allait se livrer, les arts et les spiritualités auxquels il allait accorder de bonnes places mensuelles. Il pensait aussi au plaisir qu'il aurait à savourer une Veuve Clicquot sur une fricassée de manicou, de poisson-coffre, d'œufs de daurade ou de boyaux de thon. Et à ces délicatesses de sang de bœuf frit dont il raffolait, accompagnées d'un rhum vieux Saint-Étienne et d'un bon Cohiba, et qu'il aurait désormais tout le loisir de concocter… Mais ce qui lui tenait le plus à cœur c'était sa fille, Caroline.

Il ne l'avait quasiment pas vue grandir. Elle s'était insensiblement éloignée de lui, et, quand il en prit conscience, il lui avait été impossible d'accéder à ce qu'elle était devenue. Au fil de ces dernières années, il en avait listé les causes : un trop d'investissement dans son métier de policier qui ne lui avait laissé aucun temps disponible ; la précarité de son couple avec Thérèse, liée sans doute à ses absences, mais aussi à la nature difficile et pour tout dire caractérielle de celle-ci ; et puis cette suspicion irraisonnée, sitôt la naissance de Caroline, qui l'amena à craindre de n'être pas le père de cette enfant. Un soupçon qui n'avait pas d'autre fondement que cette culpabilité grandissante qu'il éprouvait du fait de ses absences, mais qui acheva d'empoisonner ses relations avec Thérèse. Quant à Caroline, elle sembla ne jamais l'aimer, sans doute parce qu'il l'avait d'emblée traitée avec trop de distance, même s'il avait parfois voulu se comporter en père présent et honorable. Quand tout alla très mal, qu'il assista au lent naufrage de Thérèse, puis de Caroline, il avait fait tout ce qui était en son pouvoir pour parer au désastre, avait réussi à évacuer cette question sur sa paternité, et s'était mis à aimer sa fillette avec une intensité dont il ne se serait jamais cru capable. Non seulement ces dispositions avaient surgi trop tard, mais elles furent amoindries par les impératifs de son grade d'officier qui lui prenaient bien plus de temps qu'auparavant. Les dossiers s'étaient démultipliés au fil des modes pénales sur les agresseurs sexuels, les violences faites aux femmes, la délinquance brouillonne liée aux paupérisations et à cette misère grandissante que les psychiatres, les juges, et tout d'abord les policiers et les prisons avaient la triste charge de juguler. La retraite dès lors était devenue pour lui cette bouée de secours par laquelle il lui serait possible de tout reprendre à zéro, de s'occuper de sa fille et de la conquérir. Déjà, lui faire découvrir Perse : « *Un homme en mer, flairant midi, lève la tête à cet esclandre : une mouette blanche ouverte sur le ciel, comme une main de femme contre la flamme d'une lampe, élève dans le jour la rose transparence d'une blancheur d'hostie...* » Lui faire aimer Césaire : « *Au plus extrême, ou pour le moins au carrefour, c'est au fil des saisons survolées, l'inégale lutte de la vie et de la mort, de la ferveur et de la lucidité, fût-ce celle du désespoir et de la retombée, la force aussi toujours de regarder demain...* » Quel bonheur ! Et donc, cette nuit-là, tout en demeurant attentif aux insanités que lui déversaient ceux qu'il auditionnait, le commandant de police avait échafaudé l'emploi du temps du lendemain, son heure d'éveil, le temps qu'il prendrait à siroter son café, le premier coup de fil qu'il passerait au foyer où se trouvait sa fille, et ce long déjeuner avec elle, et ces journées entières qu'il lui consacrerait. Il sortait de ces anticipations juste pour se replonger avec une attention forcée dans les détails poisseux de ses interrogatoires, puis il y revenait, porté par le sourire de Caroline qui, pour la première fois de son existence, lui serait destiné… Et pour tout dire, au fil des premières heures de cette nuit, il n'avait vu que ce sourire…

LE NÉGATEUR[1] – Tu es un homme de précision, inspectère, donc je te donne la précision, je te la donne d'autant plus qu'au moment où j'arrive dans l'En-ville, et donc que l'Archange ouvre ses ailes en moi, il faut considérer que je ne suis plus Hypérion Victimaire, fils d'Adoline Camélia et de Justin d'Artibase Victimaire, dit *Totoblo* ou *d'Artagnan : je deviens moi-même une précision !* Difficile de t'expliquer ce que je veux dire par là, mais ma DS pourtant très vieille devient souple, maniable, puissante, silencieuse et fluide comme une panthère noire, et je me retrouve moi-même dans une sorte identique. *Je sens la force de l'Archange !* La fluidité de sa présence ! *Nolite putare quoniam veni solvere legem, aut prophetas : non veni solvere, sed adimplere !* Et je n'ai dès lors plus rien à penser, ni rien à décider, ni même quoi que ce soit à faire, car je n'ai qu'à suivre les souffles du destin et les scintillements indéchiffrables de l'Œuvre en devenir qui se mêlent sans partage aux mille lumières du centre-ville. Mes yeux deviennent alors comme ceux des chats noirs, et je vois tout dans les lumières, et je vois dans les ombres, et surtout, inspectère, *je reçois les signes*. Je suis un homme de signes, je les connais, je sais les lire, je sais ce que veut dire un papillon marron, un chat noir, un chat gris, un chat noir et blanc, un mabouya qui chasse dans un rond de clarté, le nombre de feux rouges que je croise, les silhouettes qui défilent sur les trottoirs de gauche… Je sais ce que veut dire une araignée qui se suspend à un néon, ou ce qu'inscrivent dans la matière du monde trois rats qui détalent dans le même sens et en même temps… Je compte les voitures rouges, les

1. Extrait de l'enregistrement du tueur – Dossier 13 – Cote AB 50 – Page 16 – Annexe 415.

vieilles femmes en deuil, je fais attention aux vieux nègres debout raides à la gauche d'une porte et qui se gardent la main gauche dans la poche… Cela ne veut pas dire que je sois inquiet, je suis juste attentif aux mouvements du réel pour en informer l'Archange qui se trouve aux commandes, car ce que je suis vraiment s'est réfugié dans un petit coin de son immensité, un minuscule recoin de ce palais où je me sens à l'aise, et heureux d'être ainsi transporté de précision en précision dans les mailles du grand Œuvre… […]

Donc tout allait bien, tous les signes étaient bons, et ce vendredi aurait dû être à la gloire de l'Archange. Mais quand j'y repense, car j'y repense souvent, inspectère, depuis cette nuit maudite, il y avait quand même un fait que je n'avais pas traité : au détour du pont Démosthène, quand tu longes l'immeuble du journal *France-Antilles*, et que tu roules vers la Savane, le fort Saint-Louis ou le yachtclub, eh bien là, dans un petit bar sur la gauche, pas très loin du conseil général, je vis sortir trois bougres. À leurs manières, je notai qu'il s'agissait de trafiquants anglais ; à un autre détail, je devinai que ces bougres-là étaient porteurs de la souffrance et de la mort, sans doute des tueurs à la solde de grossistes, et qui n'avaient débarqué au pays que pour régler des comptes. J'avais noté tout cela, inspectère, sur l'écran digital de ma clairvoyance, mais sans plus ni moins. Tu sais, la mort rôde en ville comme elle rôde partout à toute heure, et pas seulement elle, inspectère, mais la haine et la vengeance, la tristesse et le désespoir, tout comme l'amour et la joie, et loin de moi l'envie ou le souci de m'en occuper de quelque manière que ce soit, *zafè kanna pa zafé zwa… !*

Donc, je n'accordai pas une attention particulière à ces trois démons, et je ne les signalai même pas à l'Archange, même si je sais combien cela n'aurait rien changé à ce qui allait se produire par la suite. Donc, tu vois, il n'y a pas de hasard, les choses sont écrites, c'est nous qui sommes incapables de bien les déchiffrer…

Cette nuit n'avait aucune raison d'être aussi grandiose que je l'espérais, ni aussi pire que les invisibles du réel pouvaient l'autoriser, elle était comme elle était, jusqu'à se dérouler de cette terrible manière que j'allais regretter. Donc, je rabattis mon pare-soleil pour contempler (tout en roulant) la photo des deux nuisibles que m'avait remise Hortensius Capilotas. Il m'avait longuement expliqué en quoi leur existence indigne exigeait une sanctification exemplaire de l'Archange. Il avait même annoncé à leurs victimes (qui étaient venues durant des mois se lamenter auprès de lui) que tout serait réglé ce vendredi treize là, de la manière la plus définitive et dans les règles de la justice divine. Hortensius Capilotas est un homme raisonnable. J'avoue que ses demandes n'avaient jamais été nombreuses ni même exagérées, et qu'il faisait appel à moi avec d'autant plus de parcimonie qu'il était tombé malade en découvrant dans le *France-Antilles* le résultat de sa première demande. Il ne s'attendait pas à ce que le journaliste détailla à loisir. Dès lors, je sentis bien qu'en ma présence, il avait désormais un peu plus de raideur, du mal à contrôler le tressaillement involontaire de ses paupières, et que la sueur fine qui lui perlait les ailes du nez relevait d'une forme très inquiète du respect. Je décrochai la première photo du pare-soleil pour l'embrasser et la disposer délicatement sur le tableau de bord clignotant, juste derrière le volant. Je m'arrêtai au bord de mer, devant le Malecon, pour siroter une eau de coco des mains du surnommé La Grive l'albinos qui savait les cueillir – hmm, coco jaune, sucré, avec un léger parfum de raisins bord-de-mer et de coquillages. La Grive l'albinos savait toujours me trouver celui dont la crème serait au fil à plomb, ni trop raide, ni trop inconsistante, mais juste fondante et savoureuse. J'aimais toujours, à chacune de mes descentes en ville, me purifier ainsi, car il y a de la pureté dans l'eau de coco, inspectère, de la pureté et du soleil, voilà, cela peut te paraître étrange que je te dise cela, et du dois me penser fou, mais je le pense comme cela, et je le dis comme cela, de la pureté cristalline et du soleil ardent. Quand j'ai bu un coco, je sens la présence de cette magie irradier tout mon corps depuis mon estomac, et j'ai l'impression d'être porteur d'une lumière… *Fiat voluntas tua !* […] Je pris le temps de savourer deux cocos jaunes, d'échanger avec La Grive sur l'état du pays, puis je me remis au volant de ma DS pour me rendre lentement à l'adresse du tout premier nuisible. Il habitait dans un coin tranquille.de la rue Victor-Hugo, au dernier étage d'un immeuble dont le rez-de-chaussée et le premier étage comportaient un magasin et un dépôt de produits thaïlandais et chinois. Mon nuisible, riche de tous ses trafics, avait acheté tout l'immeuble, et vivait seul au troisième, dans un appartement pourvu d'une grande terrasse d'où l'on pouvait contempler les toits de la ville et toute la rade où balançaient des voiliers de pirates et un paquebot de touristes grégaires. Il devait être en train de dîner, juste avant sa petite sieste de mise en forme, son bain et sa préparation pour toute une nuit de trafic, bizness, commerce, ventes et débauche, avec quelques-uns de ces crimes sur mineurs qui constituaient son ordinaire. La rue était déserte. Les magasins avaient fermé. Quelques rares passants remontaient vers les derniers taxis-communes de la Pointe-Simon. Je demeurai quelques instants immobile au volant de la DS éteinte, avec juste l'aria de Bach que j'écoute toujours un peu dans ces circonstances-là ; puis je sortis pour ouvrir le coffre et contempler mon matériel. Car je suis un homme d'intuition, inspectère, je n'agis jamais de la même manière ni avec les mêmes outils, et je suis tellement investi des précisions de l'Archange que je me sens pourvu d'une totale liberté quant au choix de mes instruments. Je jetai un regard tranquille sur mes conques de lambis acérées, mes becs-mer, mes quatre rasoirs, mes deux couteaux jambette, mes sept poignards de commando, mon assortiment de petits coutelas aiguisés comme du malheur. Je vis mes crochets, mes crocs, mes scies, mes hardes, mes tranchets de cordonnier, mon grand sabre chinois, mes cordes, et mes mallettes de petits matériels et de diverses armes à feu. Je pris le temps d'enfiler mes gants de chirurgien, de choisir mes outils, et d'emplir ma valise de mission de tout le petit matériel que me suggéra mon humeur du moment. Puis, je crochetai la serrure de la porte du bas, empruntai l'escalier, et arrivai devant la porte du nuisible. À ce stade, je dois te parler de mon état d'esprit, inspectère…

« *Je… suis au regret de vous dire que vous devez vous considérer en état d'arrestation… et que tout ce que vous me dites-là… pourrait être retenu… contre vous…* »

Je t'en prie, inspectère, moi aussi j'ai vu les films américains, mais on n'est pas dans un film ici, on est en Martinique, en terre française sans cinéma, et c'est moi qui parle, et c'est question de politesse de te taire quand une personne te parle, *dixit* !… Donc, j'avais positionné dans le creux de ma main un couteau Laguiole (marque de qualité dont je possède un bel assortiment), aiguisé à ma manière, et donc aussi tranchant qu'une lame de Gillette, et j'avais doucement frappé à sa porte en disposant ma valise de matériel à mes pieds. Quand il ouvrit, je lui prononçai ma déclaration, ou plutôt la déclaration de l'Archange, et je lui infligeai *le Négateur*... Je vois l'interrogation dans ton regard… *Le Négateur !* Le nom est un petit peu pompeux, inspectère, de plus il n'est pas vraiment adapté à ce qu'il désigne, d'abord parce qu'il ne dit pas la vitesse, ensuite parce qu'il laisse entendre que l'on se trouve dans une négation, alors que le geste qu'il désigne, essentiellement rapide, et invisible à force de rapidité, ouvre à un commencement. *C'est d'une sanctification qu'il s'agit, inspectère !* Le lieu où un nuisible se voit soudain privé de toute amarre avec la boue de son enfer, et où il se retrouve dans le petit bouillon de sang qui s'en va, dans l'alizé de l'étonnement et de la légèreté. Et même si l'odeur du sang est boueuse, lourde et grasse, j'ai toujours vu dans les yeux des nuisibles d'abord l'effroi, puis l'étonnement, puis la douceur inquiète de celui qui commence à s'envoler, dans une légèreté de cils et de paupières, un engourdissement subit qui se prolonge par une lente et profonde indolence. Je prends plaisir à scruter tout cela, tout en refermant la porte, en le soutenant par les cheveux (s'il en a, inspectère, s'il en a !), et en le maintenant debout puisque ses jambes sont déjà molles.

Je pratique le Négateur depuis mes périodes militaires, et je l'ai peaufiné sur toutes sortes d'existences humaines, animales, végétales, si bien que je n'ai même plus à le penser, à le vouloir ou à l'exécuter. Il est lié comme un parfum à la fin de ma déclaration dont il constitue jc dirais, si tu le permets, *la juste épiphanie*. C'est un mouvement croisé du tranchant de l'outil que je tiens, là c'était mon Laguiole numéro 17, qui dans un seul ensemble, avec la fluidité d'un souffle d'alizé, sectionne une première jugulaire, raye la poitrine, pour atteindre l'aine et sectionner à l'articulation de la hanche une artère fémorale. Ce mouvement se prolonge horizontalement par l'ouverture de la vessie, l'explosion de l'artère fémorale opposée, et se termine après avoir croisé sa première strie sur la poitrine, par la section de l'autre jugulaire. Parfois, je me permets une petite fantaisie qui ouvre totalement la gorge, ou d'autres qui font sauter les oreilles et le nez. Après, il ne me reste que très peu de temps avant que la vie ne s'en aille, que les pupilles se ternissent à jamais, et que la glace ne commence à envahir les os de mon nuisible. Je m'accroche alors au reste de vie dans son regard pour lui expliquer pourquoi l'Archange est venu le voir. Généralement, le nuisible (dans cette écoute très particulière dont sont capables les êtres humains quand leur sang fout le camp, et que leur vie s'écoule avec) découvre avec un étonnement plein d'innocence l'immense portée de ses exactions, de ses vices et de ses péchés. Ce n'est que là qu'il comprend, inspectère, à cet instant précis qui par ailleurs est des plus brefs, tout en restant inscrit dans une totale éternité. Il comprend, inspectère, je te le jure, ou plus exactement, *il réalise* !...

Alors, dans une précision parfaite, je continue, inspectère, je lui ouvre les portes non pas du paradis, car son engeance en est à tout jamais exclue, mais de la souffrance qui sanctifie, celle qui efface de la surface de cette terre toute attestation quelconque de son égarement immérité dans une enveloppe humaine. Car l'Humain ce n'est pas rien, inspectère, c'est mieux qu'une idée, mieux qu'une vision, c'est une exigence que nous devons nous efforcer d'atteindre, une élévation, et malheur à ceux qui inclinent vers la boue cette flamme de vie qui leur a été donnée ! Donc, je le fais disparaître, inspectère, j'annule son esprit, son regard, la géométrie de son corps, l'organisation de sa peau et de ses organes, je ne laisse rien qui puisse ressembler à une chevelure, à des pupilles ou à des ongles, je lui démantèle les organes génitaux et lui arrache le nombril. Le nombril est important, inspectère. J'ai toujours considéré qu'il était un lieu de force, le point d'un commencement et d'une possible renaissance. Et c'est de la question d'une renaissance possible que je traite, inspectère, et que j'annule aussi. Pas question que ce genre de nombril réapparaisse sur terre ! Pas question que cette lignée soit de quelque manière que ce soit pardonnée, et qu'une seconde chance lui soit donnée ! J'en annule à jamais toute possibilité ! Et c'est vrai que je ne me souviens pas toujours de tout ce que je fais ; par exemple cette nuit-là, pour cette première exécution, je ne saurais t'en donner le détail, je n'en ai pas la mémoire, je n'ai que le souvenir de la précision que me confère l'Archange. Quand je suis revenu à moi, que je me suis un peu promené dans l'appartement, j'allais dire *la tanière* de ce funeste, que j'ai exploré sa terrasse, bu de son whisky, profité de sa vue, je me suis senti mal, inspectère. Ce n'était pas en raison de la vue de ce sang et de ces matières qui couvraient le sol, les objets et les murs, et qui à mes yeux étaient plutôt habités d'une phosphorescence divine, non… Moi, je me sentis mal pour des raisons obscures. J'eus envie de pisser. Je pissai sur la méridienne de sa terrasse. Puis j'eus envie de déféquer, qui fit que je lâchai mes fesses au bas de son rideau de brocart rouge à l'angle de son salon. Puis, à la seconde envie, sur les oreillers ronds de son lit rond, parmi ses draps en soie. Je m'essuyai avec ses serviettes de chez Dior, puis je pris le temps qu'il fallait dans sa salle de bains de parvenu. J'ouvris ses robinets, ses miroirs, son jacuzzi, ses sels et ses savons, soucieux de m'enlever tout ce sang, ces miettes d'os et ces matières qui me couvraient le corps. Je changeai de vêtements, entassai ceux que je portais dans un sac poubelle que je trouvai dans sa cuisine, et que je logeai dans ma valise de matériel. Puis je restai encore une heure devant sa télé grand écran, full HD, avec toutes sortes de sons *surround*. J'étais sans doute hébété et hagard, atteint de plein fouet par un dégoût qui semblait soit provenir de l'Archange, soit de l'absence que suscitait en moi sa brusque disparition. *L'Archange n'était plus en moi, inspectère !* Je ne sentais plus cette plénitude qui était généralement la mienne devant de si belles œuvres. Je n'avais même pas pu goûter au contentement profond, à cette jouissance de tout mon être qui succédait à la cérémonie d'effacement. Pour mes trois précédents travaux, j'avais atteint de fructueuses plénitudes. Je m'étais retrouvé sur un petit nuage pendant des mois et des mois, et même si de manière régulière, j'appliquais le Négateur à des oiseaux, à des rats, à des chiens ou des cochons errants, même s'il me fallait de temps en temps supprimer de petites existences pour déclencher de longs petits plaisirs en moi, on peut dire que je me sentais bien, apaisé par le passage si puissant et si riche de l'Archange.

Avant de repartir, j'examinai l'œuvre, ramassai deux-trois choses que je fourrai dans le sac poubelle. Je fus dégoûté de la présence de fèces que je nettoyai avec le plus grand soin en m'aidant du papier toilette et des draps en soie du nuisible, et de javel pure. Je fourrai les oreillers dans mon sac poubelle, et passai près d'une heure à effacer toute trace du passage de l'Archange à la javel. L'œuvre retrouva alors une beauté indéchiffrable. Je parsemai les pièces de ces invisibles cellules de cheveux, d'ongles, et de peaux très diverses que me fournissait Hortensius Capilotas, en sorte de donner mille pistes de déroute aux scientifiques de la police. Enfin, après avoir provoqué (à partir du compteur) un court-circuit qui plongea toute l'œuvre dans le noir, je quittai tranquillement cet endroit en emportant le sac poubelle plein à ras bord et ma valise de matériel… *Qui ergo solverit unum de mandatis istis minimis, et docuerit sic homines, minimus vocabitur in regno cœlorum : qui autem fecerit et docuerit, hic magnus vocabitur in regno cœlorum... !*

Le problème, c'est que l'incompréhensible dégoût me reprit alors que je m'installai au volant de ma DS. Je dus rester immobile dans le noir, à siffler de vieilles biguines entre mes dents glacées qui s'entrechoquaient, les mains crispées sur le volant, et le corps malmené par des tressaillements de chat empoisonné. Quand cela me fut possible, je me passai quelques minutes de l'aria de Bach, puis une biguine de Mario Canonge, puis deux-trois mesures du *Vas-y Francky* de Francky Vincent, puis j'écoutai un peu du *Jou ouvè* de Malavoi, et la version originale du *New York City* de Tabou Combo, qui à mon sens est une merveille de la musique du monde. J'eus alors la force de décrocher la deuxième photo, de regarder mon deuxième nuisible, et de démarrer doucement la DS.

Le funeste suivant habitait de l'autre côté de la ville, sur les hauteurs de Balata, dans une vieille maison coloniale où il dissimulait ses cargaisons de crack, abritait ses Anglais et ses mules de passage. Comme il était trop tôt, et malgré mon envie de quitter la ville au plus vite, je me dirigeai vers le canal Levassor où je balançai le sac poubelle, et pris le temps de vérifier qu'il disparaissait bien dans l'eau opaque, puis je roulai tranquillement au hasard dans les rues désertes, parfois tous feux éteints. Je les rallumai dans les endroits les plus fréquentés pour ne pas attirer l'attention de la police. Enfin, je revins vers le Malecon où La Grive l'albinos m'ouvrit un autre coco (crème tendre et jus frais, nouvelle lumière, nouveau soleil), et nous parlâmes encore longtemps de ce pays qui s'en allait sans morale ni principe, de ces touristes qui nous envahissaient, et de ces nègres anglais qui venaient déverser leurs cochonneries dans le pays. Nous parlâmes aussi des cyclones, du tremblement de terre qui venait de détruire Haïti, et des guichets qui avaient été ouverts un peu partout et où nous pourrions aller déposer des victuailles, des vêtements neufs, et de bonnes grappes d'euros. Nous parlâmes aussi du jour inévitable ou un séisme de même nature (un *goudougoudou* comme disent les Haïtiens) nous tomberait dessus, et combien nous serions plongés pour longtemps dans la désolation et dans la mort. Puis, nous nous séparâmes en nous promettant de nous revoir plus souvent que d'habitude (lui ne comprenait pas pourquoi je passais le voir si peu alors que j'habitais en ville). Il ne connaissait bien entendu ni mon nom ni mon adresse, et ce qu'il percevait de mon visage était ce que l'Archange acceptait de lui montrer, si bien que s'il avait fallu qu'il me décrive, je suis persuadé qu'il aurait avancé une silhouette étrangère à la mienne, un regard d'ange, un nez, une bouche et des sourcils qui n'auraient rien à voir avec les miens. Et donc, je le quittai avec une sourde envie d'abandonner la ville au plus vite, de reprendre le volant de la DS sur les routes de campagne, et de savourer mon lent retour à Macouba. Je résistai à cette impulsion, et décidai d'exécuter au plus vite l'autre nuisible… […]

DEUX PETITS CHIENS[1] – Ce n'était pas la première fois qu'il me fallait traiter deux nuisibles ou plus dans une même soirée. Mais cette fois, peut-être était-ce au-dessus de mes forces, et finalement incompatible avec le déploiement impeccable de l'Œuvre, car, il faut t'en convaincre, inspectère, la sanctification demande une énergie considérable, de la concentration, de la précision, de la beauté et de la détermination, toutes choses qu'il est très difficile de maîtriser deux fois de suite, et cela même si on est habité par l'Archange. Déjà le simple fait d'héberger l'Archange était une pompe à énergie, cela augmentait la tension de mes muscles, modifiait les battements de mon cœur, changeait ma manière de me déplacer : mes gestes étaient impeccables, mon regard s'aiguisait, mes oreilles se dressaient, mon ouïe était à vif, et les muscles de mon dos, sans être raides, s'installaient dans une bienheureuse sensibilité. Cette plénitude m'épuisa pour longtemps, et une bonne part de la satisfaction que je conservais plusieurs mois, voire une année, entre deux descentes en ville, provenait en grande partie d'une fatigue bienheureuse mais phénoménale qu'il me fallait évacuer. Mais je

1. Extrait de l'enregistrement du tueur – Dossier 13 – Cote AB 54 – Page 22 – Annexe 415.

n'avais pas le choix pour cette soirée-là, j'avais promis les deux à Capilotas, et je suis un homme de parole, d'honneur et de respect. Je regagnai lentement la DS, avec la lumière de l'eau de coco qui irradiait le monde depuis toute l'assise de mon ventre. Je m'installai au volant, mis les gaz, réglai mon rétroviseur, ma ceinture, pensai que dans moins de trois heures, je serai de retour à Macouba, et amorçai ma manœuvre, quand l'impensable se produisit…

Vraiment, je te l'ai déjà expliqué, mais je n'aime pas cette jeunesse, inspectère. C'est ce que je me suis dit en voyant ces deux chiens-fous s'engouffrer dans ma voiture, l'un à l'arrière dans mon dos, l'autre devant, sur mon siège passager, en plein sur le cuir rouge que je nourris tous les mois à la cire d'abeille parfumée au jasmin. J'en fus tellement estomaqué qu'il me fallut plus d'une minute pour réaliser ce qui m'arrivait là ! J'étais scandalisé par ce comportement. Je cherchais encore les mots de la révolte et de l'indignation quand je sentis un fil de fer me plaquer le cou contre la tête du siège, et que je perçus, ô seigneur, une pointe aiguë en train de me piquer le dos s'avancer presque au sang, pour se ficher entre mes vertèbres lombaires. À l'idée que cette pointe avait traversé mon siège, je fus empli d'une fureur divine qui se calma très vite quand la pointe s'enfonça un peu entre mes vertèbres et que le fil de fer m'écrasa la trachée. Je ne pus que les regarder, impuissant, me passer trois tendeurs qui achevèrent de me souder au siège, tandis que cette jeune saleté qui se trouvait devant me nouait les poignets au volant avec deux lanières de plastique crantées, qui pouvaient coulisser. Le pire c'est que je réalisai qu'ils me parlaient : « Doucement papy, pas de gros saut, cool man, si tu veux faire le couillon ça va te gâter la vieillesse, pense à la mamy que tu as laissée à la maison, alors tu te calmes, et tu fais ce qu'on va te dire de faire… »

Ce que je te raconte là, inspectère, ne se passe pas au bois de Boulogne ou à Harlem, ou dans les territoires palestiniens où les Israéliens font n'importe quoi ! Je te parle d'en plein Fort-de-France, en face du Malecon, bien sûr dans un de ces côtés un peu sombres où j'aime bien garer ma DS noire pour ne pas attirer l'attention, *mais quand même !* Nous étions en centre-ville, avec toutes sortes de marchandes de bonbons, pistaches, doucelettes, sorbets, vendeurs de coco et vendeurs de jus de mangot, avec cette promenade qui s'allonge devant la mer, où de jeunes manmans viennent promener leur négrillon et leur poussette ! Une sorte de foire vivante où des Haïtiens font griller des brochettes, et où de jeunes inutiles battent des solos de tambour, où des touristes encanaillés viennent chercher le frisson tropical, et où, bien sûr, sans polémique inutile, *il n'y a pas la moindre police qui circule !* Eh bien là, on m'agresse dans ma voiture, inspectère ! On me crève mon siège ! On me pique dans le dos avec l'envie de me paralyser à vie ! On m'étrangle au fil de fer, et on m'ordonne de démarrer doucement…

Tu vois la situation ?!

Tu comprends, inspectère, pourquoi on te dit que les citoyens qui payent leurs impôts, qui croient en Dieu et qui respectent la loi, ne sont pas en sécurité dans ce pays ! Je voyais bien que ces deux petits chiens devaient avoir entre dix-sept et vingt ans, qu'il y avait encore du lait de leur baptême au coin de leurs gencives, et qu'ils devaient bien avoir un papa, une manman, une tante, de la famille et des tontons, et que rien de tout cela ne les empêchait de faire ce qu'ils faisaient, et de m'obliger à conduire la DS avec deux anneaux de plastique qui m'embarrassaient les poignets ! Le petit chien qui s'était mis devant disposait d'une science de l'affaire car il n'avait pas trop serré les anneaux, ils coulissaient, et si j'étais embarrassé pour conduire à grands coups de volant, je pouvais en revanche conduire cool comme ils me l'ordonnaient, sans à-coups, à petites rondes de direction assistée. Je sentais la pointe qui me vrillait le dos, et je m'entendis réclamer dans une sorte de grognement pitoyable qu'il me desserre le fil de fer, ce que fit celui qui se trouvait derrière et dont l'apparence seule me révulsa…

Il faut imaginer, inspectère, là, sur mes sièges parfumés, à l'arrière de ma DS, juste devant mon petit bouledogue qui sur la plage arrière secouait sans cesse une tête consternée, eh bien, là se trouvait, *horribile dictu !*, *un jumpie*. Une très jeune créature à locks, à barbe sale, aux yeux rouges cireux, et quand je dis locks c'est une manière de dire sans pour autant parler, car cela n'avait rien à voir avec des nattes bien ordonnées que la Bible sans doute, et encore, autorise ! C'étaient des entortillements informes, irréguliers, de cheveux morts collés par de la graisse de cactus et du goudron de crack. Un jeune bougre, qui semblait à la fois méchant et désespéré, et que je sentais capable de m'enfoncer son pic à glace entre les vertèbres et de me paralyser à tout jamais en chantant comme Édith Piaf *Je ne regrette rien… !* Quant à celui qui se trouvait devant, sur mon siège, sur mon cuir si bien soigné, le pied sur mon tableau de bord, avachi, mais le corps vibrant d'une énergie sauvage, eh bien, celui-là ne valait pas mieux ! Il avait tout du bad boy de nos cauchemars. La casquette de travers.

Le cheveu ras, avec des signes cabalistiques tracés à la pointe d'un rasoir, boucle d'oreille en or, colliers d'or autour du cou, anneaux à la narine, anneaux aux sourcils, tatouages sur les épaules et sur les bras, une barbe sale, un tee-shirt sans manches avec des paillettes autour d'une inscription anglaise, un de ces jeans informes, qui lui tombait comme un sac sur les hanches avant d'aller tire-bouchonner sur des Nike japonaises. Celui-là n'était ni désemparé ni hagard, mais il me donnait la désagréable impression d'une Cocotte-Minute chaude, sifflante, prête à exploser dans n'importe quel sens. Je lisais dans ses yeux une violence imbécile, aveugle, inutile, gratuite, sans limites, qui ne demandait qu'un prétexte pour se déclencher et pour exorciser un peu de cette animalité qui en lui avait pris le dessus. Il faut dire, inspectère, que sous mon calme apparent et mon indignation muette, j'étais désespéré. J'avais du mal à comprendre ce qui m'arrivait là, surtout du mal à admettre qu'un désagrément pareil puisse m'arriver à moi ! C'est alors que je songeai aux silhouettes des trois Anglais, silhouettes de la mort et de la haine, un mauvais signe en fait qui m'avait sans doute alerté sur ce que je vivais là. Voilà quelle était ma situation et mon état en ce début de soirée, inspectère, et ce n'était que le commencement… *Graviora manent, Graviora manent... !*

NEUTRALITÉ – Le commandant de police n'en croyait pas ses oreilles. Il avait déjà du mal, sous le gros œil du pistolet, à conceptualiser ce que lui renvoyaient ses yeux, mais la voix douce, pleine de colère et d'indignation, qui s'infiltrait jusqu'à son entendement, relevait d'une catégorie tragique de l'impensable. Il essaya de se débarrasser du souvenir de sa permanence, pour revenir à ce qu'il vivait là, retrouver ses esprits, respirer profondément, ne plus tenter de s'adresser à cette ombre qui le tenait en joue.

Il était à la merci d'un malade.

Pour prolonger sa vie de quelques minutes, même de quelques secondes, il devait se souvenir du comportement que l'on devait avoir en face d'une telle calamité humaine. Il ne put s'empêcher d'être la proie d'une excitation trouble, alors même qu'il s'efforçait de refouler une angoisse grandissante à l'idée que sa fille, sa Caroline, était en grand danger, et que chaque seconde la condamnerait à une mort certaine. Mais ce dont il avait rêvé toute sa vie se tenait devant lui : un assassin pas ordinaire, un psychopathe de grande ampleur, et qui pour des raisons obscures se livrait sans retenue à lui. Il en avait rencontré des milliers dans ses livres et dans les cours de psychologie criminelle qu'il avait suivis durant de longues années sur Internet. Si bien qu'il avait mené une vie ennuyeuse de petit kôlbôkô dans une île caraïbe, plongé dans l'insignifiance des sociopathes ordinaires, et une autre de grand policier confronté à des criminels organisés, d'intelligence supérieure, se déplaçant comme des princes dans un entrelacement de psychoses aiguës dont il était presque impossible de dresser une cartographie. Et cette créature, cet Hypérion Victimaire, en était, et de manière ahurissante. Le plus étonnant c'est qu'il s'était placé lui-même, pour une raison inexplicable, dans la lumière des confessions. S'il exposait avec force détails la machinerie mentale très complexe dans laquelle sa vie s'était fichée, et qui lui permettait de justifier son insondable sauvagerie, il ne cherchait en aucune manière, vis-à-vis du commandant de police qu'il tenait en joue, à dissimuler quoi que ce soit de ses actes. Éloi Éphraïm Évariste Pilon était effaré à l'idée que ce malade lui disait non seulement tout son *dedans*, mais aussi tout son *dehors*, et qu'il passait de la froide verticale du délire à ses fragilités émotionnelles les moins valorisantes. Le commandant se dit que ce sociopathe démesuré avait vécu cette nuit-là une mésaventure peu ordinaire. Le bel édifice de ses fariboles, délires, superstitions, psychoses et mensonges, au cœur duquel il avait durant l'essentiel de sa vie trôné comme un empereur, s'était certainement effondré cette nuit-là. Il ne devait la vie qu'au fait que cette bête malade avait grand besoin de parler à quelque chose ou à quelqu'un, et que son délire verbal lui servait en fait à reconstituer les murs, ravines et souterrains de son pauvre esprit soumis à la déroute. Telle une vieille araignée impitoyable, velue, horrible, il s'efforçait de reconstituer les fils brisés de son horrible toile narcissique et criminelle, et peu importait que celui auquel il s'adressait fût un officier de police. Éloi Éphraïm Évariste Pilon sut qu'il lui fallait se taire au maximum, ne rien troubler de ce paysage d'horreur que le monstre avait entrepris de redessiner sur sa réalité et sur celle de son pays. Ce qui lui donnerait une chance de se sauver, et par là même de sauver sa fille, était justement l'achèvement de cette horreur. Le monstre alors, telle une panthère apaisée par la dissémination de ses propres phéromones, retrouverait une sorte de quiétude. C'est dans cet apaisement, qui serait sans doute bref, que se créerait pour le commandant une fugace opportunité de se sauver la peau. Il fallait donc lui offrir une assise neutre, impalpable, disponible, sur laquelle il pourrait appuyer son édifice verbal. Il ne fallait surtout pas exister devant lui pour éviter le moindre accroc dans le voilage de ses délires qu'il déployait à l'infini. Éloi Éphraïm Évariste Pilon se tassa sur lui-même, imperceptiblement, comme accablé par la charge que constituait la gueule du pistolet. Il garda les yeux fixes tout en veillant à ce que son regard n'entre pas en contact avec les pupilles phosphorescentes du tueur. Il assura l'entrelacement de ses doigts contre sa nuque, se sentit un peu ranimé par la sensation familière de son arme de service qui dessous son blouson lui raclait les côtes, et se mit en devoir d'accueillir autant que possible toutes ces ondes mauvaises.

La voix du monstre était douce, un peu précieuse, son accent créole n'était sensible que sur la prononciation de certains *r* et sur certaines syllabes. Le ton était introspectif, comme si, malgré l'immobile détermination du pistolet, il était en train de naviguer à l'aveugle dans ses enfers et ses abîmes intimes. Certains aspects de son récit résonnaient de manière très claire dans l'esprit de l'officier. Ils venaient conforter quelques-unes des déductions auxquelles il était parvenu tout au long de sa nuit et qui l'avaient conduit à la situation désespérée dans laquelle il se trouvait en ce moment. Tout en mobilisant son attention sur ce que disait le tueur, il ne put s'empêcher de revenir à cette nuit de permanence, si anodine et ennuyeuse, et à ces événements qui s'étaient tout soudainement accélérés. Il aurait voulu se préciser à lui-même l'instant précis où cette nuit de permanence avait basculé, mais il craignit que le psychopathe ne sente sa dispersion mentale, et il s'efforça de revenir vers lui et de dégager autant que cela lui était possible une aura aussi neutre qu'attentive…

UN TROU DANS LE CUIR ROUGE[1] – Le jeune assis devant m'ordonna de rouler, et donc, inspectère,

1. Extrait de l'enregistrement du tueur – Dossier 13 – Cote AB 59 – Page 30 – Annexe 415.

je roulais en essayant de me calmer, et surtout de ne pas renverser une de ces personnes qui vont et viennent sans précautions devant le Malecon. Je virai lentement sur la gauche et me mis à remonter la rue de la Liberté, qui longe la Savane. À hauteur de l'hôtel L'Impératrice, il m'ordonna de virer à gauche, dans une de ces rues un peu moins éclairées que les autres. Le noir devint plus dense dans l'habitacle, même si, à intervalles réguliers, les nappes lumineuses des lampadaires traversaient les vitres, glissaient comme une huile volatile sur le cuir des sièges. J'avais du mal à mettre de l'ordre dans mon esprit, le fil de fer me cisaillait le cou, les tendeurs m'opprimaient la poitrine, et la pointe du pic à glace avait sans doute commencé à me toucher un nerf. L'idée que mon siège de DS s'était vu transpercé était elle aussi très douloureuse, et achevait de me plonger dans une confusion mentale rageuse. Non seulement je n'avais strictement rien fait à ces petits chiens-fer, mais ma DS non plus ne leur avait rien fait ! Et le cuir rouge de ses sièges non plus ! Un cuir que j'avais vu se patiner au fil des ans et des longues heures passées, durant plus de dix ans, à le nourrir de crème de lin et d'huile de sauge. Je m'étais soucié qu'il ne subisse aucune égratignure, tellement protégé et mignonné que ce trou que j'imaginais dans le dossier de mon siège retentissait en moi avec l'ampleur irrémédiable d'une crevasse. Sauvagerie sans limites que de ne pas sentir immédiatement que ce cuir si tendre, si luisant, si profond, si riche de tant de nuances dans son rouge bordeaux, était *quelque chose d'intouchable*, une forme évidente du sacré ! Si ces petits chiens ne l'avaient pas perçu, c'est que j'étais tombé sur des niveaux d'existence plus proches des crapauds que de l'espèce humaine…

Mon esprit ne quittait le trou dans mon siège que pour se focaliser sur la pointe qui me vrillait le dos. Je savais que c'était un pic à glace car je connais par cœur la configuration d'une pointe de pic à glace, et aussi sa longueur ordinaire juste adaptée à l'épaisseur d'un siège de voiture. J'en avais cinq ou six de ce genre dans mon coffre, plus ou moins longs selon leur usure, et aiguisés de manière différente en fonction des sanctifications. Je frémis à l'idée que ces petits chiens avaient ouvert mon coffre, et qu'ils s'étaient emparés d'un de mes pics, mais je chassai bien vite cette sacrilège supposition. Ce pic n'était pas un des miens : dans l'affirmative, ma peau, mon coussinet de vertèbre et les fibres nerveuses de ma moelle épinière auraient été percés. Au moment de l'agression, le coup porté à travers le siège avait été maladroit, j'avais senti le cuir résister à la pointe à deux reprises, et j'avais eu le temps de me cabrer contre le volant pour éviter que la pointe ne me transperce vraiment la peau. S'il s'était agi d'une de mes piques, inspectère, le cuir, la mousse du siège, ma peau, mes vertèbres et ma moelle n'auraient pas opposé plus de résistance qu'une fumée de charbon que traverserait un colibri. Donc, l'idée que ce pic était le leur, et qu'ils n'avaient pas touché à mon matériel, était en soi une source d'apaisement. Un apaisement qui ne diminuait en rien mon indignation et ma colère, mais qui me permit de trouver l'envie de leur parler…

ÉLOGE DE LA DS[1] – Je ne suis pas du genre causant, inspectère, encore moins quand je me trouve en présence de sauvages, mais ce que je vivais là était tellement

1. Extrait de l'enregistrement du tueur – Dossier 13 – Cote AC 60 – Page 14 – Annexe 415.

démesuré, tellement impensable, que je ne pus que me soumettre au devoir de leur expliquer un certain nombre de valeurs. *À commencer par la DS !* Et c'est donc d'une voix très calme, inspectère, exactement comme je te parle maintenant, que je leur expliquai ce qu'était une DS, car il ne faut pas confondre les torchons et les serviettes, cocos et zabricots, Coca-Cola et caca-collé, ni prendre l'envers pour le devant et le dernier pour le milieu. Il existe non seulement des limites, mais il y a un ordre de valeur dans les choses. Et donc par conséquent, je leur dis qu'il y avait des voitures et qu'il y avait les DS. Que dans les DS, il y avait DS et DS, tout comme il existe des tamarins sucrés et des tamarins surs, et qu'il ne s'agit pas de les regarder d'un simple coup d'œil pour les reconnaître : cela demande un certain sens de la valeur et une prédisposition au respect. Car, inspectère, et je le leur ai dit, ou du moins j'ai essayé de le leur dire, ma DS est une DS 21 Pallas, à quatre cylindres en ligne, qui fréquente le 4 500 tours minute sur un dragon de 125 chevaux, et que le petit soupir que vous devinez sous le capot, bande de chiens, ce n'est pas l'œuvre d'un simple carburateur mais le murmure d'un double corps zénith 24/30 EEAC qui peut s'accrocher au slip de la lumière jusqu'à 150 ou 160 kilomètres par heure si on sait lui flatter l'estomac, et surtout si on sait vraiment gonfler les pneus qui ne sont pas des pneus mais des mangeurs de route de 165/400 à l'avant et de 155/400 à l'arrière. Des pneus Michelin hors classe qui savent à la fois mordre le luiloud, absorber les roches et les nids-de-poule, trancher les flaques de pluie, et aspirer le vent ; et que si vous ne sentez rien, bande de petits chiens, c'est que vous êtes sur un système hydraulique LISS vert qui compresse une féerie de douceur dans quatre sphères qui sont comme les ailes d'un ange, et qui portent les 1 200 kilogrammes de la bête au-dessus de nos saletés de vieilles routes abîmées, avec des pneus qui savent prendre l'angle exact des virages et la manière des pentes les plus abruptes ! Et vous êtes assis non pas sur des sièges de voiture, mais sur des fauteuils Citroën de cuir de buffle rouge, et tout autour de vous, regardez bien, vous avez du nylon de Chine, et du chlorure de vinyle polyamide qui provient de la science des demi-dieux de Citroën, et ce modèle est le même que celui dans lequel le père de Gaulle s'est fait tirer dessus par l'OAS, et grâce auquel, Dieu merci, il a pu rester vivant ! Direction assistée, boîte de vitesse à commande hydraulique, freins à disque, phares directionnels, moteur à injection, c'est ça que vous avez là sous vos fesses, bande de rats à bretelles !…

Je te jure que j'essayais d'être poli, inspectère, de ne pas faire une fois encore le mauvais nègre, avec juste le souci de leur faire découvrir dans quelle merveille ils se trouvaient, et alors sais-tu ce qui se produisit ? Je n'avais même pas encore abordé la question de la peinture, de la tôle, des feux arrière, de la calandre en inox chromé, que celui de l'avant, le bad boy pour clips de Trace TV, se mit dans l'idée de me crier dessus, ce qui était déjà un sacrilège, mais aussi, et je te le dis presque en pleurant, de me donner une calotte sur la tête, en me criant dessus, inspectère, en me criant dessus comme sur un chien, ou sur une femme, et en m'ordonnant de me taire comme on le fait pour les bouledogues, c'est-à-dire « Paix là ! » Ce qui en créole devient plus insultant car cela donne *Péla !* Et il ajouta « frère », ce qui donna sans rien diminuer de l'insulte : « Péla, frère !… »

Il faut savoir, inspectère, que j'ai un petit défaut : c'est pas que je sois rancunier, c'est que je n'oublie rien et que je ne pardonne rien. Et donc je compris tout de suite que ce petit chien-là allait mourir de mes mains, selon une manière spéciale sur laquelle je commençai immédiatement à méditer. Je ne pouvais d'ailleurs rien faire d'autre que de calculer sur cette nouvelle humiliation, j'étais comme décomposé dans un marigot de la honte. Le sentiment d'une totale impuissance me faisait trembler comme un épileptique. Quand la calotte m'avait projeté le crâne contre la vitre latérale, j'avais de suite senti en moi la foudre éblouissante qui déclenche le Négateur.

Mon corps s'était arqué vers le geste fatal, ce qui n'avait eu comme unique conséquence que de me cisailler le poignet gauche contre les anneaux crantés qui me liaient au volant, de me cingler la poitrine par les tendeurs qui en retour de flamme me plaquèrent brutalement contre le siège au point de m'étouffer, et pour finir de me projeter la gorge contre le fil de fer qui essaya de me décapiter. Je dus arquer le dos pour éviter que la pointe ne me défonce la moelle ! Toute cette adversité me força à une immobilisation brusque pour calmer mes douleurs. La DS avait fait une petite embardée, mais j'avais réussi à en garder le contrôle malgré mes tremblements, ma honte, et l'impuissance qui m'incendiait l'âme. Le pire, c'est que le bad boy continuait à s'adresser à moi comme si nous avions volé des poules ensemble. Il m'expliquait que je n'avais pas intérêt à lui parler sur le ton que j'avais employé, car cela reviendrait à l'obliger à m'écraser toute la gueule, « car frère, tu me vois là et tu crois me voir, disait-il, mais c'est la berlue, frère, car tu ne me vois pas, parce que si tu me voyais vraiment, tu aurais su que tu avais devant toi un colonel, yes man, colonel Gun, celui qui tue avant que son ombre n'ait bougé, et qui a déjà deux-trois occis sur la conscience, car je tire, frère, je tire sitôt que quelque chose me prend la tête !... » Et tandis qu'il me parlait comme ça, il avait sorti un petit canif sale, malement aiguisé, qu'il approcha de ma joue en me menaçant d'y tracer une fraîcheur, « car c'est la fraîcheur, man, qui soutient la mémoire et donc tu vas la fermer et faire ce qu'on te dit », et pour bien me faire comprendre la menace, il eut un geste horrible en direction du tableau de bord de ma DS, et je vis dans un brouillard d'horreur se dessiner (sur le revêtement de polyester que je veillais depuis tant d'années à bichonner de crème) d'abord un A puis un B, ce qui était sans doute les initiales de son nom de macaque...

J'avais fermé les yeux pour ne pas continuer de voir tout cela, inspectère, car une telle vision, à dépasser les trois secondes, aurait pu me tuer froid. Je réussis à me contrôler et à me concentrer sur la conduite de la DS qui errait comme un dragon de nuit dans les rues dépeuplées. Le bad boy continuait ses menaces, injures et invectives, mais je l'entendais à peine, concentré que j'étais à trouver le moyen de me sortir de là. Leur dispositif était pour ainsi dire d'une perversité géniale. Les tendeurs me ligotaient le torse au point de me contrarier la respiration. Les anneaux crantés qui me nouaient les poignets au volant me permettaient de l'actionner tout de même, tout comme de manipuler le levier de vitesse du bout des doigts de ma main droite. Le fil de fer était à deux mailles de me trancher la glotte, et la pointe du pic à glace que le jumpie contrôlait dans mon dos semblait n'attendre que l'occasion de me percer la moelle et de m'envoyer sans escale vers un fauteuil roulant. Ce qui me sauva du désespoir, c'est que j'avais toujours eu grand plaisir à faire rouler ma DS, à sentir les vibrations de son moteur et sa manière de réagir à la plus légère de mes sollicitations. Durant quelques minutes, je me réfugiai dans ce petit plaisir là. Je parvins même, durant quelques secondes intermittentes, à oublier le petit chien et son compère jumpie.

Ils étaient très différents.

Autant le bad boy rayonnait de force et de violence aveugle, autant l'autre semblait souffrant, perturbé, fantomatique et incertain sous le poids de ses locks. Ils se parlaient entre eux en se donnant du *frère* et du *mafia* : *frère ceci ; mafia cela, et frère ceci et mafia ça...* Ils parlaient de leur manière d'organiser la nuit dans un langage qui m'échappait en grande partie. Je crus comprendre que le jumpie insistait pour que ma DS les amène sur le port parmi les containers qu'ils pourraient facilement piller du fait des entrées et des facilités que le bad boy semblait avoir développées dans un réseau de dockers mafieux. Le bad boy rétorquait que le pillage des containers n'était pas une affaire de vol à la sauvette, mais un vrai syndicat d'actions organisé, avec des jours, des heures, des procédures et deux-trois partitions que même lui, maître-mafia du port, était forcé de respecter. Je sentais qu'il existait entre eux une amitié profonde, si tant est qu'un tel sentiment puisse exister entre deux bêtes sauvages. Le bad boy semblait éprouver pour la petite loque qui salissait mon siège arrière une vraie tendresse, sa voix canaille s'adoucissait en s'adressant à lui. Il le regardait avec toujours quelque souci dans les yeux, ce qui me laissait à penser que l'épave avait sans doute un grand danger aux trousses. Et lui, en retour, le jumpie, que je zieutais de temps à autre dans mon rétroviseur, il était clair qu'il éprouvait une admiration sans bornes pour ce bad boy. Il devait le prendre pour une sorte dc maître-pièce du courage et de la force. L'aura de solitude qui enveloppait son être, comme une coquille autour d'une chair de soudon, se dissipait un peu, se fissurait de toutes parts quand ils se regardaient, ce qui me laissait supposer que le chien bad boy était son seul ami. Le plus étonnant c'est que lui, le jumpie, tout en se chamaillant avec son sale complice, n'arrêtait pas de me zieuter en retour, non parce qu'il me surveillait et craignait une riposte de ma part, mais parce que, pour une raison étrange, *je provoquais une interrogation en lui.* Je n'y percevais ni hostilité, ni haine, ni violence, mais juste un trouble indéfinissable qui se démultipliait chaque fois que nos regards se croisaient. Je le regardais, c'est vrai, avec tout le mépris et le désir d'écrabouillage que quelqu'un de normal pouvait porter en soi en observant une araignée-falaise porteuse de poils et de venin à fièvre. Mon regard constituait sans doute un message qu'il recevait cinq sur cinq. Il baissait à tous les coups la tête, ou détournait les yeux, et durant la maille de seconde durant laquelle nos pupilles s'étaient croisées, je le sentais m'examiner avec une intensité de crainte et de respect. Cela me remplissait de plaisir, ce qui n'est qu'une manière de parler vu mes tressaillements d'humiliation et de colère. Disons que je ressentais un arrière-plaisir, comme on dirait une *arrière-pensée*, que ce débris puisse tout de même concevoir qu'ils n'étaient pas tombés sur un ma-commère, un lêkêtê insignifiant, mais sur un quelque chose dont ils n'avaient même pas idée. Ce qu'ils étaient en train de fomenter avec ma DS, et avec moi-même, était de l'ordre d'une offense à la divinité… *Horresco referens !* […]

De temps en temps, le jumpie interrompait ses jérémiades pour s'accrocher à son portable. Il appelait ainsi quelqu'un toutes les cinq minutes, semblait soucieux de l'absence de réponse et raccrochait sans laisser de message. Le bad boy paraissait lui aussi soucieux du résultat de ces coups de fil, et encore plus soucieux quand le jumpie se mettait à hoqueter de mal à l'aise, comme si quelque chose était en train de griller à l'intérieur de lui. Il en gémissait tout le temps, et ce qui devait être une catégorie de larmes lui noyait les sourcils et y demeurait en cette cire chassieuse qui lui constituait des embâcles dans le coin de ses yeux. Le bad boy, qui ne supportait pas de le voir souffrir, s'emportait de temps en temps dans une série de ces jurons qui lui servaient de parole ordinaire. Il lui disait qu'il fallait arrêter de s'envoyer je ne sais quelle saleté. Qu'il lui fallait prendre enfin conscience de l'état dans lequel il était, à deux doigts de finir dans un vieux caniveau. Le jumpie protestait qu'il était juste victime d'un reliquat de gastro, que c'est cela qui lui donnait la fièvre, la chiasse et la tremblade, mais que ce n'était rien car il pouvait tenir : sa seule inquiétude étant d'abord de se dénicher une petite dose pour se remonter le moral, et ensuite de trouver au plus vite de quoi apaiser les Anglais. Le bad boy, toujours fanfaron, se tapait l'estomac en expliquant que c'est lui qui menait la danse, et que c'est à lui que les Anglais allaient avoir affaire, et qu'il allait tout régler à l'huile d'olive comme il le lui avait promis. Je profitai alors d'une accalmie pour formuler une proposition, à savoir leur voler une voiture style Mercedes, 4 × 4 ou BMW, ce que je pouvais faire en quatre secondes, et la leur offrir à condition qu'ils me laissent m'en aller avec ma DS. Je leur expliquai qu'elle n'était vraiment pas faite pour le genre de bordel qu'ils semblaient envisager de mener cette nuit. Je leur dis aussi de bien réfléchir à ma proposition, car cette DS était celle de mon père, digne inspecteur des contributions directes, qu'il l'avait achetée sur la fin de sa vie, exactement comme on achète une parcelle authentifiée au paradis, et que s'il n'avait jamais eu la force de la conduire, il l'avait astiquée à la cire d'abeille jour après jour, y avait pris des punchs en compagnie de ses amis survivants qui s'en allaient l'un après l'autre, y avait mené toutes ses siestes, et ses insomnies hagardes au moment des pleines lunes, le dos bien calé par un petit coussin, les deux mains agrippées au volant, et les pieds tressautant sur le jeu de pédales. De temps en temps, il l'avait fait démarrer, juste pour écouter le bruit de son moteur comme on tendrait l'oreille vers une symphonie, c'est d'ailleurs ainsi que je le retrouvais, le front posé sur le volant que ses mains agrippaient encore, et les oreilles pointées vers le chant du moteur qui continuait à ronronner. Je ne leur révélai pas que son rêve, plus ou moins formulé, avait été d'être enterré dans sa DS. Je n'y avais pas accédé car je trouvais cela un peu extravagant. Je trouvais surtout regrettable de sacrifier une machine comme celle-là à la lubie d'un désaxé comme l'avait été mon père…

Je dus leur faire quelques autres confidences pour bien leur signifier à quel point cette DS était précieuse pour moi, et leur laisser deviner dans le même temps combien j'avais autre chose à faire de cette nuit qui s'ouvrait… Et là, inspectère, je me fis injurier une fois encore par le bad boy. Il me menaça de « fraîcheurs » avec son vieux canif. Cette fois, merci Jésus, merci Joseph, il ne jugea pas utile de m'expédier une autre calotte. Il prit seulement le temps de m'expliquer que, si je continuais comme cela, je finirais avec le ventre ouvert et les yeux crevés au fond d'un marigot où des crabes-touloulous allaient faire disparaître toute trace de ma pauvre existence. Avec foi et fierté, il proclama avoir déjà infligé ce traitement à cinq ou six personnes ; que le fait que je sois un vieux corps et lui une belle jeunesse ne devait pas égarer mon jugement, car lui portait sur ses épaules et dans son âme bien plus de mauvaisetés que s'il avait mille ans… Le jumpie, lui, m'avait écouté en silence, et tandis que l'autre serpent recommençait à m'injurier et à me menacer, il se contenta de hoqueter, de tressaillir, et de sembler mourir dans une toux très grasse. Je priai tous les saints du ciel pour qu'il ne salisse pas à tout jamais mes sièges par un vomi ou une diarrhée. Je signalai au bad boy que son comparse était en train de crever dans ma voiture, ce qui le calma un peu, et lui fit retrouver une tonalité normale. Il se retourna vers la loque pour lui promettre de lui dégoter une dose le plus vite possible, de quoi lui permettre de tenir sans problème toute la nuit. Je ne pus m'empêcher de gronder comme si je venais d'entendre la pire obscénité : « Mais dites donc, vous, là, vous pensez me garder combien de temps comme ça, excusez, mais dites donc ?! » Et lui, ce petit chien, un peu interloqué par ma fureur de lion, trouva malgré tout l'imprudence de me dire : « Paix à ta gueule papy, nous sommes partis pour toute la nuit… ! » À cette triste perspective, je peux te dire, inspectère, que je maudis mille fois ma négligence coupable. Moi, Hypérion, délaissé par l'Archange, capturé par deux petits démons, je sombrai dans une amère méditation sur cette jeunesse que je découvrais ne pas aimer du tout… *Ibi deficit orbis*…

UNE FUGUE ET UN CRIME – Avec le recul, le commandant Éloi Éphraïm Évariste Pilon se dit que l'instant où sa nuit de permanence avait commencé à changer de nature fut sans doute celui d'un appel, tout en début de soirée. Le chef de la troisième brigade communiqua au central téléphonique qu'ils étaient, ses hommes et lui, du côté du Malecon, et qu'ils avaient dû intervenir à la suite d'une altercation entre deux jeunes et un vendeur de sinobol, le vendeur de sinobol (ou snow ball si tu veux) se plaignant que deux voyous lui avaient dérobé le pic à glace qui lui permettait de calibrer ses barres à la taille du rabot. Les deux jeunes avaient été rapidement interpellés, fouillés, et comme ils n'étaient détenteurs d'aucun pic à glace, la Bac s'était contentée de vérifier leur identité, et de les passer au central pour investigations complémentaires. Le chef de brigade avait donné leur état civil, un nommé Enzo Malmor, né le 4 mars 1993, et un nommé Alexis Balthazar, né à Fort-de-France, le 6 juin 1991. L'un portait une casquette de cuir piquetée de clous de zinc, trois colliers d'or autour du cou, des anneaux aux oreilles, un anneau à la narine gauche, était vêtu d'un tee-shirt bleu marine, d'un baggy délavé et troué, et de tennis de marque Nike, black et bleu. L'autre arborait des locks qui lui arrivaient à la moitié du dos, un bandana rouge, un collier de grains d'or, et deux chaînes forçat, des petits tatouages sur les avant-bras, sur chaque doigt et entre les sourcils ; il était vêtu d'un tee-shirt rouge, pailleté avec des inscriptions, d'un baggy bleu pâle, déchiré au genou, d'une ceinture Ralph Lauren à gros ceinturon, d'un pull d'hiver noué au bord de sa taille, et un bonnet de laine lui sortait de la poche arrière. L'agent de permanence avait vérifié tout cela dans les bases de données mais n'avait rien trouvé de spécial. Il avait rempli la fiche de main courante qu'Éloi Éphraïm Évariste Pilon avait signée après l'avoir lue de la moitié d'un œil. Parmi les communications reçues en ce début de nuit des chefs de brigade qui sillonnaient le centre-ville et les quartiers très chauds, il avait aussi lu une autre fiche concernant trois Anglais qui semblaient avoir débarqué dans la journée, et qui rôdaient dans les zones sensibles en posant des questions. Le chef de brigade les avait fait surveiller discrètement par deux ou trois de ses balances, espérant mettre la main sur la cargaison fraîchement débarquée, mais les trois Anglais n'étaient de toute évidence pas des transporteurs, et personne n'avait été en mesure de dire ce qu'ils cherchaient ainsi. D'après le chef de brigade, cela sentait le règlement de compte, et il avait décidé, avec la permanence des stups, de leur coller une surveillance discrète. Ces éléments se mettaient en place lentement dans l'esprit du commandant de police. Il se demandait s'il avait disposé des éléments utiles pour mesurer l'importance de ces signalements. La réponse était non, bien entendu : des faits isolés, d'une rare banalité, et sans aucun rapport entre eux, ne disposaient à cette heure de la nuit d'aucune signification. L'accélération la plus visible s'était produite quand, au détour d'une impulsion, Éloi Éphraïm Évariste Pilon avait téléphoné au foyer où se trouvait sa fille. Comme ça, sans trop savoir pourquoi, même pas sous l'aiguillon d'une intuition qui aurait pu être identifiée. Il avait eu envie de lui téléphoner, et il avait téléphoné. Il est vrai que l'approche de la retraite, et le grand projet de s'occuper exclusivement d'elle plaçaient sa fille au centre de son esprit à mesure que les heures s'écoulaient et que sa nouvelle vie se précisait. Entre deux auditions à la permanence, il se retira dans son bureau pour se couler une tisane de citronnelle, grignoter un bout de chocolat noir, et téléphoner au foyer de Gaschette où Caroline était placée depuis déjà deux ans. Il savait qu'elle se couchait tard, qu'elle ne dormait pas encore, il s'apprêtait à se réjouir de toute son âme au simple fait d'entendre sa voix, légèrement ennuyée et laconique comme à son habitude. Il avait résolu de ne pas se laisser troubler par cette mise à distance, et de lui parler (avec toute l'affection d'un père) de sa nuit, de ses auditions, de n'importe quoi, juste pour jeter les bases de leur vie nouvelle. Il ne savait pas encore s'il lui annoncerait sa décision de voir le juge pour la sortir de là, l'installer avec lui, dans sa maison de Macouba où il pensait se retirer. Les portables étant interdits dans le foyer, il avait téléphoné à la permanence éducative. L'éducateur en fonction le fit patienter une vingtaine de minutes pour s'en aller vers les dortoirs et revenir lui annoncer que la chambre de Caroline était vide, et qu'on ne la trouvait nulle part. L'éducateur avait raccroché pour, dit-il, donner l'alerte et opérer une fouille approfondie de l'ensemble du foyer.

Éloi Éphraïm Évariste Pilon avait patienté auprès du téléphone, oubliant même de siroter sa tisane de citronnelle qui avait fini par refroidir. L'éducateur avait alors rappelé au bout de trente minutes pour lui confirmer que Caroline avait fugué. Le commandant, resté imperturbable, s'était fait donner la description des vêtements qu'elle portait ce soir-là (un tee-shirt mauve, un jean blanc très serré, et des ballerines roses), puis il avait laissé son numéro de portable à l'éducateur afin d'être contacté au cas où elle serait de retour. Éloi Éphraïm Évariste Pilon avait immédiatement lancé un signalement à toutes les brigades de la Bac, sans préciser qu'il s'agissait de sa fille, mais en recommandant la plus grande vigilance et un retour immédiat sitôt qu'elle serait repérée. Avant de rejoindre son poste de permanence, il n'avait pu s'empêcher de méditer sur ce qui lui arrivait avec cette pauvre enfant. Le couple qu'il avait formé avec Thérèse n'avait jamais été un exemple d'harmonie ou de félicité. Leurs premières années de vie commune avaient été pour ainsi dire normales. C'est vrai qu'elle commençait déjà à boire, de la bière Lorraine, de plus en plus tôt, et de manière de plus en plus rapprochée, mais elle avait cessé net sitôt qu'on lui avait révélé sa grossesse. Éloi Éphraïm Évariste Pilon en avait été très heureux, ce qui ne l'avait pas amené pourtant à se faire plus présent. Là, sans aucun doute, avait été le cœur de toutes ses négligences : il allait et venait aux affaires policières jour et nuit, samedi, dimanche et fêtes compris. Bien qu'il n'en tira pas grande satisfaction, il ne pouvait s'empêcher de s'investir corps et âme dans un métier qui le rapprochait autant des notions de justice, d'honneur, de valeurs, de dignité. Il croyait à tout cela. Le simple fait de toucher à son arme de service le transformait en une sorte de guerrier de lumière. Il lui était impossible de se retirer chez lui auprès de sa femme, Thérèse, et de sa fille qui venait de naître, alors que tant d'ombres surgissaient de partout, tant de violences aveugles, tant de ravages du crack, tant de petites folies devenues ordinaires. Peut-être aussi se sentait-il plus à l'aise pour lutter contre les ondes de l'extérieur plutôt que contre celles qui s'épaississaient dans sa propre maison. La naissance de Caroline avait comme précipité un abîme dessous la neurasthénie grandissante de Thérèse. Éloi Éphraïm Évariste Pilon comprit très vite qu'elle n'avait rien d'une mère, qu'elle n'était pas faite pour cela, et que les dispositions naturelles de son corps étaient contraires au chaos répulsif qui se produisait dans son esprit à mesure que le bébé envahissait la maison et leur vie. Il commença par trouver des amoncellements de bière Lorraine, puis, comme pour mieux attester d'un grand dérèglement, d'une variété de marques (Heineken, Corsaire), sans compter les premières apparitions des bouteilles de rhum blanc Saint-Étienne, du vieux Saint-James, même de cette merde de Négrita. Parfois, surgissaient des cuvées spéciales « Esprit rhum » à plus de 70 %, de la distillerie La Favorite, et qu'elle se procurait on ne savait trop où. Il était plus facile à Éloi Éphraïm Évariste Pilon de lister ce qu'il n'avait pas fait pour la sortir de ce naufrage, plutôt que de décompter tout ce qu'il avait tenté. C'est la mort dans l'âme qu'il s'était résolu à engager une vieille dame de Tivoli, qui se retrouva à s'occuper de Caroline de nuit comme de jour, tandis que Thérèse se perdait de plus en plus dans les méandres de l'En-ville. Au grand désespoir du commandant, elle se faisait embarquer par les équipes de la Bac dans des états proches de la cendre. Quand les chefs de brigade avaient fini par l'identifier, ils avaient cessé de la ramener dans les cellules de dégrisement, puis dans les gardes à vue pénibles durant lesquelles elle injuriait et agressait tout le monde, à commencer par les thérapeutes qui s'évertuaient à lui porter secours. Ils préférèrent la ramener directement à leur collègue qui la prenait en charge et s'en allait avec, à la maison, ou dans le cabinet d'un ami médecin qui lui administrait un cocktail de calmants. C'est au bout de son premier internement à l'hôpital psychiatrique de Colson, que l'on découvrit qu'à la bière et au rhum s'étaient greffés le crack, et des tisanes de datura mêlées à la résine de cannabis. Ces toxiques acculaient la malheureuse à se battre avec son propre corps, se déchirant elle-même jusqu'au sang, ou se mettre à courir de toutes ses forces pour tenter de s'éloigner d'elle-même. D'autres fois, elle se mettait à galoper en rond, à une vitesse qui révélait sans aucune ambiguïté qu'elle essayait de rattraper son propre corps qui fuyait devant elle. Puis, un jour, elle avait disparu, ne laissant nulle part aucune trace d'elle. Éloi Éphraïm Évariste Pilon, qui répugnait à la chercher lui-même, avait dépêché plusieurs de ses meilleurs collègues. Ils avaient fini par la dénicher dans la commune du Lamentin, dans une des cases en tôle de ce quartier Vieux-Pont qui était devenu le cœur de rassemblement de tous les dealers, épaves et trafiquants du pays. Nombreuses étaient les jeunes filles et les femmes droguées qui s'y retrouvaient à la merci totale des démons de la drogue, soumises au plus indigne des esclavages en échange d'un caillot de crack sur un goudron de cannabis. Cette horde se dispersait dans la mangrove à la moindre inspection des douanes et des gendarmes, puis se reconstituait aussi sec pour engendrer une cour des Miracles qui n'arrêtait pas de fonctionner de jour ou d'exploser continuellement la nuit. À chaque fugue, chaque signalement d'une disparition, les services de la municipalité, la douane et la police récupéraient tous les esclaves qui se trouvaient dans l'ombre fétide des abris de fortune. Ils démolissaient ces derniers au maximum, en veillant à en emporter les débris. Cela n'empêchait pourtant pas de nouveaux abris de surgir de terre, et le quartier infernal de reprendre son industrie naturelle dans l'ombre grouillante qui succédait aux grands éclats des gyrophares. Éloi Éphraïm Évariste Pilon en avait ramené Thérèse une fois, dix fois, mille fois, puis il avait cessé de s'en préoccuper, tout comme les descentes de police et de douane qui avaient fini par se rendre compte qu'il n'y avait plus chez elle, ou en elle, quoi que ce soit à sauver, ni dans ce qui lui restait de cartilage, d'os et de peau, ni dans le fond de ses yeux où plus personne ne regardait le monde… Et, puis, une nuit, chez lui, alors qu'il rentrait tardivement, il l'avait retrouvée pendue, dans la chambre de Caroline… une image insoutenable qu'il évacua de son esprit comme il avait appris à le faire durant de longues années.

Avoir sa femme dans la mangrove n'était pas une situation très facile à vivre pour l'inspecteur principal qu'Éloi Éphraïm Évariste Pilon était à l'époque. Quand une épouse parvient à ce degré de déchéance, il y a toujours comme un soupçon diffus qui plane au-dessus du mari. D'autant que les services sociaux avaient surgi dans cette affaire quand Caroline s'était retrouvée à l'école avec quelques brûlures de cigarette sur le dos et sur les avant-bras, et qu'il avait été reproché à Éloi Éphraïm Évariste Pilon d'avoir voulu maintenir en dépit du bon sens un impossible lien entre la mère et la fille, au point de lui en laisser de temps en temps la garde en espérant que cela pourrait l'aider à se stabiliser. Le futur commandant avait bataillé ferme contre les juges et les assistantes sociales (des folles qui manient la morale comme on balance un fouet). Après la mort de Thérèse, il avait réussi à obtenir durant quelques mois la garde de sa fille, puis par la perdre quand elle avait fugué de chez lui, et qu'on l'avait retrouvée sur les flancs de la montagne Pelée en train d'errer dans le brouillard en mâchonnant des fraises des bois. Il dut alors se résigner à la voir rejoindre le foyer de Gaschette, à suivre de loin sa scolarité de visite en visite, à tenter de parlementer avec elle lors de ses guérillas avec l'équipe éducative, et à la voir grandir pour ainsi dire à distance, comme on regarde pousser un arbre mystérieux, avec toujours ce sentiment éprouvé jusqu'à l'os qu'elle était définitivement perdue pour lui. D'autant qu'il avait ce doute sur sa paternité, qui ne se fondait sur aucun élément précis, mais se trouvait sans doute en relation avec le mental perturbé de Thérèse, ses compulsions immodérées vers la bière et l'alcool. Ces dérives faisaient de sa sexualité quelque chose d'erratique, en tout cas pas toujours (si jamais cela pouvait se concevoir) sous le contrôle d'un semblant de raison ou d'un restant de volonté. Et puis, il y avait sans doute le fait que le « maître-pièce de justice », le grand « missionnaire de la lumière contre l'armée des ombres », le policier scrupuleux et quelque peu procédurier qu'il était devenu avait du mal à admettre qu'un tel effondrement puisse se produire au cœur de sa maison. C'était comme s'il se trouvait assailli en traître et par-derrière. Il s'était organisé toutes sortes de préventions mentales impérieuses – elle est folle, elle est ceci cela, son enfer n'est pas de moi –, et s'était réfugié dans ces écuries d'Augias que nettoyaient sans fin les brigades policières. Ses collègues avaient fini par découvrir le naufrage de sa fille, après celui de sa femme. S'il se sentait toujours aimé et respecté au fil du quotidien, incontesté comme policier dévoué, compétent et de grande dignité, il entendait tout de même passer de gros troupeaux d'arrière-pensées et des obliques de vieux regards chargés de mille et une questions. Cela ne l'avait pas empêché de tenir de longues conversations avec sa fille lors de ses visites au foyer. Il s'était efforcé de lui expliquer le monde, la vie, les êtres, la complexité des sentiments, les duretés parfois très obscures de la vie, et la nécessité pour une personne humaine de ne pas s'enfermer dans le creux de ses os, mais au contraire de s'ouvrir, d'aimer, et de communiquer avec ceux que l'on aime et qui vous aiment. Il lui avait parlé des valeurs, de la justice, du droit, de l'honneur, de la volonté, de la nécessité d'avoir un idéal, de cette plénitude qui résultait du fait de se vouer à une cause. Il s'était efforcé de lui transmettre ces valeurs essentielles, tandis qu'elle se renfrognait devant lui, pianotant sur les manettes ou les boutons d'une console vidéo, l'écoutant avec indifférence, avec ennui ou amertume, quand ce n'était pas avec hargne et violence dans les yeux. Éloi Éphraïm Évariste Pilon croyait parfois se retrouver devant une de ces épaves qu'il auditionnait durant les gardes à vue : la même distance, la même incompréhension, le même obscur naufrage sans rémission. Il ne la comprenait pas, pas plus qu'il ne comprenait tous ces jeunes emportés par un alcool précoce, broyés par les drogues ou travaillés par des violences aveugles qui traumatisaient les lycées et collèges. Il avait toujours imaginé un ordre des choses et du monde qui était de son côté ; tous ces jeunes broyés par les misères sociales ou les désarrois mentaux se trouvaient en dehors, dans un autre monde qu'il pouvait neutraliser en rejetant un dossier ou en concluant une procédure. Les procès et les emprisonnements fonctionnaient dans son esprit comme des garde-fous, des sas au-delà desquels se trouvait une marée de déraillements absurdes. Mais il avait retrouvé ces déraillements au cœur de son amour, au centre de sa maison, dans la chair même de sa chair. Il n'avait dès lors plus aucune zone de repli, aucun havre de paix, aucune aire de sa vie où se replonger dans ce qu'il pensait être la « normalité ». Sans doute avait-il pris alors quelque distance avec sa fille, la visitant brièvement, lui parlant moins, l'oubliant deux-trois semaines sans y penser, puis revenant vers elle pétri de culpabilité et de ce sentiment qui ne savait rien des mystères de l'amour. Quand il décida de l'aimer, et qu'il se rendit compte qu'il l'aimait déjà, qu'il l'avait toujours aimée, la retraite lui sembla être l'opportunité d'une autre vie : celle où il affronterait enfin avec toutes ses ressources et son temps devenu disponible, ses ombres et ses enfers intimes.

En fait, que Caroline ait une nouvelle fois fugué de son foyer n'était pas une catastrophe en soi. On la retrouverait quelque part dans Fort-de-France, on la lui ramènerait, et lui, pour la première fois de son existence, pourrait lui consacrer la totalité de sa journée, et la totalité de celles qui suivront. *C'est fini Caroline, papa est là, papa revient à la maison !* Il expliquerait au juge sa disponibilité et sa résolution, et il ne doutait pas qu'il lui serait accordé une nouvelle chance de l'éduquer lui-même, de la sauver à force de présence et d'amour. Ces méditations parfumées de citronnelle et de chocolat lui avaient quelque peu renfloué le moral. Il avait hâte que la nuit se termine et qu'il se retrouve totalement libre. C'est alors que le colonel l'avait appelé pour lui signaler la découverte d'un crime, et exiger qu'il y aille sans attendre compte tenu de la gravité des faits. Le commandant en fut passablement agacé. Il prit son insigne, ses papiers, son dictaphone, son équipement et son arme de service, et utilisa son propre véhicule pour se rendre sur les lieux.

La scène du crime se trouvait en plein centre-ville, dans la rue Victor-Hugo, au troisième étage d'un petit immeuble dont le rez-de-chaussée abritait un bazar chinois. Un voisin, ami du colonel, avait donné l'alerte. Il avait cru entendre des grognements de bête sauvage, « oui des grognements, quelque chose de pas humain et de pas normal comme si une créature infernale se débattait dans un mélange de plaintes insoutenables et de souffrance aiguë… » Et puis un grand silence s'était fait, soulignant cette absence de lumière inhabituelle dans laquelle se trouvait l'appartement. Bon compère de la victime, le voisin lui avait téléphoné sans obtenir de réponse. Il était alors monté voir, car il logeait juste en face. À la porte, il avait frappé, ouvert, tenté d'allumer, mais le silence trop lourd et une étrange odeur l'avaient alerté. Il était reparti à la recherche d'une lampe de poche, et avait pu alors découvrir dans des lueurs fantomales ce qui allait le traumatiser pour la vie tout entière. En pleurant et en vomissant quelques restes de son âme, le voisin (homme à grandes relations) avait appelé direct le colonel.

Quand Éloi Éphraïm Évariste Pilon arriva sur les lieux, avec sa mine des mauvais jours, le voisin avait été amené à l'hôpital pour cause de traumatisme psychique. La plupart des policiers qui avaient accédé à l'appartement en étaient ressortis terrifiés eux aussi. Il faut dire que le commandant de police (maintenant qu'il se repassait les détails de cette nuit dans sa tête) ressentit tout de suite un frisson désagréable lui refroidir la nuque, juste au moment où il quittait son véhicule et jetait un regard circulaire sur le tronçon de rue sombre. Quelques voisins avaient quitté leur logement et se tenaient en bas de l'immeuble, sans trop savoir ce qui s'était passé, juste attirés par le déploiement de deux sections de la Bac et les gyrophares des voitures de pompiers et du Samu. Les policiers n'avaient pas été les seuls à refluer de l'appartement, pompiers et médecins avaient dévalé les escaliers et se tenaient complètement bouleversés, sur les dernières marches, juste avant la sortie.

C'est la rue qui avait alerté Éloi Éphraïm Évariste Pilon. Une de ces rues de Fort-de-France qui avaient quelque peu échappé à la désertification du centre-ville, mal éclairée, et qui comptait encore quelques rares habitants, entre les bureaux, les agences, officines et dépôts de magasins. Elle était pourtant calme, tranquille, mouillée de pénombre et de la clarté insuffisante des rares lampadaires.

Rien d'anormal.

Pourtant, le commandant de police avait ressenti un frisson. Il avait regardé les façades, les porches, les poches d'ombre qui se tenaient entre les lampadaires, et n'avait pu s'empêcher d'éprouver un autre frisson bien plus désagréable. Il lui avait été impossible de déterminer s'il s'agissait d'un quelconque mal à l'aise biologique, de la fatigue ou bien de l'âge, ou si cela relevait de cette intuition formidable qui avait toujours chahuté sa prescience ordinaire. Il décida de ne pas s'en occuper et d'emprunter l'escalier qui menait à l'étage. Là encore, ses poils s'étaient hérissés malgré lui, et il s'était mis à renifler (à mesure qu'il escaladait les marches) dans l'espoir de percevoir un relent, une odeur, quelque chose de particulier. Mais là encore, rien ne s'était précisé. Devant la porte de l'appartement, il avait trouvé trois agents en faction, avec des mouchoirs sur le nez et l'air d'avoir échappé à une quelconque géhenne. Tous le connaissaient parfaitement, et se montraient d'habitude plus diserts quand il les rejoignait, mais là, cette fois, ils s'étaient contentés de s'écarter en désignant du menton l'intérieur du domicile plongé dans la pénombre. Éloi Éphraïm Évariste Pilon avait frissonné de manière toujours désagréable. Il avait quand même pris le temps de saluer les agents, de leur emprunter une lampe torche, et s'était retrouvé dans cette concentration immédiate qui était la sienne quand surgissait dans ses narines le remugle du sang. Et, comme il le faisait toujours aux moments les plus cruciaux de ses enquêtes, il mit en route son petit dictaphone et le glissa dans une des poches de sa chemise…

Il lui fut difficile d'organiser dans son esprit la scène qui se dévoilait dans les lueurs de la torche. Chaque balayage de la lumière lui renvoyait l'insoutenable avec la brutalité olfactive, visuelle et sonore d'un grossier coup de théâtre distillé par un tâcheron du cinéma d'horreur. Les éléments eurent du mal à former une structure cohérente. Le commandant se retrouva assailli de détails que lui distillaient les mouvements erratiques de sa torche : de titanesques éclaboussures de sang et de matières, des viscères qui organisaient sur les différents meubles des figures géométriques, des bouts de peau, des globes oculaires posés sur la table du salon, et un corps démembré sans aucune logique, ni humaine ni bestiale. Éloi Éphraïm Évariste dut effectuer un effort colossal pour ne pas retirer ses pieds de cet endroit, et dévaler les escaliers aussi sec. Il se souvint avoir fermé les yeux un instant, le temps que son appareillage nerveux retrouve une stabilité, puis de les avoir ouverts pour se trouver une fois encore confronté aux surgissements de petits flashs d'horreur. Un capharnaüm démentiel qui rayonnait d'une violence impensable. Le commandant de police avait reculé de quelques pas, et pris son téléphone pour appeler l'identification judiciaire et les services de police scientifique. Puis, il s'était efforcé de faire le vide dans son esprit, de percevoir une cohérence à cette épouvante explosée devant lui. Il avait balayé mille et mille fois la scène avec sa torche jusqu'à disposer d'une vision globale. Puis il s'était accroupi dans un coin, dans la pénombre, torche éteinte. Cette pause se révéla propice à l'exercice analytique.

Il s'était imaginé être la chose qui avait œuvré là, avait essayé de se mettre à sa place en train de pénétrer dans cet appartement. La plus grande partie du corps se trouvait sur le canapé du salon, la tête en bas, mais elle avait été frappée dans l'entrée s'il fallait en croire les éclaboussures de sang qui souillaient le chambranle de la porte. Les traînées de caillots massifs qui traversaient la pièce témoignaient de l'affolement de la victime, de sa tentative de fuite, ou d'une agonie frénétique. Elle avait dû mourir très vite, vidée de son sang, et la chose s'était donc acharnée sur elle de manière *post mortem*, durant sans doute bien plus d'une heure s'il fallait en croire les dissections et les mutilations apparentes. La disposition de certaines reliques et des milliers de petits détails témoignaient d'une mise en scène macabre, sans doute liée à un rituel de magie noire. La baie vitrée donnant sur la terrasse était ouverte, la porte de la chambre aussi. Une sensation de courant d'air avait confirmé au commandant que tout était ouvert. À part le remugle des viscères et du sang, le commandant avait noté qu'il n'y avait aucun risque de produits chimiques volatils susceptibles de mettre une vie en danger. Pas non plus de pièges, fils à explosifs, dispositifs à déclenchement que certains malades installent sur le lieu de leur crime, ainsi qu'il l'avait maintes fois appris dans ses manuels.

Le lieu lui avait paru sans danger.

Il s'était tourné pour donner l'ordre aux agents en faction à la porte de ne plus bouger et de veiller à ce que personne n'emprunte les escaliers, ne touche aux murs ou à la rampe d'accès. Il demanda aussi que l'on fasse évacuer la totalité du tronçon de rue où se trouvait l'appartement, que l'on relève les identités et que l'on photographie la foule, tant il est vrai que les monstres de cette ampleur aiment souvent à venir se poster aux abords de leurs exploits, juste pour savourer les effluves de terreur. Puis, il s'était mis à attendre, mains dans les poches, en veillant à bouger le moins possible pour ne rien faire tomber comme cheveux, miettes de peau morte, pellicules ou quoi que ce soit lui appartenant et qui pourrait altérer le contenu de la scène.

Attendant l'identité judiciaire, accroupi dans la pénombre, il avait tenté une fois encore de se mettre à la place de la chose, d'imaginer ses émotions, de comprendre ses déplacements dans la pièce, de repérer les lieux où il s'était assis, appuyé, où il avait fouillé. Mais ses tentatives demeuraient vaines. Il n'y avait aucune logique fonctionnelle entre les traces qu'il examinait en allumant la torche, les éclaboussures, et les dispositifs macabres. Il avait plutôt le sentiment qu'un chien-fou s'était agité dans la pièce, dans tous les sens, obsédé par le châtiment du corps de la victime. Cela lui avait fait une fois encore penser à un rituel de sorcellerie sacrificielle, et il avait commencé à passer en revue ce qu'il savait des rites de la Caraïbe, ou de ceux qu'il avait étudiés dans sa carrière virtuelle. Mais là encore, il s'était efforcé de faire taire son esprit. C'était l'erreur à ne pas commettre. Laisser aller son esprit aux interprétations, aux fantasmes émotionnels, était le meilleur moyen de se montrer aveugle à cette effervescence de possibles que représente une scène de crime. Donc, il était revenu à une observation méthodique, silencieuse, de coup de torche en coup de torche qui gravèrent dans sa fabuleuse mémoire le moindre détail, la plus anodine des insignifiances. Voir à quel point il mettait en œuvre ces rudiments de l'approche policière était le signe qu'il traitait cette affaire avec un sérieux inhabituel. Dans le déchaînement des passions, d'alcool ou de violence, auquel il avait généralement affaire, point n'était besoin de toutes ces simagrées. Les évidences correspondaient aux faits. Le meurtrier se trouvait le plus souvent sur place ou se tenait tremblant à quelques escaliers de son forfait. Là Éloi Éphraïm Évariste Pilon s'était transformé en un bloc de concentration attentive. Il avait senti confusément, avant même d'être plongé dans l'horreur, qu'il allait se trouver en face d'un phénomène pas ordinaire.

L'équipe des scientifiques avait débarqué quelques minutes plus tard, avec à leur tête le médecin légiste, expert auprès de la cour d'appel, un dénommé Lélorette Maximin. Le commandant de police le connaissait depuis plus de quinze ans. Les fois où ils s'étaient retrouvés tous les deux au chevet d'un ou de plusieurs cadavres ne pouvaient plus se compter. Il avait fallu bien quarante minutes aux nouveaux arrivants pour rétablir le courant électrique, découvrir la scène dans son ampleur démesurée, parvenir à se remettre, et commencer à déballer leur matériel. Éloi Éphraïm Évariste Pilon fut affublé de gants, de protections pour ses chaussures et d'un bonnet pour éviter qu'il ne sème des cheveux. La pièce avait accédé à un autre degré d'irréalité quand ils furent tous affublés de manière identique et que les flashs des photos se mirent à flageller la pièce. Des caméras filmèrent longuement tout le dispositif macabre. Vinrent ensuite le relevé et la numérotation de chaque détail, chaque dent, chaque goutte de sang, chaque signe. Tandis que ses hommes s'affairaient à l'ouvrage, Maximin Lélorette demeurait muet, les yeux fixes sur ce qui restait de la dépouille qui gisait tête en bas devant eux. On aurait pu le croire tétanisé par ce qu'il observait, mais Éloi

Éphraïm Évariste Pilon connaissait trop le bonhomme pour se laisser prendre à cette apparence et il vérifia son minuscule dictaphone de poche. C'était comme un réflexe chez lui de garder les traces sonores des moments les plus cruciaux de ses enquêtes. L'expert, de son côté, réfléchissait en scrutant chaque détail. Quand les scientifiques commencèrent les prélèvements, étiquetés avec soin et placés dans de petits sachets plastiques, qu'ils vaporisèrent de poudres révélatrices certains points stratégiques, scannèrent chaque millimètre de la scène avec des stroboscopes à infrarouge, et découvrirent une trace de matière fécale soigneusement nettoyée à l'en-bas du rideau, Maximin Lélorette se tourna vers le commandant de police pour lui signifier d'une voix blanche : « Tu as toujours rêvé de rencontrer un véritable assassin, eh bien, mon bougre, tu viens de décrocher le gros lot… »

Éloi Éphraïm Évariste Pilon lui avait grommelé quelque chose tandis que son regard demeurait fixé sur le plus gros de la dépouille que les scientifiques commençaient à étudier de près. Son cœur battait une sorte de calypso, non parce qu'il se trouvait en face d'une de ces catégories de tueur qu'il avait toujours espéré affronter, mais parce qu'un certain nombre de souvenirs se bousculaient dans son esprit. Un petit cyclone s'était soulevé dans sa mémoire. Des dizaines de dossiers, et une volée de pages, de photos et de détails se réagençaient à toute vitesse, trouvaient des correspondances inattendues, et si rien de précis ne se dégageait vraiment, il avait l'impression que sa mémoire s'était mise à renifler comme une bête, excitée par quelque chose qui était là, se devinait, se dérobait, hésitait à exploser en évidence, tentait de se dissoudre comme une chimère. Son cœur s'était affolé à cette idée, mais le reste de son être était demeuré vigilant, *véyatif* aurait dit le brigadier Bouafesse… Quand le commandant se repassait en mémoire ce moment de suspens, il ne put s'empêcher de penser qu'il y avait là une ironie du sort : se sentir pleinement policier, se sentir envahi par la fièvre des grandes chances, d'autant plus intense que le crime découvert était particulièrement odieux, et cela durant les dernières heures de la dernière nuit de toute sa vie de policier. Il dut admettre que cette nuit était aussi celle de sa plus haute maturité dans ce métier, et qu'il était à peu près sûr qu'au tout début de sa fonction, il n'aurait pas disposé des mêmes éléments mémoriels ni de la même faculté à les précipiter dans des corrélations.

« Vérifie s'il n'y aurait pas une curiosité quelconque, souffla-t-il à Maximin Lélorette.

– Tu as déjà en face de toi une gigantesque curiosité. C'est un massacre.

– Regarde quand même… »

Maximin Lélorette n'avait qu'une envie : se tirer de là, et rejoindre son lit pour se trouver une gymnastique mentale qui lui permettrait d'effacer à tout jamais de son esprit ce qu'il venait de voir. Mais il connaissait Éloi Éphraïm Évariste Pilon depuis tellement d'années qu'il avait perçu l'extrême tension qui l'habitait, de même que la couleur inhabituelle de sa voix. Protégé de partout comme un cosmonaute, l'expert s'était dirigé à petits pas vers la plus grosse partie de la dépouille. Il avait posé le pied entre les gouttes de sang, veillé à ne rien déplacer, à ne rien écraser. Cela lui avait pris un temps infini, d'autant qu'à mesure de son approche de l'horrible spectacle, sa volonté lui avait semblé défaillir et sa progression s'était mise à tournoyer lentement sur elle-même. De là où il se tenait, raide, Éloi Éphraïm Évariste Pilon l'avait vu s'agenouiller auprès de la dépouille, l'examiner de près, s'attarder sur ce qu'il restait de l'aine et du cou, puis se redresser en donnant le sentiment qu'il allait vomir le chocolat de son baptême.

« À vue de nez, les fémorales gauche et droite sont tranchées net à l'aine, était-il parvenu à murmurer quand il avait rejoint Éloi Éphraïm Évariste Pilon. Les carotides aussi, et de manière précise, le reste semble avoir été passé dans un hachoir de matelassier.

– Hmm, avait grommelé le commandant.

– À quoi tu penses ?

– Je sais pas. C'est à voir. Et tu dis quoi, toi ?

– Si ces quatre grosses artères ont été tranchées d'emblée, c'est que ce bougre-là doit être un chirurgien…

– Les chirurgiens gagnent assez d'argent pour ne pas tuer les gens.

– Sauf s'ils sont fous…

– Hmm.

– S'il a commencé son festival comme ça, cela veut aussi dire autre chose…

– Quoi ?

– Le pauvre bougre s'est vidé de son sang en quelques secondes. En moins d'une minute, il se trouvait déjà à la porte des enfers. Ce n'était pas sa mort qui intéressait vraiment ton bonhomme.

– C'était quoi ?

– Ce qu'il allait lui faire après… »

LE LANGAGE ET L'ÂME[1] – Y'a une question qui est importante, c'est la question du langage. Je n'ai rien d'un grand grec, inspectère, et je ne lis pas beaucoup de livres, mais j'ai lu la Bible, ce qui ne veut pas dire

1. Extrait de l'enregistrement du tueur – Dossier 13 – Cote AC 66 – Page 9 – Annexe 415.

que je connaisse la Bible, elle est aussi insondable que la ravine de la rivière Cloche du côté d'Ajoupa, mais je l'ai lue quand même autant que cela m'était possible, et je peux aussi te dire que je ne suis pas mystique, je crois aux forces et à la divinité, je crois à la chance et à l'invisible, je crois aussi à l'âme, je crois aussi à la justice, à l'humilité, à la vérité et à l'honneur, mais je n'ai jamais été agenouillé, tremblant, les mains croisées, le cœur meurtri, abandonné à rien, en train de gémir sur la grâce qui doit venir du ciel. Moi, j'ai lu la Bible avec un esprit toujours à la verticale, qui ne confond pas les cocos et les abricots, ni une croix en or avec une création divine, et donc je peux te dire que dans la Bible il y a un *langage* : c'est-à-dire une manière de voir le monde, de prendre le monde, d'avaler le monde, et de se faire avec le monde. C'est pas clair mais c'est comme ça que je le sens ! Et ça veut dire quoi, inspectère, toi qui es intelligent ? Ça veut dire que si l'homme a un langage, c'est que le langage constitue la partie la plus élevée de l'homme, juste après son âme, et donc que si l'animal primordial est devenu un homme, ce n'est pas parce qu'il s'est mis debout, qu'il a dû être véyatif contre les intempéries, ou que ses connexions neuro-mémorielles se sont mises à faire des petits, c'est parce qu'il y a eu le mystère du langage. Mais attention, inspectère, un mystère d'en-dedans ! Pas de ces mystères dont on parle à la messe et qui vous tombent du ciel ! Non, un mystère d'en-dedans qui fait les choses autant que les choses le font, et moi je crois que le langage a aidé le préhumain à se mettre debout, il l'a aidé à faire des outils, à lancer des signes et des symboles, à conserver ses mémoires, à augmenter les associations de ses neurones, tout comme ces choses-là ont permis en retour au langage de se consolider.

C'est ça le mystère d'en-dedans ! Et donc, je mesure l'humanité d'un homme à la beauté de son langage, pas les belles paroles, les fioritures, les enjolivures et autres fanfreluches de badjoleur, non, la parole qui a un son de roche, que l'on sent encore toute ruisselante d'une âme, toute palpitante d'un cœur, tout énergique des émotions qui la transportent !

Ça, c'est le langage !

Eh bien, c'est là que je mesure la qualité d'un homme… Nos parents se sont battus, inspectère, pour arracher ce français que l'on ne nous donnait qu'à l'école, ils se sont battus pour échapper aux champs de cannes où régnait le créole, oui, d'accord, c'étaient des aliénés, ils ne savaient pas que le créole était une vraie langue, aussi belle et somptueuse que le français dans son histoire latine, mais grâce à eux nous avons conquis un langage, une décision de notre parole entre créole et français, avec créole et français, et nous le distillons maintenant comme deux jeux de lumière, et c'est là que se porte et se transporte une bonne part de notre humanité ! Qu'est-ce qui a achevé de nous sortir des chaînes, inspectère ? La conquête du français, la reconquête en nous-mêmes du créole, et la liberté d'élaborer avec tout ça les grâces de notre langage ! Tu vois, tu peux la prendre par où tu veux, mais dans l'affaire de l'homme vers son humanité, on tombe toujours sur le langage, *Sanctum Sanctorum !…* Je sais quand l'Archange se met à vivre au-dedans de moi, car de son langage surgissent, comme de petits soleils, toutes les splendeurs mystérieuses du latin ! Je sais aussi quand mon esprit s'élève et qu'il embrasse la toute-puissance, car les mots et les langues me viennent de partout, comme les pépites d'un vaste trésor commun. J'en ai pu repérer quelques-unes : le bengali, le grec, le lingala, l'éwé, le sango, le pachtoune, le baloutche, le lao et le tamoul… *Sanctum Sanctorum !…*

C'est pourquoi j'étais estébécoué en entendant parler le bad boy et son jumpie : *frère ci, frère ça, mafia ci, mafia ça*, pas le mot porté par l'idée, mais le grognement qui s'érige en idée ; et puis pas vraiment d'articulation, plutôt un mâchouillement à moitié rauque, à moitié hystérique ; et puis pas de vocabulaire, mais des espèces de combinaisons de syllabes créole-français comme on croit en deviner dans le dancehall ou le hip-hop, ou dans la glossolalie indigeste du slam ! Sans compter la musique, la grimace, les tortillements des doigts, la main qui se met à parler en petites tapes et petits coups de poing, le tout avec des tonalités boudeuses d'enfant gâté qui s'enlisent toujours dans des borborygmes !… *Miserere nobi !…* Si bien qu'à les entendre parler, à les voir se tenir dans leur corps, tu comprends très vite qu'ils ne sont ni dans le réel ni dans l'humanité : *qu'ils sont retombés*, et c'est là notre malheur, inspectère, retombés quelque part sur le petit sentier mal défini qui s'éloigne de l'animal et qui s'en vient vers l'homme. Donc, j'étais préoccupé par la question du langage en les écoutant. Mais y'avait pas que cela, inspectère. Moi qui avais tout le loisir d'observer ces animaux dans ma DS, offusquant mes fauteuils et dégageant une drôle d'odeur dans l'habitacle malgré les vitres entrebâillées, je me posais la question de « l'âme », pas la farandole des ravets d'église, je veux parler de cette chose évidente que l'on voit dans les yeux de quelqu'un qui a une personne en elle, car tu peux avoir *un quelqu'un* qui n'est *qu'un quelqu'un*, sans personne à l'intérieur, mais quand tu vois cette petite *lumière de l'âme*, c'est que tu as une personne – une vraie personne ! – là-dedans et en face de toi ! Moi, je vois toujours quand il y a une âme, et donc, bien que consterné par leur langage, je m'accrochais de temps à autre aux bords de leurs paupières, à la pointe charnière de leurs cils, et qu'est-ce que je voyais, inspectère, qu'est-ce que je voyais qui me plongeait dans le dubitatif et la sidération ? Je voyais un semblant de lumière, et j'étais forcé de me dire que ces créatures-là avaient quand même une âme… […]

LE FACTEUR DATE – Le commandant de police avait quitté sans plus attendre la scène de l'horreur. Il avait regagné son bureau dans lequel il s'était enfermé pour réécouter à deux ou à trois reprises sur son petit dictaphone, sa conversation avec le médecin légiste, puis il s'était plongé à corps perdu dans son notebook. Depuis plusieurs années, il avait pris coutume de scanner les dossiers qui lui paraissaient les plus intéressants. La plupart des affaires non résolues s'étaient vues numérisées par des stagiaires qu'il avait réussi à cantonner à cette unique tâche. Ses collègues ne voyaient pas très bien à quoi cela pouvait servir, et Éloi Éphraïm Évariste Pilon n'avait jamais pris le temps de le leur expliquer. Lui-même n'avait jamais affecté à cette pratique quelque utilité immédiate, à part de pouvoir les consulter durant ses permanences un peu mortes. Dans la masse des affaires en suspens (ou pour lesquelles nul n'était en mesure de décider s'il fallait les classer ou les laisser actives), il s'attarda sur trois dossiers. Des meurtres étranges, sans mobile, sans correspondance aucune, sans logique quelconque, et pour lesquels le peu d'enquête mis en œuvre n'avait pas déterminé la moindre trace de quoi que ce soit d'identifiable. Ces trois affaires étaient très dissemblables : elles n'avaient aucun mode opératoire commun, rien ne pouvait permettre de les rapprocher à part le fait qu'elles étaient restées inexplicables. Éloi Éphraïm Évariste Pilon passa près de deux heures à les étudier en cherchant d'infimes corrélations entre elles, ou des détails qui auraient pu se rapprocher de ce qu'il venait de voir. Les trois victimes avaient été sauvagement assassinées, deux hommes et une femme, mais pas avec les mêmes armes, et sans rien qui puisse laisser supposer qu'elles aient été soumises à un rite *post mortem*. L'une avait été fracassée au marteau et au coutelas ; l'autre à la scie égoïne uniquement. La femme avait été soumise à différents types de sels ou d'acides qui l'avaient en grande partie transformée en une masse indistincte. Il chercha longuement dans les rapports des légistes et le détail des autopsies quelque mention de carotides ou d'artères fémorales tranchées, mais aucune blessure de ce genre n'était mentionnée. Il s'était alors plongé dans les photos prises par l'identité judiciaire, des scènes d'horreur insoutenables, mais bien moins que celle vue ce soir-là. Cela lui avait pris du temps : les photos étaient nombreuses. Il devait à chaque fois opérer de lents agrandissements pour tenter d'apercevoir les faces externes du cou, et la région de l'aine de part et d'autre de la vessie. À force d'insister, il avait fini par imaginer une incision presque invisible sur l'aine droite d'un des hommes, et quelque chose d'approchant dans la masse tuméfiée qu'était devenu son cou. Pour les autres, il lui avait été impossible de ramener une quelconque certitude de ses observations. Il s'était plongé alors dans la personnalité des victimes : toutes, d'une manière ou d'une autre, étaient très peu recommandables.

L'un était proxénète. Il avait précipité dans un enfer d'exactions de nombreuses femmes de Saint-Domingue, de Guadeloupe, de Martinique, et parmi elles de très nombreuses adolescentes. La police avait toujours cherché à lui mettre la main dessus, sans jamais réussir à dépasser la présomption. Tout le monde avait été bien content qu'il soit retrouvé mort. Sans se l'avouer, les enquêteurs pensaient fortement qu'il n'avait eu que ce qu'il méritait, ce qui, en l'absence de mobile, du moindre indice et de la moindre logique, pesa pour la mise au frigo du dossier, au titre des règlements de comptes. L'autre victime était un béké de ville, sorte de békégoyave désargenté, qui avait ouvert toute une série de casses auto, un peu partout dans le pays, ce qui l'avait amené à vendre des voitures d'occasion dans toute la Caraïbe, et puis sans doute de plus en plus de voitures volées, même si cela n'avait jamais pu être prouvé par les traques de police. Il régnait lui aussi sur un trafic d'immigration illégale, principalement de jeunes filles, de plus en plus jeunes, qu'il expédiait via la France vers des réseaux d'Europe et du Maghreb. Selon les rumeurs, il avait fait le malheur de beaucoup de familles martiniquaises : leurs filles s'étaient vues embringuées dans cet enfer sous le prétexte de formations professionnelles, et avaient disparu quelque part sur la planète. Certaines d'entre elles avaient resurgi dans un monde d'*escort girls*, de drogue, de prostitution qui s'annonçait par le haut de gamme et s'achevait toujours dans les bordels haïtiens de Miami. Tous les services (Trésor public, douanes, brigade de mineurs, brigade des mœurs, brigade criminelle, brigade des stups…) avaient tissé autour de lui une toile d'écoutes, d'indics, de contrôles fiscaux, de pièges et provocations de toutes sortes, qui n'avaient jamais ramené de quoi l'expédier au centre pénitentiaire de Ducos. Juste des amendes, des redressements, de petits délits commerciaux soldés par des contraventions.

Rien n'avait jamais réussi à ébranler ses arrogances. En relisant le dossier, Éloi Éphraïm Évariste Pilon découvrit qu'il était aussi soupçonné de pédophilie sadique, sans que cela n'aboutisse à une quelconque procédure. Il avait été suspendu par les pieds dans le salon de sa maison de Balata, durant un long week-end de Pentecôte où il s'était retrouvé seul. Les cordes lui écartelaient les jambes, ses organes génitaux avaient été retrouvés dans une vieille casserole, au-dessus d'un petit Campingaz, où on les avait fait frire. Ils avaient été découpés en fines lamelles, à la manière de la cuisine chinoise, et sans doute emportés (ou mangés) par l'assassin, car une bonne partie n'avait pas été retrouvée. Le corps avait été travaillé au chalumeau, gratté millimètre par millimètre avec une brosse métallique, et avait subi quelques mutilations de nature complètement inédite, en tout cas selon un mode opératoire dépourvu du moindre antécédent. Là encore, la thèse du règlement de comptes sauvage entre trafiquants avait prédominé : on avait pensé à des tueurs haïtiens vodouisants ou à des sicaires guinéens partagés entre la fonction de marabout *hard* et celle d'assassin pour tout-venant. Quand au troisième dossier, celui de la femme, il présentait lui aussi un mode opératoire inédit. C'était une vieille chabine, métisse d'un père thaïlandais et d'une mère martiniquaise d'origine chinoise. Elle avait longtemps erré dans les enfers du monde avant d'ouvrir dans les hauteurs du quartier Redoute une sorte de maison close, dissimulée sous la façade d'un salon de massage. Elle traficotait dans l'immigration illégale de filles de Saint-Domingue, du Brésil, de Cuba, et de quelques Asiatiques des bas-fonds de Floride. Ses circuits lui fournissaient, semble-t-il, des filles nubiles, mineures, dont on ne retrouvait nulle trace au bout de quelques mois et qu'elle monnayait à des pervers de bon niveau social et d'une respectabilité à toute épreuve. Éloi Éphraïm Évariste Pilon se souvient de cette surveillance qui avait occupé presque six mois de ses premières armes. Le dossier (qui n'aboutissait pas) avait fini par être refilé sans aucune priorité à d'autres enquêteurs. Il ne s'était pas vraiment intéressé à cette affaire quand on avait retrouvé l'espèce de Chinoise éventrée, avec trois petits chiens écorchés et deux chats noirs lovés en lieu et place de ses viscères qui avaient disparu. Elle avait été décapitée, sa peau martyrisée en sorte de bien absorber le gros sel et les poudres acides avec lesquels on l'avait saupoudrée dans un grand sac poubelle. Le corps avait été retrouvé presque deux semaines après le crime, dans une vieille baignoire du grenier de sa maison, à moitié confit par le sel et malmené par les acides. Éloi Éphraïm Évariste Pilon avait scruté longuement les photos de la scène du crime, les gros plans du cadavre. Il crut deviner une fine entaille sur les deux faces de ce qui restait du cou, mais il lui fut impossible d'en asseoir la moindre certitude. Les convergences entre les trois affaires étaient quasi nulles : absence de traces significatives, absence d'empreintes digitales, fouillis indescriptible des ADN… L'atteinte aux artères du cou et aux fémorales pouvait être une constante, du fait des jets de sang retrouvés sur les murs, de même que la présence de pédophilie sadique dans les éléments du dossier. Il avait comparé une fois encore toutes les photos avec ce qu'il venait d'affronter ce soir-là, mais n'avait découvert aucune concordance franche. Il allait abandonner pour retourner en ville, dans l'appartement où la police scientifique poursuivait ses investigations, quand un calendrier publicitaire, scotché à la porte, se décrocha. Cela se produisit au moment où il saisissait la poignée pour sortir. Son regard avait été capté par le petit cercle tracé au marqueur rouge autour de la date du jour. *Vendredi 13*. Il l'avait entourée quelques mois auparavant, au moment du décompte de ses reliquats de congés, RTT, et heures supplémentaires, en vue de déterminer la date exacte de son départ à la retraite. Vendredi 13. Il y avait vu un bon présage, et décidé qu'il s'agissait là du meilleur jour possible pour entamer sa nouvelle vie. Le commandant de police se souvint avoir souri en regardant cette date. Il s'apprêtait à expédier le calendrier sur le bureau très encombré, quand une nouvelle intuition lui foudroya l'esprit. *Le facteur temps !* Replongé dans les données numérisées, il avait pesté contre le vieil ordinateur qui avait du mal à charger toutes les pièces, ouvert fébrilement le premier dossier pour vérifier la date, et senti son cœur s'arrêter. Il s'était jeté, à souris frénétique, sur le deuxième, puis le troisième dossier, et n'avait pu que demeurer soufflé par ce qu'il découvrait. Ces trois crimes, sans point commun majeur, s'étaient établis sur plus de dix ans avec un intervalle moyen de trois ans ou trois ans et demi et avaient été commis lors d'un vendredi 13, en fin d'après-midi, ou au cœur d'une pleine lune. Il en demeura pétrifié sur sa chaise, le cœur battant. Impossible que cette coïncidence de dates relevât du hasard : les infimes points de concordance qu'il avait pu soupçonner s'étaient mis à vibrer avec une intensité toute particulière.

Il avait eu du mal à s'en remettre. Ces trois dossiers quasi oubliés de tous s'étaient réveillés brutalement et le plongeaient dans un mélange de consternation et d'excitation folle. Sa certitude était acquise. *Il y avait un tueur dans le pays !* Un psychopathe terriblement organisé, et dont le mode opératoire était protéiforme et d'une grande fluidité. Ses rituels, bien que sans rapport apparent, étaient tous *post mortem*, ce qui laissait supposer que les victimes étaient terrassées très rapidement, sans doute vidées de leur sang par le sectionnement fulgurant de plusieurs des artères principales. Le monstre errait dans la sphère narcisso-sadico-sexuelle et ses victimes expiaient sans doute leur implication dans la pédophilie, ce qui conduisait à penser que le bougre avait sans doute eu quelques ennuis de ce côté-là. Différents profils s'étaient dessinés dans l'esprit du commandant de police. Les constantes s'étaient affirmées de plus en plus : mutilations, mise en scène, cannibalisme probable, rapport symbolique au sang, sans doute aussi l'idée de châtiment, d'expiation, qui autorisait à envisager quelque pathologie mystique… *Incroyable !* Ce monstre avait toujours été là, à portée de main, presque sous ses yeux, et lui, Éloi Éphraïm Évariste Pilon, aveugle, s'était contenté de rêver à une belle enquête qui aurait donné du sens à sa vie policière. Pendant qu'il réfléchissait ainsi, une autre idée lui avait traversé l'esprit. Il s'était replongé dans son ordinateur pour consulter les archives complètes de ces journées pas comme les autres.

Les vendredis 13 étaient toujours les moments de délits et de contraventions liés à la sorcellerie, zinzins, quimbois et autres maléfices. De petites affaires plus ou moins dérisoires, et quelques suicides qui s'expliquaient souvent par des psychoses mystiques. Mais en parcourant tous les paramètres possibles, en comparant les heures d'exécution, il découvrit que chacun des trois crimes était accompagné d'un autre, tout aussi dépourvu de mobile et généralement plus sobre. Le profil des victimes était toujours sensiblement le même, de sales bêtes, perverses et malfaisantes, que l'on retrouvait dans des positions toujours dégradantes, qui semblaient être une punition. Éloi Éphraïm Évariste Pilon découvrit qu'elles avaient toutes été vidées de leur sang, par des blessures au cou, au ventre, parfois au cœur, et que si elles n'avaient pas été mutilées, la vision générale de la scène de crime laissait supposer qu'il s'agissait d'un châtiment. Les enquêteurs avaient toujours été persuadés d'avoir affaire à des règlements de comptes entre voyous et trafiquants. Les victimes relevaient de milieux tellement glauques et nauséabonds qu'aucun des fins limiers de la brigade criminelle ne s'était attardé outre mesure sur ces affaires. Ces autres crimes, qu'Éloi Éphraïm Évariste Pilon appela des *répliques* (en référence aux tremblements de terre), s'effectuaient à trois heures d'intervalle, bien plus tard dans la nuit, parfois à l'approche de l'aube.

Il y avait donc sept chances sur dix que le monstre frappât toujours à deux reprises le vendredi 13 ! Il avait eu du mal à déterminer s'il s'agissait d'un désir inconscient de sa part, ou si c'était une hypothèse qui relevait d'une déduction sérieuse, mais il avait voulu y croire. C'est le cœur battant qu'il était sorti de son bureau avec une brûlante conviction : le monstre était en ville cette nuit-là, il y était encore, il allait frapper encore…

Le commandant de police se souvint avoir téléphoné aux chefs de brigade de la Bac pour leur demander le signalement des incidents ou faits étranges qu'ils avaient pu constater, même les plus insignifiants. Il en avait profité pour demander si quelqu'un avait aperçu la jeune fille recherchée, ce qui n'avait pas été le cas. S'étant assuré que les auditions se poursuivraient sans lui, il s'était enfermé dans son bureau pour se plonger dans ses dossiers numérisés et travailler sur le profil du tueur.

ACTE II

LA VIRÉE

En fait, inspectère, à beau dire à beau faire :
la vie se déroule toujours dans un palais... mais
c'est le palais de la mort !

(Extrait de l'enregistrement du tueur)

ÉLOGES[1] – Et donc, inspectère, je me suis retrouvé à conduire ma DS dans les ruelles étroites des hauteurs du quartier Trénelle. Avec les anneaux qui me limitaient dans mon maniement du volant et du levier de vitesse. J'avais frémi plusieurs fois à l'idée de l'érafler sur l'angle d'un mur lépreux ou une pointe rouillée jaillie de ces épaves qui servaient de réservoir à pièces détachées dans ce genre de quartiers populaires. J'avais dû stationner dans une impasse obscure, aux lampadaires brisés, le temps que le bad boy s'engouffre dans une maison, et qu'il en ressorte poursuivi par une malheureuse qui devait être sa mère. L'infortunée semblait babiller pour qu'il fasse attention, qu'il évite les bêtises,

1. Extrait de l'enregistrement du tueur – Dossier 13 – Cote AC 79 – Page 7 – Annexe 415.

qu'il ne rentre pas trop tard. Là encore, j'eus du mal à admettre que cette petite bête sauvage s'adresse avec autant d'incorrection, de désinvolture et d'indécence à sa mère. Il lui ordonna de rentrer chez elle, de ne pas s'approcher de la DS, sans doute pour qu'elle ne voie pas comment lui et son compère m'avaient entravé sur mon siège. Son passage chez lui visait à récupérer ce que l'on pourrait appeler sa « tenue de soirée » : une démultiplication de bagues à tous ses doigts, même au pouce, une guirlande de gros colliers en or massif qui lui pesait au cou, des tatouages collants sur son avant-bras gauche, un bandana noir qui ne lui couvrait qu'une partie du crâne pour révéler des circonvolutions barbares fignolées au rasoir sur ses tempes et sa nuque. Un tricot ajouré, sorte de filet, se plaquait sur son corps, sous un haut de jogging flottant, ouvert, blanc et parsemé de pin's. Il s'était aussi enfilé des baskets jaune vif, et noué autour de la taille un pull, identique à ceux que l'on voit dans les clips d'hivernage sur les ghettos étasuniens. Tandis que j'étais resté à l'attendre, et que je notais soigneusement l'adresse dans mon esprit, le jumpie avait resserré le fil de fer qui me tenait le cou, tiré sur les tendeurs, et m'avait titillé la vertèbre pour rappeler à mon souvenir la vigilance du pic à glace. Je le sentais tressauter sur le siège arrière, tousser, souffler, pianoter sur son portable de manière convulsive pour appeler sans aucun doute sa mère. Il souffrait visiblement de tous les maux qu'entraîne le manque de stupéfiant. Moi, j'avais peur surtout qu'il ne défèque, ne saigne ou ne vomisse sur mon cuir ; ou que, dans une convulsion porcine, il m'enfonce la pointe dans la moelle épinière. Alors, je lui parlais tout doux, je ne sais plus de quoi, mais je lui parlais, histoire de mobiliser ce qui lui restait de mémoire fonctionnelle. Peut-être aussi parce que j'éprouvais des sentiments ambivalents pour cette épave, un peu de haine meurtrière sans doute, du mépris assurément, de la répulsion dégoûtée, mais aussi, et c'était le plus curieux, une légère compassion totalement inexplicable. Il répondait à mes phrases par des reniflements, ou de brefs gémissements, et je sentais avec angoisse le tremblement diffus qui le possédait et qui se transmettait au pic à glace. Le bad boy avait repris sa place sur le siège avant dans une horrible bouffée de parfum branché. Il sentait le savon Palmolive, l'après-rasage Armani et un remugle de la maison Guerlain ; à son poignet scintillait une Rolex *made in Thailand*, et les fils d'un écouteur d'iPod s'entortillaient aux colliers d'or de son cou d'abruti. Il m'ordonna de reprendre la route, et comme il me fallait opérer une marche arrière périlleuse entre les façades rapprochées et des véhicules mal garés, je réussis à obtenir qu'il me libère la main droite, ce qui eut pour effet de me remonter le moral en m'offrant une chance de survie.

Je réussis, je ne sais comment, au prix de mille sueurs froides, à me sortir sans trop d'encombres du quartier de Trénelle, et lui demandai où il fallait aller. Il me désigna le centre-ville, avec tout un accompagnement hargneux de son étrange langage. Je lui rappelai quand même que je ne pouvais passer la nuit avec eux, et que j'avais des choses à faire, m'occuper de ma mère souffrante, dormir pour être en forme à mon travail le lendemain, mais il se contenta de m'injurier une fois encore, en m'ordonnant d'emprunter l'avenue Jean-Jaurès en direction de la mairie. Je me retrouvai en fait à rouler tout doucement et au hasard dans les rues du centre-ville…

Le bad boy, appuyé contre sa vitre, scrutait les rues et les passants en donnant l'impression de chercher quelque chose ou quelqu'un. Le jumpie devait savoir de quoi il s'agissait : entre ses soupirs et ses éructations, il n'en finissait pas de protester qu'il avait mieux à faire que de récupérer une vagabonde, ce qui n'avait pas l'air de troubler outre mesure le satané bad boy. Mais, je te l'avoue, inspectère, le fait d'avoir la main droite libérée me donnait une foule d'envies et tout autant d'idées. D'abord, ce qui m'ennuyait, c'est que pour mieux voir, le bad boy avait fait descendre la vitre avant à moitié, une vitre teintée, et pour la première fois de mes virées en ville, je me retrouvai avec pour ainsi dire le visage à l'air, exposé au regard des passants du fait de la DS dont la sombre splendeur ne passait pas inaperçue. Je n'avais même pas mes Ray-Ban noires, ni ce chapeau bakoua à grandes ailes avec lequel je me couvrais jusqu'au menton quand il fallait m'exposer au dehors, acheter un sandwich de morue frite ou déguster une eau de coco. J'en étais quelque peu tourmenté, et m'obligeais à baisser autant que possible la tête, autant que me le permettait le fil de fer ; pour que mes traits ne soient jamais fixés dans la mémoire d'un passant trop curieux. Pour tout te dire, inspectère, j'avais toujours veillé à me faire invisible, à rester invisible, ou tout au moins à ne pas briser cette aura d'invisibilité dont la présence de l'Archange affublait ma personne. Je n'étais visible en vérité qu'aux yeux de celui qui devait expier, et si j'avais toujours veillé à ne pas m'exposer, surtout mes yeux et mon visage, c'est que je pensais que cela faisait partie du maintien sans faille d'une invisibilité totale, à la fois divine et humaine, surnaturelle et pragmatique. C'est dire comment ces vitres baissées me jetaient dans une déroute inhabituelle que j'avais du mal à gérer. Le pire, c'est que le bad boy s'était mis à trifouiller dans ma radio, à balayer la bande hertzienne pour trouver cette radio NRJ Tropical qu'il mit à fond sur je ne sais quel tintamarre de slam ou de hip-hop ou de pop-funky-reggae-dance-hall ou autre calamité sonore. D'entendre ça dans ma DS me donnait le sentiment d'un insondable sacrilège, moi qui n'aimais rien tant qu'un bon tango ou une salsa, qu'un petit boléro de Thimothey Herelle, une enfilade de konpa haïtien, ou une échappée de l'orchestre Perfecta avec la voix d'or de ce seigneur qu'était Paulo Albin. Le jumpie semblait revigoré par cette cacophonie. De les voir se trémousser de plaisir tandis que je roulais en silence me jetait dans des abîmes d'incompréhension.

Comment en étions-nous arrivés là ?!!

Je ne suis pas du genre chauvin, bien que je sois nationaliste, mais tout de même quand même, inspectère, nous sommes un pays de musique ! Toutes les splendeurs de la biguine, la voix inimitable de Léona Gabriel, le son de clarinette de notre cher Stellio, les veloutés piqués de la mazurka sublimés par notre Guy Vadeleux, ou cette canaillerie sublime qui traverse la voix de Marie-Josée Alie quand elle susurre *Karésé mwen*, ou qu'elle nous parle de *Tourmaline* ! Et que dire de Francisco le Magnifique, qui est à lui tout seul une source de classiques, ou de notre Ralph Thamar dont la voix impériale inventorie à chaque note toutes les émotions ; et cette reine, cette grâce vivante, cette énergie si séduisante qu'est notre Jocelyne Béroard, ma préférée, avec laquelle j'illumine mes dimanches matin et mes moments de déprime. Et pas seulement pour le pays, nous sommes, tu le sais, inspectere, dans un bam de musique ! C'est quoi la Caraïbe ? *C'est la musique !* Bob Marley. Pacheco. Althiery Dorival.

Mighty Sparrow. Jeff Joseph. Amalia Rodriguez. Tito Puentes. Ophélia. Tabou Combo ou le Fania all stars… Alors comment expliquer que ces deux petites bêtes sauvages soient devenues hermétiques à tout cela ? Eh bien, j'y ai réfléchi, inspectère, et je crois que cela provient de la présence obscure et chaotique du monde. Voilà. Je ne veux pas entrer avec toi dans la philosophie et t'envoyer des coups de cerveau, mais à force de réfléchir sur cette jeunesse, cette époque, et sur ces choses que je ne comprends pas, j'ai fini par me dire que nous avions des continents, des océans, un soleil et une atmosphère, mais que nous sommes désormais plongés dans une chose que l'homme a créée de toutes pièces, qu'il domine, qu'il infecte à sa guise, et qu'il mène à sa perte. Voilà mon sentiment. Et cette chose se répand dans les écrans de télé et les jeux portatifs, les films et les clips, les portables, les radios, les ordinateurs, et c'est elle qui élève nos enfants et qui nous dicte sa loi, sa musique, sa cuisine McDonald's, ses foutus Nike, ses lunettes qui vous font ressembler à une abeille, ses tatouages, ses centres commerciaux et ses supermarchés, ses automobiles et ses valeurs bidon, et tout cela nous emporte, jeunes comme vieux, dans l'inutile, le faux et le dérisoire. Une sorte d'abîme, inspectère, dans lequel nous avons basculé sans nous en apercevoir ! Et je vais même te dire plus : si des gens comme Hortensius Capilotas existent, ou un archange comme moi, et si tous ces monstres que je châtie sont si nombreux et nous désespèrent tant, c'est que cette chose qui a été créée par l'homme a explosé en nous, et nous possède comme l'aurait fait le pire des démons. Bon, je sais ce que tu penses ! Ce n'est que ma conviction, inspectère, sans doute même mon délire : mais c'est comme ça, et c'est avec ça que je pense, moi qui suis devant toi, et qui te parle et te respecte. Je te le dis avec un peu de solennité, car durant cette nuit maudite, j'ai découvert l'importance du respect. [...]

Je n'avais jamais véritablement pris la mesure de ce mot, même s'il a toujours traîné dans la parole créole : honneur et respect par-ci, lonnè épi respé par-là, ce qui pourrait facilement être rangé dans le casier des proverbes et formules, et je ne sais plus le nombre de fois durant lesquelles j'ai dû le prononcer sans y penser... Mais quand le bad boy, tout en se trémoussant sur sa musique de sauvage, s'est mis à farfouiller dans ma boîte à gants, à faire voltiger mes papiers, et surtout à sortir mes CD de Bèlè et de Danmyé pour les examiner en faisant de la grimace et en s'esclaffant à l'idée que quelqu'un puisse écouter des musiques pareilles, je me suis senti vraiment *dérespecté* ! J'ai perçu l'abîme qui s'ouvre en dessous de nos vies quand le respect n'est plus de mise. C'est comme si un barrage s'était rompu et qu'alors la voie était devenue libre pour la bêtise, l'idiotie, la grossièreté, l'inintelligence, l'injure, le mépris, l'animalité, et toutes les formes de ces involutions actives qui peuvent atteindre un être humain ! Je fus d'abord envahi par la colère à la simple vision de ses mains baguées en train de farfouiller pour ainsi dire dans mon intimité. Puis, je fus stupéfait (quand il introduisit un CD des chants de Bèlè et de Danmyé, et que la voix somptueuse de Ti Emile envahit la voiture ; avec toute la souffrance, mais aussi la profondeur, mais aussi l'humanité profonde que ce grand chanteur parvient à saisir dans sa voix) de découvrir à quel point rien de tout cela ne leur était audible. Ils en tressautaient de rire, de grimace, de toutes sortes d'onomatopées sonores prolongées par des rires de mulets. Ils réagirent de manière identique pour mes CD de Mighty Sparrow, d'Amalia Rodriguez, ou du tango de mon Astor Piazzolla ! Je me dis qu'une apocalypse s'était produite entre nous, je veux dire entre notre génération et cette effrayante jeunesse ! Le bad boy grognait qu'il n'avait rien entendu de plus rance, de plus rassis, de plus fétide. Quant au jumpie, cela sembla lui augmenter d'un coup le volume de ses souffrances. Il se mit à gémir en injuriant mes chanteurs et ma musique, tandis que le bad boy passait de CD en CD, balançant par-dessus son épaule celui qu'il avait éjecté. Je dus subir cela durant près de vingt minutes, jusqu'à ce que, sentant que son compère jumpie allait sombrer dans une vraie dépression, il revint à la fréquence de cette radio NRJ qui acheva de me démoraliser. Je réussis à respirer profond et à me concentrer sur la conduite de la DS, ce qui n'était pas très facile car elle semblait presque se débrouiller sans moi. En fait, surveillant mes deux isalops, étant complètement bouleversé par ce que je vivais à cause d'eux, la DS était sans doute drivée par l'Archange en personne. Bien que je ne percevais plus sa présence, il avait pris la commande de mes réflexes et de mes habitudes et, sans aucune opération consciente, je pilotais la DS dans des rues, au hasard, à gauche, à droite, par ici et par là, en privilégiant instinctivement les zones les plus sombres et les plus dépeuplées à mesure que la nuit s'épaississait…

Quelquefois, j'arrivais à m'extraire de ma contemplation morbide de ces deux petites bêtes, et je découvrais certains aspects de la ville que je ne reconnaissais en aucune manière. Ainsi, je découvris que la plus grande partie de Fort-de-France m'était inconnue. Des rues que je pensais connaître dans leur détail avaient changé du tout au tout, pas une couleur, une enseigne, une vitrine, un magasin qui correspondent au souvenir que j'en avais. Je l'avais toujours imaginée immuable, et m'étais contenté de grands repères qui semblaient immobiles, or je découvrais dans les phares de la DS que cette ville était fluide, changeante, livrée aux irruptions des Libanais, des Syriens ou des Chinois, sensible aux modes des grands discounts de DVD ou de lunettes, ballottée par les magasins haïtiens, les boutiques d'informatique, la semaille des officines à téléphones portables qui parvenaient même à grignoter l'espace royal des boutiques à sous-vêtements, à marques de luxe, ou à chaussures branchées. Quand l'Archange était passé, qu'il avait erré en ville, je demeurais des mois et des mois, voire plus d'une année, sans y remettre les pieds. Parfois, l'envie me prenait de redescendre dans une des rues où j'avais frappé, oh pas tout près, juste dans les environs : il m'arrivait de longer la maison d'un grand Œuvre où je croyais encore percevoir des frissons de terreur, et l'odeur du sang, surtout l'odeur du châtiment car il y a une odeur qui s'élève dans le monde quand je châtie, inspectère, je dis *odeur* pour que tu comprennes mais c'est quelque chose d'invisible que je vois, d'inaudible que j'entends, une sensation que je perçois, une saveur que je goûte, et tout cela en même temps, c'est à la fois terrifiant et infiniment agréable. C'est pourquoi à un moment du châtiment je tressaille de plaisir, inspectère, je souffre et je pleure pour ainsi dire de plaisir éjaculatoire ! C'est cela que je recherchais en revenant parfois sur les étapes de mon passage, cette chose si particulière qui semblait imprégner tous les abords du lieu où l'Archange avait porté sa grâce. Et à cette occasion, j'errais un peu dans la ville, la humais, la sentais, tentais de retrouver les rémanences de mes passages.

Mais je ne retrouvais pas grand-chose. Je me retrouvais à errer en pleine nuit dans une ville désenchantée qui ne me plaisait pas. Je vivais pour ainsi dire sur ces deux temps d'une musique ce désir de la ville, ce rejet de la ville, et sitôt que je m'éloignais, la géographie que constituait mon Œuvre, ses effluves éternels de terreur et de sang, s'agrandissaient dans ma mémoire à la manière d'un territoire de fauve balisé de senteurs. Si j'avais fini par comprendre que ce n'était qu'une fantasmagorie, je vivais ce territoire en moi qui s'agrandissait à mesure que les années passaient, et qui m'apaisait sans que je ne sache pourquoi. Et donc, soudain, la perspective de passer toute une nuit à rouler comme cela, en compagnie de ces bêtes sauvages, me révulsa au plus haut point. Ce n'est pas encore à ce moment-là que l'envie de les tuer devint en moi déterminante. J'étais encore dans l'unique souci de les éjecter de ma voiture, qu'ils s'en aillent le plus loin possible et continuent leur naufrage sans moi. J'eus alors la naïveté de vouloir les inquiéter sur le vendredi 13, je leur sortis cette vulgarité selon laquelle c'était un jour qui allait aux extrêmes, vers le meilleur mais souvent et plutôt vers le pire, et que donc ce n'était vraiment pas le moment pour faire les lêkêtê, les marioles, les Ich Man Bans, ou même les croquignoles, ni les zoulous et surtout pas les bachibouzouks ou les zouaves. J'allais embrayer sur quelques exemples bien sentis, et quelques cas célèbres, quand le jumpie (que je croyais noyé dans ses gémissements et dans ses miasmes de douleurs-cocaïne) se mit à m'expliquer durant une éternité ce qu'était ce jour, ses fondements et ses origines, et la manière la plus juste qu'il était bon de le penser. Pour lui c'était d'abord le jour où l'homme fut chassé du paradis, celui où Caïn tua son frère Abel, celui de la décapitation de saint Jean-Baptiste, celui du massacre de la Saint-Innocent. C'était celui de la mort du Christ, celui du Déluge et des sept plaies d'Égypte, celui de la mort de Moïse, du prophète David et de la sainte Vierge Marie… Il nous raconta qu'une légende nordique prétendait que la déesse Frigg, épouse d'Odin, réunissait ce jour-là dans les plus hautes montagnes onze sorcières et le diable en personne, ce qui avec elle nous ramenait à treize, et qu'ils préparaient tous les forfaits possibles pour les temps à venir, et que dès lors le treize collé au vendredi fut ce qu'il y avait de pire. Il précisa que c'était le jour où les Anglais pendaient les pires des criminels. Qu'enterrer un de ses proches un vendredi entraînait la mort de trois autres membres de la famille dans les semaines qui suivent. Il dit aussi que c'était le jour où Christophe Colomb quitta le port de Palos pour s'en venir au génocide du Nouveau Monde, puis il évoqua, avec charge d'exemples, toute une série contradictoire qui offrait à ce jour des vertus merveilleuses en matière de chances, de renaissances et d'opportunités… *Lux in tenebris !*

Soûlé par tant de science, je me dis qu'il était sans doute allé à l'université, ou alors qu'il avait fumé le tiers d'une encyclopédie, mais je restais vraiment estomaqué de découvrir un semblant de culture et de connaissance dans ce qui n'était pour moi qu'une poubelle ambulante. Tout en tripotant son téléphone et en appelant je ne sais où d'une manière angoissée, il n'en finissait pas de regarder sa montre, comme s'il était engagé dans une course contre le temps des plus raides et tranchantes. Il n'en finissait pas d'exhorter son compère bad boy à passer à je ne sais quelle action, au moins attaquer un container du port, et surtout à cesser de rechercher la personne qu'il était en train de rechercher, et dont l'unique vertu serait de compliquer la situation. Le reste de son activité sur mon siège arrière (si je parvenais à oublier qu'il tenait le manche du pic à glace et qu'il gérait tant bien que mal les spasmes violents de tous ses muscles empoisonnés) consistait à me zieuter dans le rétroviseur. À croire que j'avais fait partie, en quelque année ancienne, des invités de son baptême, ou de la ronde à chocolat d'une de ses communions, et qu'il s'efforçait en me zieutant sans fin de restituer je ne sais quel souvenir à sa place exacte. Le pire, c'est que je le surveillais aussi et que nos regards se croisaient, et qu'alors (malgré les répulsions et le dégoût) je sentais autre chose m'envahir l'âme et me porter vers lui. Ce n'était pas un sentiment instable, mais quelque chose de fugace, d'incertain, et surtout de totalement absurde que je versai au compte jamais clos des absurdités liées à cette situation dramatique et surtout insensée…

Mais il faut le dire, inspectère, je n'avais pas vraiment eu le temps de cogiter sur toutes ces choses, car outre sa musique, ses pieds (des Nike à coussins d'air !) posés sur mon tableau de bord, l'animal bad boy avait baissé sa vitre pour mieux zieuter les capistrelles qui s'en allaient à leurs soirées au fil des rues et des trottoirs. Il en profitait pour invectiver les voitures de police qui vadrouillaient par-ci, par-là, leur lancer des bonda, des landjet, et autres insanités que grâce à Dieu les policiers n'entendaient pas. Il les traitait de kôlbôkô, babylones, gad-kaka, et autres joyeusetés de caniveaux qui se perdaient (avec la grâce du ciel !) dans les tourbillons fangeux de sa musique hip-hop. J'avais passé tellement d'années à rester invisible aux yeux de la police, jamais contrôlé, jamais arrêté, jamais frappé par un procès-verbal, jamais approché de quelque manière que ce soit par un de ces fonctionnaires, et cela durant mes longues virées en ville, et la totalité de mes journées de sybarite dans les confins de Macouba. Mon casier judiciaire est vierge, inspectère, et je n'ai jamais eu d'ennuis de quelque sorte que ce soit, et donc le souci n'était pas qu'ils me relient à je ne sais quel mandat de recherche, ou qu'une relation puisse se voir établie entre moi et mes œuvres, non, il était plutôt de me situer exactement dans le sillage d'invisibilité de l'Archange. J'avais le sentiment plus ou moins angoissé qu'en sortir m'éjectait d'une manière ou d'une autre des grâces de la divinité, et me condamnait par la même occasion à ma pauvre existence de vieille chair mortelle. Et puis, ne crois pas que ce que je vais te dire soit pour toi, inspectère, je ne suis pas un flatteur et je n'ai rien d'un gentil – *rien ne m'horripile plus que d'entendre dire par je ne sais quel touriste que les Martiniquais sont gentils, y'a rien de pire que d'être gentil, et les peuples n'ont pas à sourire ni à être gentils, les peuples n'ont qu'à être ce qu'ils sont !...* Donc, voici ce que je voulais te dire : *Je me retrouvai indigné par cette attitude envers les voitures de police !* Figure-toi, inspectère, que vis-à-vis de la police, je suis dans le respect. C'est un noble métier, une juste vocation, une nécessité venue de partout à la fois, et que nous devons à toute force honorer, respecter, *dignifier* si ce mot peut se dire ! Je ne dis pas que tous les policiers sont de bonnes personnes, c'est comme dans tous les métiers, il y a des chiens et des pains-doux, des bêtes sauvages et des bougres de bonne trempe, mais la police c'est autre chose, c'est le bras armé de tous, le bras majeur des forces d'ici-bas, la gardienne du temple des valeurs et des dignités de la vie ! L'injurier ou la dérespecter, c'est supprimer les digues d'un fleuve de boue, de violence et de saleté qui coule autour de nous, mais aussi en plein mitan de nous… C'est ce que je trouvai la force de leur dire, inspectère, entre les impatiences gémissantes de l'épave, les miasmes du hip-hop, et les insanités que le bad boy distillait à tout va depuis la vitre ouverte de la DS. Ils ne devaient pas m'entendre, car aucun d'eux ne réagit, et je dus m'arrêter moi-même par faute de combattant. J'eus quand même le temps de radoter dans le vide sur les vertus de la police durant encore dix-quinze minutes, avant que je ne me taise, les regarde, et que survienne en moi la décision irrévocable de les tuer sans attendre… *Magno cum gaudio !…*

PROXIMITÉS – Le commandant de police se fit ouvrir les portes du foyer vers 21 h 30. L'éducateur, ainsi que le responsable qui avait été sorti de son lit l'avaient accueilli d'un air doublement embarrassé ; d'abord du fait que la fugue serait passée inaperçue s'il n'avait pas téléphoné, ensuite parce qu'ils étaient en face du père de la jeune fille qui leur causait le plus de soucis. Ils avaient bien des fois insisté auprès du juge, lors des réunions d'évaluation, pour qu'elle soit orientée vers une structure plus lourde, plus contraignante et plus fermée. Ils la soupçonnaient aussi d'en rajouter du fait que son père soit le commandant de police le plus réputé du pays. Elle se comportait toujours comme si cette filiation la mettait hors de portée de toutes les représailles. Éloi Éphraïm Évariste Pilon avait demandé à visiter sa chambrée et avait pris le temps de fouiller ses tiroirs, ses valises, ses cahiers, avec le cœur battant de pouvoir entrer dans son intimité, ce qui lui avait donné la curieuse impression de devenir enfin son père. Cela avait été pour lui l'occasion de voir à quel point elle écrivait mal, faisait des fautes d'orthographe, tachait ses cahiers et disloquait ses livres. Il avait été consterné de découvrir ses dessous et ses vêtements : un concentré de choses extravagantes, un mélange de toutes sortes de modes, d'époques, de styles et de manières, avec la vulgarité et le mauvais goût pour présider aux agencements. Il avait été ému de découvrir qu'elle conservait une photo de lui dans une boîte à chaussures, parmi des bijoux crizocal et de petits bandeaux, et avait passé plusieurs minutes à l'examiner pour savoir combien de fois elle avait été déchirée, recollée, redéchirée, agrafée miette par miette sur un bout de carton d'emballage d'une boîte de Chocapic. Il avait découvert aussi des photos de sa mère, intactes, et quelques autres scènes de famille où l'on voyait ses cousins préférés, quelques tontons et vieilles taties. Puis, il avait interrogé quelques-unes des copines de dortoir, et les éducateurs eux-mêmes, sans rien découvrir de tangible sur ses intentions ou sa destination. Mais il en avait ramené la certitude que cette fugue n'était pas liée à une embrouille de drogue, une menace, un danger, une quelconque dépression ou un souffle d'hystérie. La fenêtre par laquelle elle avait sauté était intacte, avait même été repoussée soigneusement, et quant à son armoire, le fait qu'elle soit pleine et que ses deux valises s'y trouvaient soigneusement rangées laissait envisager qu'elle soit partie avec l'idée de revenir. Il avait même supposé qu'elle avait dû passer bien des nuits à de petites virées sans que l'institution ne s'en rende compte ou n'en soit informée. Il avait écouté patiemment les jérémiades et récriminations des responsables de l'institution, puis avait rejoint sa vieille voiture, une DS blanche 21, à laquelle le commandant de police, sous l'œil cyclope du revolver, ne cessait de penser avec consternation…

Tout ce que lui avait débité le tueur sur la DS était exact. Le pire, c'est que les sentiments qu'il exprimait vis-à-vis de cette voiture étaient d'autant plus familiers au commandant de police qu'il les avait éprouvés à l'identique. En imaginant la DS dans la nuit, il ne pouvait s'empêcher de savourer ses suspensions, et de vivre comme il aimait faire durant ses rondes nocturnes le défilement des lampadaires dans la féerie du pare-brise et des vitres latérales… De même, le commandant s'était parfaitement retrouvé dans cette manière de préparer le punch, d'aborder au champagne. Il avait même frémi en entendant le monstre parler de Perse ou de Césaire, et surtout de ce paragraphe des *Oiseaux* du poète guadeloupéen que lui-même lisait plus souvent que rarement. La poésie avait toujours fait partie de sa vie, elle lui servait en quelque sorte de refuge, et il s'était senti presque violé en découvrant que ce monstre fréquentait les mêmes palais que lui. Sa crainte inavouée fut qu'il ne se mette à citer d'autres auteurs qui faisaient partie de son petit panthéon et soutenaient sa manière d'exister. Quant à ce qu'il disait de la jeunesse, de la musique, des valeurs comme l'honneur, l'humilité, la dignité, le respect, ou ce qu'il analysait de l'époque dans laquelle nous vivons, le commandant avait eu parfois l'impression de s'entendre lui-même, et bien souvent, les battements vifs de son cœur n'étaient pas seulement dus à l'œil du revolver : ils provenaient aussi de la proximité vertigineuse qu'il n'en finissait pas de découvrir avec un être épouvantable…

Tandis qu'il rentrait, Éloi Éphraïm Évariste Pilon avait songé à ce que lui avait déclaré une des comparses de sa fille. Ces derniers temps, et durant les moments autorisés de l'usage du portable, Caroline avait communiqué beaucoup par mails et sms avec un jeune de Trénelle, un dénommé Alexis Balthazar. Sur le coup le commandant de police avait noté l'information sans y penser, mais soudain, une dépêche de la nuit lui était revenue. Il avait déjà entendu ce nom. Il avait appelé le central et demandé qu'on lui lance une vérification…

L'INTUITION[1] – Je ne manque de rien dans ma voiture, inspectère, j'ai de quoi manger, boire, me panser, me soigner, me couvrir, me remonter, me défendre, et attaquer. L'essentiel de mes armes se trouve en général dans le coffre de ma voiture, dans des boîtes fermées et des sacs, et certaines sont serrées sous le plancher de mon coffre, près de la roue de secours. Les éléments de survie se trouvent dans l'habitacle, dessous ou dans les sièges, en sorte de pouvoir soutenir un isolement de plus d'une semaine en plein mitan de ma DS. Mais je n'avais jamais songé à y serrer des armes ! Je sais que chaque Martiniquais garde son coutelas dessous son siège, et sa jambette au fond de sa poche, mais de ce côté-là, je ne suis pas comme eux. Les armes ne doivent pas être du côté de la vie, elles doivent se trouver à l'écart, loin, du côté de la mort. Pourtant, c'était quand même une vraie bêtise de ne pas avoir envisagé que je pourrais un jour ou l'autre avoir à me défendre assis dans ma DS. J'avais, sans en avoir conscience, tellement sacralisé mon véhicule que je n'y avais pas prévu ma protection vitale, et c'est d'ailleurs pourquoi je m'étais retrouvé tétanisé quand les deux escogriffes s'y étaient engouffrés. Maintenant, une détermination

1. Extrait de l'enregistrement du tueur – Dossier 13 – Cote AC 88 – Page 12 – Annexe 415

implacable me tenait : *j'allais les tuer, les tuer très vite, et me sortir de cette horrible nasse*... […]

Cette décision de tuer était pour moi un sentiment étrange. Il n'était pas en rapport avec cette bienheureuse plénitude qui m'envahissait lorsque j'étais habité par l'Archange et que je m'apprêtais à châtier un couple de nuisibles. Cette frappe était autre chose, elle ne faisait ni ne ferait jamais partie de ma mission ou de mon Œuvre. Elle appartenait à cette pauvre vie et à la dimension secondaire et charnelle de mon existence. Et donc, malgré ma détermination, je me trouvais dans l'impossibilité de les frapper, pas seulement à cause du pic à glace, des tendeurs, du fil étrangleur, ou de cet anneau cranté qui me neutralisait la main gauche. Le problème est que je n'avais aucune arme sous la main, pas une lame, pas un don, pas une pointe, ou même une simple lame de Gillette susceptible d'effectuer ce que je voulais leur faire. Tandis que je roulais d'une main droite désentravée, débonnaire, je passais en revue tout ce qui se trouvait à ma portée et qui serait susceptible de constituer une manière d'outil : les clés de la voiture, la vitre du rétroviseur, les bras des clignotants, ou encore la vieille pointe Bic gardée en évidence sur le tableau de bord. Je songeais aussi à ce petit couteau-chien que je serrais sous le tapis de mon siège, et qui me servait à éplucher mes oranges, mes mangots, à trancher mes caïmites et débiter mes ananas, mais je n'étais même pas certain qu'il fût encore là. L'idéal aurait été que je trouve comment me débarrasser de cet anneau cranté qui me retenait la main gauche au volant, car la main gauche pour moi est la main de l'esprit et de l'action : *je suis gaucher, inspectère*. Néanmoins, en cas de nécessité, ma main droite peut se faire fulgurante, et je m'étais résigné à l'utiliser à la moindre occasion. Compte tenu de ce que je sais de moi-même, il ne restait que quelques minutes à vivre à ce maudit bad boy et pas vraiment plus à cette épave qui gémissait sur mes beaux sièges arrière.

Je dus y songer avec tellement de force, que le jumpie se mit soudain à beugler, comme si on lui avait enfoncé quelque chose dans la gorge. Le bad boy qui s'était affalé sur la portière, la tête à l'extérieur, cherchant des yeux je ne sais qui, je ne sais quoi, poussa un de ses jurons immondes, puis se tourna vers son triste ami, ravagé par le manque. Il lui dit : « Tiens bon, tiens raide frère, on récupère la meuf et je te règle ton problème très vite, et la nuit est à nous… » Ce à quoi l'épave répondit : « Il me faut du matos, je tiens plus… » Le bad boy le rassura : « Tiens bon frère, ça ira vite, on a toute la nuit !… » Cette promesse du petit monstre me précipita une nouvelle fois dans l'abîme d'une colère. Il avait monté tout un programme pour occuper cette nuit, m'avait de force inclus dedans, et ne s'occupait même plus de mon existence. Je pensais à la photo du second nuisible accrochée au pare-soleil, au peu de temps qu'il me restait pour lui infliger la flamme du feu sacré ; je pensais aussi à la clarté du jour qui risquait de me surprendre dans les rues de la ville, et puis je songeai à plein de choses sinistres dont je ne saurais te donner le détail mais qui avaient, je m'en souviens, un goût d'ail et de sang… Mais là encore, je surpris le regard du jumpie dans le rétroviseur. Chaque fois que de terribles pensées me traversaient l'esprit, il en était immédiatement alerté. Non qu'il soit capable de lire dans mes pensées, mais sans doute parce que toutes les saletés qu'il devait s'injecter dans le sang et les poumons avaient dû lui exacerber les perceptions. J'avais le sentiment d'avoir, posté dans mon dos, un manicou sauvage, aussi sensible que s'il avait été blessé, et qui, contrairement à cette brute de bad boy, devait percevoir tout autant que moi les mystères de la nuit, le grondement sans pitié de la ville, et les éruptions mentales de ma rage meurtrière. Je ne fus que très peu étonné quand, d'une voix ravagée, il demanda à son compère bad boy de m'entraver de nouveau la main droite sur le volant, ce que l'autre fit en deux-trois-quatre mouvements. Estomaqué, je regardai l'épave dans le rétroviseur, vraiment surpris qu'au plus profond d'une telle déchéance, on puisse faire preuve d'autant d'intuition…

Il faut que je te parle de l'intuition, inspectère, car moi je suis un intuitif. Toi, tu es sans doute un homme de raison et de mathématique, moi je suis du monde de la nuit, de la poésie et de l'intuition. C'est une forme de connaissance, inspectère, qui dépasse l'instinct, surplombe le raisonnement, et s'accorde au grand océan de l'esprit. Dans le grand océan de l'esprit, il n'y a pas, comme tu le crois, l'instinct et l'inconscient à la base, la conscience et la raison au sommet. L'esprit est un océan, sans devant ni derrière, sans haut ni bas, une entité complexe que seuls les poètes, les artistes, les divins et les fous savent mobiliser dans sa totalité. Les savants, les raisonneurs, les rationalisateurs ne sont que les petites vagues de l'océan, peut-être même son écume dérisoire. L'océan de l'esprit sait qu'il y a de l'invisible, de l'inconnaissable, du hors d'atteinte de la pensée, que l'ombre et la lumière sont de même nature, que ce qui est dissocié est avant tout relié, et que ce qui nous semble relié ne vit au plus profond que par des dissociations. Il sait qu'il existe une éternité inatteignable qui se trouve dans l'univers tout autant que dans la plus petite des parcelles de notre corps, ce qui fait que nous sommes à tout moment dans une totalité. C'est pourquoi l'océan de l'esprit a développé l'*intuition*, je n'ai pas dit la *conscience* ou la *raison*, mais l'*intuition* : la perception toute soudaine et totale qui t'offre une forme de connaissance indéfinissable, qui va en haut et en bas en même temps, à la surface et dans les profondeurs, de travers et tout droit, qui relie ce qui est dissocié, et dissocie tout ce qui est relié, mais qui est toujours la connaissance la plus juste qui soit. Et donc, si je te parle, c'est mon intuition qui m'a dit de te parler comme ça, et j'obéis, cela ne veut pas dire que je sache pourquoi, mais je sais qu'il est juste que je le fasse car j'ai eu l'intuition que tu pouvais l'entendre…

TRÉNELLE – Malgré la litanie que l'assassin débitait d'une voix douce, et malgré l'ombre nickelée que le canon du pistolet projetait contre sa conscience, le commandant de police crut se souvenir avec une clarté stupéfiante de tous les détails de sa nuit. Sans doute la certitude qu'il allait bientôt mourir lui conférait-elle une surprenante aptitude à la remémoration. Peut-être aussi avait-il veillé sans le savoir à se graver dans la mémoire ses dernières heures en tant que policier. La cause de cette clarté d'esprit lui resterait à jamais inconnue. Tout en se concentrant sur le tueur et son arme, veillant à ne pas répondre à ses interpellations insistantes, il cherchait encore dans cette nuit agitée l'instant (ou le détail) qui l'aurait (ou qui l'avait) certainement alerté sur l'imminence de sa mort. Les choses se mettaient en place continûment dans son esprit, sans même qu'il ait à le vouloir. Il revivait non seulement ses faits et gestes, mais aussi ses émotions et ses pensées. Tout cela émergeait du fond de son esprit pour s'imprimer à tout jamais, seconde après seconde, sur la cire mémorielle qui l'accompagnerait dans l'abîme du néant et qui lui resterait de l'ensemble de sa vie. Il se revit donc clairement en train de lancer sa DS dans la pente qui menait à Trénelle, à l'adresse de cet Alexis Balthazar que lui avait indiquée le central. Il se souvint du tourbillon de son esprit entre cette exaltation sublime où l'avait plongé la découverte du tueur, et cette inquiétude à propos de sa fille qui commençait à lui tordre l'estomac. Ce fut assez facile de trouver la maison, un peu moins de garer la DS dans ces ruelles étroites, et assez simple en fait (grâce aux indications de quelques voisins) d'emprunter un escalier à pic, de longer une tortueuse ruelle et, juste avant de mettre en route son petit dictaphone, d'atteindre la porte qu'il recherchait…

La manman de l'Alexis Balthazar était une Antillaise d'une autre génération, et même d'une autre époque. Dans sa mise et sa posture, son mélange de fermeté sans illusions et de gentillesse sans limites, elle lui avait rappelé sa propre mère. Comme l'aurait fait n'importe quelle manman, elle s'était montrée très inquiète que l'on vienne frapper à sa porte – « À cette heure, mon Dieu Seigneur ! » –, et l'interroger sur son fils. « Il est parti en drive avec des amis, avec Enzo je crois, son ami qu'il voit tous les week-ends, un que je n'aime pas beaucoup, car il m'a l'air d'une sorte de drogué… » Le commandant lui montra la photo de sa fille Caroline, mais la manman Balthazar affirma ne l'avoir jamais vue, et (Dieu seul sait comment elle réussit à comprendre qu'il s'agissait de la fille du commandant) elle crut bon de préciser qu'elle n'était jamais venue dans sa maison, et qu'elle ne ressemblait en rien au genre de créature que son fils ramenait généralement. « Faut pas te chocolater la tête, comystère, les enfants de maintenant sont difficiles, je ne sais pas si c'est à cause de la télé ou des musiques qu'ils écoutent toute la journée, mais ils sont tous des canaris de soucis, des paniers à problèmes, le mien me fait tourner en bourrique, il boit, il fume, il trafique tout partout, et s'il court après le travail c'est plutôt pour le faire fuir, j'ai déjà tout fait pour lui et ne sais plus quoi faire, et le pire c'est que je me demande parfois s'il y a seulement quelque chose à faire, enfin, bon Dieu veille, tôt ou tard il va mettre sa main dans tout ça et tracer un milieu, mais il faut surtout retenir, comystère, c'est que dans le fond ils ne sont pas mauvais, et que si ta fille est partie c'est qu'elle doit être dans une boîte de nuit, ou dans un coin quelconque avec des copines en train de boire de la bière et de manger des crêpes, des soupes ou des tapas, car il y a maintenant ce genre de coins un peu partout dans Fort-de-France, je connais ça, j'ai eu moi aussi mes misères avec ma fille qui maintenant vit en France, et qui semble à présent s'être trouvée une larel… » Éloi Éphraïm Évariste Pilon, très ému, avait eu l'impression d'entendre parler sa propre mère. Il conversa avec elle sur la vie d'aujourd'hui et échangea quelques banalités, puis il releva l'adresse du compère signalé, Enzo Malmor, qui par bonheur se trouvait dans la même zone ; au-dessus de Trénelle, au bout d'une série d'escaliers, juste sous les roches instables de la falaise… Il s'y rendit à pied, en priant le ciel pour que l'on ne lui démonte pas ses roues, ses enjoliveurs, ses rétroviseurs, ou qu'on lui brise une vitre pour dérober son autoradio.

La petite case (sorte de blockhaus de béton, couvert de tôles et de planches, et environné d'une esquisse de jardin d'où s'élevait sans trop de conviction un grand pied de fruyapen) se trouvait au bout des dernières marches du dernier escalier. Les maisons les plus proches se trouvaient dans le noir, mais celle vers laquelle il se dirigeait semblait allumée de partout. Une ampoule dénudée au bout d'un fil tendu ballottait au-dessus de l'entrée grande ouverte. De loin, l'intérieur se voyait baigné de la lueur fade et jaunâtre d'une ampoule d'environ quarante watts. Cela suffit à précipiter Éloi Éphraïm Évariste Pilon dans une série de frissons malsains qui l'obligèrent à ralentir le pas, à regarder autour de lui pour deviner où se trouvait le danger, puis à sortir lentement son arme de service qu'il garda à bout de bras alors qu'il achevait de monter l'escalier. Il avait de tout temps fait confiance à ses intuitions, il ne s'était jamais trouvé dans des situations de danger extrême comme on voit dans les films américains, mais ces petites clairvoyances lui avaient permis d'éviter quelques coups de rasoir, des jets d'acide, le tir de chevrotine d'un crackman désaxé, et quelques autres dangers très ordinaires. Il se dit qu'il devrait appeler le central pour demander du renfort, mais écarta cette idée dans la crainte de jeter la panique dans tout un quartier pour quelque chose qui peut-être n'en valait pas la peine. Mais sitôt qu'il eut foulé le seuil avec mille précautions, et jeté un coup d'œil circulaire dans le petit carré qui servait de séjour, il comprit que le quartier de Trénelle allait encore passer une très mauvaise nuit…

LA KARO ET L'AMOUR[1] – En gardant une oreille sur les disputes et les grognements entre le jumpie et

1. Extrait de l'enregistrement du tueur – Dossier 13 – Cote AC 90 – Page 5 – Annexe 415.

le bad boy, je compris finalement que ce qu'il recherchait (affalé sur ma portière, la tête faisant girouette dehors) était ce qu'il appelait une *meuf* ou une *chou*. Sans doute une copine qu'ils connaissaient via Internet, ses chats et ses forums, et quelques SMS. Ils s'étaient donné rendez-vous à l'angle de la rue piétonne et de la rue Victor-Hugo, ce que je compris par déduction à force d'y passer et d'y repasser sans cesse, après deux ou trois rondes à vide dans les rues adjacentes. Comme cette personne devenait introuvable, le bad boy n'arrêtait pas de pianoter sur son portable qui couinait comme un rat en dame-jeanne. Il lançait sans doute des appels, messages, ultimatums et mises en garde s'il fallait en croire ses énervements et ses éructations. Le jumpie, lui, semblait très irrité que l'on consacre autant de temps à trouver cette personne. Il ne suspendait ses récriminations, ses baves et gémissements que pour appeler ce que je compris être sa mère, et à laquelle il laissait des messages de reproches, du genre : « Rappelle-moi manman, t'es où ? Ça fait trente fois que je t'appelle, décroche tonnerre… » Ce n'est qu'au dixième passage, inspectère, que nous vîmes la créature.

Une enfant.

Une enfant d'à peine dix-sept ans, inspectère !

Mais une enfant avec bien entendu son nombril exhibé par-devant, et son tatouage exhibé sur ses reins par-derrière. Elle était affublée d'un assortiment de jean, toiles, voiles, anneaux, tee-shirt, escarpins très vulgaires, qui donnait l'impression qu'elle s'était échappée d'un de ces clips pourris que diffuse Trace TV. Faut dire, inspectère, que de simplement la voir, là, dans cette rue, à cette heure, me fit vraiment de la peine. Notre petite Martinique est devenue quelque chose d'un peu désespérant. Une jeune fille de cet âge, sans doute jolie, et qui au lieu d'être avec des frères et des sœurs, entre des parents qui veillent sur elle, un papy et une mamy qui la gâtent, se retrouve à traînailler ses chaînes sur les pavés artificiels de la rue piétonne. *Et pour quoi ? Pour rejoindre un bad boy de merde et un jumpie malade !* Je n'accuse personne, comprends bien, inspectère, et je ne juge ni Dieu ni diable, *mais tout de même quand même quand même eh bien bon Dieu, tonnerre du sort et tabernacle !* Il y a une question de responsabilité, inspectère, en ce sens que la responsabilité a disparu, et avec elle le sens de l'honneur, et je te dis pour préciser : *le sens même du devoir !* Tu imagines, inspectère, si j'avais eu une fille ?! Tu crois qu'elle serait dans cet état, habillée comme ça, et en pleine déshérence ?! La divinité sait ce qu'elle a fait en ne me donnant pas d'enfants ! C'est cela la tristesse, inspectère, que là où se trouve le sens de la dignité, de l'honneur, du respect et enfin du devoir, il ne peut pas y avoir d'enfants, et de fait il n'y a pas d'enfants !… Et que là où on est branché, cool, au top, sympa, qu'on fréquente pour un rien les cellules psychologiques, là on trouve des enfants, avec des mères qui s'habillent comme leurs filles, et qui sont encore bien plus enfantines qu'elles, et des papas qui écoutent du hip-hop et qui portent des baggys, où tout le monde fusionne avec tout le monde sans pièce souci d'autorité, eh bien là, la divinité distribue des enfants ! Et tu sais pourquoi, inspectère ? C'est parce qu'elle tient à mesurer jusqu'où peut aller la déchéance humaine ! Voilà, et ce n'est pas pour autre chose : *juste mesurer la déchéance humaine !* Et moi-même, quand je vis cette petite créature, je crus que j'avais vraiment touché le fond, sans me douter encore que le pire, et plus encore – le dépassé pire –, était à venir dans le déroulement de cette nuit, laquelle par bien des instants me paraissait échouée dans une éternité…

Et donc, le bad boy avait bondi de la voiture pour se porter à sa rencontre. Je le regardais s'avancer vers elle en roulant des épaules, en traînant le talon, en faisant cliqueter ses anneaux, ses colliers et ses bagues, et en prenant cet air blasé qui a tout vu et qui sait tout, avec des *Yo, Yeah, Hi*, et autres grognements d'un acabit semblable. En bref : une caricature de shérif et de GI américain. Et elle, que je vis fascinée, frémissante d'une sorte d'adoration émerveillée, et qui répondait à son cirque corporel par des mimiques, postures, cambrages, cils et paupières, avec des petites touches d'indifférence désinvolte et de gouaille mauvaise fille. Lui, qui l'invite à monter dans ma DS pour une nuit d'enfer, et qui lui explique être le master, MC, boss, colonel et mètpiès des nuits de Fort-de-France, qu'il a même un chauffeur et qu'il a tout prévu. Et elle qui donne l'air de ne pas avoir trop envie de le suivre, qui le regarde par en dessous comme pour mesurer le risque qu'elle allait prendre, et qui explique être juste venue comme ça, et qu'il lui faut vite retourner chez elle. Et lui, qui fait le bad boy cool, qui s'accroche tout en voulant se laisser croire très détaché de tout cela, qui fait de l'esprit et baratine dans un degré d'indigence qui ferait pleurer un vieux kouli analphabète… Cette affaire dura bien une vingtaine de minutes, inspectère, vingt minutes tandis que ma DS ronronne, que mes mains deviennent nerveuses sur le volant, et que derrière, sur mes sièges bien moelleux et lustrés, le jumpie n'arrête pas de palabrer, d'injurier, d'exiger de lever l'ancre. Finalement, je les vis revenir ensemble, en donnant l'impression d'avoir trouvé comme un terrain d'entente. Lui, la mine réjouie, et elle, un peu méfiante qui regarde l'inquiétante splendeur de ma DS, et qui tente vainement de deviner ce qui se trouve à l'intérieur malgré les vitres teintées. Le bad boy s'engouffra à l'arrière, poussant son épave de compère qui lui laissa le manche à glace, pour sortir en pestant contourner la voiture, s'installer à l'avant à portée de mes mains impuissantes, tandis que la créature femelle s'installait à son tour dessus mes sièges arrière et découvrait enfin ce qu'elle voulait savoir. Comme elle avait gardé un pied à l'extérieur, elle fit mine de vouloir rebrousser son chemin : « C'est quoi ça ? C'est qui lui ? Tu avais dit qu'on serait seuls ! », mais le bad boy, d'un geste vif, la ramena contre lui et claqua ma portière. Il m'ordonna de démarrer, tandis qu'il entreprenait de rassurer son étrange dulcinée : « Ma cocotte, doux sirop, t'inquiète Karo, il est aux ordres, c'est moi son patron, il est sous les graines du boss… »

Tout à ma consternation, je repris ma déambulation dans les rues désertes, les narines envahies par les miasmes de sueur rance qui montaient du jumpie renfrogné sur le siège auprès de moi, et par le parfum de la Karo qui se mélangeait à tous ceux que le bad boy avait utilisés sur ses vêtements et ses bijoux. Pour rassurer sa chou, il lui montra le fil de fer qui me tenait la glotte, les anneaux à mes poignets, les tendeurs qui me saucissonnaient, et pour finir l'affaire du pic à glace qui me tenait la moelle au-dessus d'un abîme.

C'est là, inspectère, que je perdis un dernier fond d'espoir.

Quam incomprehensibilia sunt judicia ejus, et investigabiles viæ ejus !

J'avais plus ou moins espéré que la nouvelle venue, une fille, allait ramener dans cette affaire un semblant de raison, du bon sens, de la mesure et quelques bémols graves d'une autre maturité. On dit, n'est-ce pas, que les filles sont plus mûres, plus raisonnables, qu'elles ont les pieds sur terre et des vertus très éloignées de la violence, de la domination ou de la guerre, et même si la seule apparence de la personne vous inclinerait à perdre toutes sortes d'espoir en la matière, je fus quand même infiniment choqué de l'entendre se mettre à glousser comme une poule quand le bad boy lui expliqua que cette pointe dans mon dos faisait de moi son esclave absolu, et que même si la voiture était quelque peu rance, le son pourri, et la musique désespérante, ce leur serait bien suffisant pour leur permettre de s'éclater toute la nuit. Puis il lui présenta le jumpie : « Mon bougre, un frère de sang, qui a quelques ennuis et que je vais aider », lequel frère, avachi sûr mon siège avant, ne daigna même pas se retourner ni répondre au salut de l'espèce de Karo. J'essayais de détourner mon esprit de tout cela et de me concentrer sur le feulement huilé de ma DS. J'ai cette faculté, inspectère, qui est de me retirer dans un point secret de moi-même, situé où je ne sais pas, peut-être juste au-dessous de mon nombril comme l'envisagent les adeptes du tao, peut-être dans une des cryptes de mon esprit, ainsi que le pensait ce poète fou qui s'appelait Breton, et qui recherchait ce point étrange de notre mental où il n'y aurait plus ni haut ni bas, ni devant ni derrière, ni raison ni folie, ni même les lois de la géométrie ou de la science physique, ce qui selon lui était de nature à offrir à notre pauvre espèce une extension créatrice majestueuse… C'est possible, c'est probable, on dit que Césaire avait lui aussi recherché ce point fou. Césaire, à part le *Cahier*, je ne le connais pas bien, j'ai lu quelques bribes de ses derniers poèmes au moment de sa mort, et c'est vrai que sans rien y comprendre j'ai senti qu'il y avait là une espèce de puissance, un point dense, concentré, inatteignable à force d'être au-dehors même de la pensée, à telle enseigne qu'en parvenant à l'effleurer, voire à l'attendre et à s'y installer, il n'était pas certain que l'on ait conscience d'avoir atteint son but.

Pourquoi ?! Tu te demandes, inspectère…

Simplement parce que dans la vie, il y a des choses qui ne peuvent pas être atteintes. Des choses que l'on ne peut pas traduire en buts, finalités ou objectifs, qui sont au-delà de tout cela, ce n'est pas un sommet que l'on gagne, ou le fond d'une impasse que l'on achève de reconnaître. Ce sont des choses à vivre, inspectère, avec l'idée que vivre, vivre à fond, vivre bien ne sont pas des choses que l'on peut expliquer : *c'est un mystère à explorer avec la passion du mystère !* C'est dans ce mystère que je réussis à me réfugier durant quelques brefs instants, inspectère, ce qui me conféra un sentiment de plénitude intense car je sentis immédiatement la présence même lointaine de l'Archange, si puissant, si royal, tellement intense et sans limites. Il ne portait pas la moindre attention à ces ravets de caniveaux qui salissaient mes sièges et qui déshonoraient sans vergogne ma DS. Bien entendu, mon « absence » ne dura pas longtemps…

La voix de la jeune fille me ramena aux misères. Elle ne comprenait pas que le bad boy ne conduise pas lui-même, ni quel pouvait être l'intérêt de garder avec soi une sorte de bougre bizarre qui sentait l'herbe à chat. Son idée était de me lâcher sur un trottoir et de garder la DS, ou même de s'en débarrasser dès que possible en récupérant quelque part une vraie voiture, genre Audi, BMW ou un de ces gros 4 × 4 que les Chinois savent faire. Le bad boy, heureusement, ne l'écoutait même pas. La seule idée que ces petits rats pourraient s'en aller sans moi avec ma DS me remplissait de cette fièvre propice aux grandes mortalités. Je sentais la porte des enfers s'entrouvrir sur les grandes plaintes et les grincements de dents, avec même le sentiment que si le pic à glace se retrouvait enfoncé dans mon dos, il ne serait pas en mesure de m'arrêter, et que la mortalité nous emporterait tous. Le bad boy, Dieu merci, ne semblait pas être sensible à son discours. Quant au jumpie, affalé, frémissant à mes côtés au fond du siège avant, il semblait s'être noyé dans un monde de soucis et d'affres de toutes sortes. Je me redressai un peu pour mieux ajuster mon regard à ce que me révélait la glace du rétroviseur. Le bad boy tripotait son portable, j'en voyais les clignotements orangés. Le couinement des touches rebondissait dans l'habitacle. La créature, elle, s'était subitement tue, et s'était elle aussi accrochée à son portable, dont elle manipulait les touches avec une virtuosité étonnante. Je les vis sourire, se sourire, se regarder avec des yeux de petits cochons, puis s'agiter de petits rires nerveux tandis qu'ils demeuraient accrochés à l'écran de leur portable qui les baignait de lueurs fantomatiques. J'avais l'impression qu'ils s'envoyaient de petits films, et qu'ils les visionnaient ensemble ou séparément. Je voyais cette scène aberrante qui consistait à les voir côte à côte s'ignorer pour ainsi dire, tout en se rejoignant au fond de cette petite machine, comme si leur reste d'humanité, si tant est qu'il pût leur en rester, s'était réfugié au fond de cette petite machine. Moi, je m'étais toujours méfié de ces téléphones portables. J'avais fini par en acheter un juste pour le côté pratique, quand on se déplace ou que l'on a quelques utilités urgentes à régler tout en se déplaçant. Mais ce qui m'avait attiré vers cette petite machine (la mienne était très simple, style pointe Bic jetable, avec grosses touches, écran sommaire, trois fonctions préhistoriques : sonner, appeler, répondre, et encore, car je n'appelais pour ainsi dire jamais, et qui n'appelle pas ne se retrouve jamais plongé ou acculé au souci de réponses), et donc ce qui m'avait attiré c'est que j'eus assez vite l'intuition qu'elle libérait ma solitude, qu'elle la consolidait. Avec elle, éteinte ou allumée dans ma poche, je pouvais me perdre longuement dans les bois, me retirer du monde, entrer dans mes contemplations, mais tout en ayant la possibilité de prendre des nouvelles de ma vieille maman quand elle se trouvait encore sur cette terre. Quand je me résolus à l'acheter, je me mis à envisager encore plus volontiers la distance entre moi et les autres, entre moi et le monde, entre moi et toutes ces pauvretés qui constituent les hommes, et qui se retrouvent aussi, pour ainsi dire, concentrées dans le fond de ma poche ou un coin de mon sac. Ce qui fait que d'avoir un portable avec moi, le plus souvent éteint, augmentait aussi la distance que j'avais avec l'engeance humaine. Je m'en méfiais comme de la peste et je l'utilisais avec mille précautions, avec toujours le sentiment de manipuler quelque chose d'obscène. Et je me disais avoir bien eu raison, au simple fait de voir ces jeunes y disparaître ainsi corps et âme, et y projeter sans précautions tout ce qu'ils pouvaient posséder d'énergie et de vie.

Vivre à la machine, inspectère, tu te rends compte ?!

Si bien que je compris sans aucune peine qu'ils s'étaient connus par la machine, dans la machine, que leur rencontre était au bout de la machine. Et comme ils avaient mis le son, je compris à l'écoute des gémissements et autres halètements, qu'ils s'envoyaient de petits clips pornos, des génériques de fellation, des photos de partouze, de grands diaporamas de toutes sortes de saletés. Et que sans doute ces petits films de la machine avaient pour eux remplacé la lettre d'amour, le bouquet de fleurs, la grappe de mandarines ou d'oranges de saison, ou le kilo de poissons rouges qui dans le temps signifiait à l'aimée que l'on était apte à la nourrir et à la protéger. Voilà à quoi est réduite cette jeunesse, inspectère ! Voilà toute sa vieillesse : *l'amour à la machine, le sentiment à la sauce de l'écran, le désir réduit à la lubricité ! O tempora, O mores !...* Donc, je ne fus même pas étonné de les voir continuer à zieuter chacun leur écran tout en commençant à se mignonner, puis carrément à s'agiter et à reproduire les cochonneries de leurs échanges sur le cuir de mes sièges, comme des bêtes, inspectère, sans une élégance, sans une tendresse, sans un grain de poésie, dans le même bleu indécent que l'écran, à pleine bouche, devant et par-derrière, avec les injures et les coups, et avec l'indécence sans limites…

Je ne suis pas un parangon de vertu, inspectère, et tant pis si je dis des bêtises, mais il me semble que l'amour n'est pas cela. Que ça n'a rien à voir, qu'ils ne le savent pas et qu'ils ne le sauront jamais. Tu te rends compte, inspectère, prendre l'amour pour cela ?! Ces pornographies d'écran, ces sodomies de bas étage, ces acrobaties insanes qu'ils cueillent dessus les fils visqueux de cette toile d'araignée qui infecte le monde et qu'ils s'envoient de machine en machine !?? Il faut me comprendre, inspectère. Au-delà du souci que j'avais pour le cuir de mon siège, au-delà du simili velours de mon capitonnage, au-delà même des odeurs d'impuretés qui m'obligèrent à tenter de respirer vers l'entrebâillement de la vitre, au-delà même (admettons) de la morale et du respect, il y avait l'amour, inspectère : *la question nécessaire de l'amour*. Cette convergence entre deux âmes. Ce brusque enclenchement de deux esprits sur un pic d'enchantement. Ce sublime de deux corps qui trouvent une unité. Ce divin, inspectère, qui n'ignore pas la chair mais qui enflamme le divin de l'esprit ! *L'amour, inspectère ! Amor mundum fecit !*... Ils s'animalisaient sur mon siège, sans même savoir qu'ils se vautraient dans les ruines de l'amour ! Alors, la question que je te pose, inspectère : que reste-t-il quand il n'y a plus l'amour ? Que peut-il exister comme solidarité, compassion, respect, amitié, fraternité, famille, élégance paternelle, profusion maternelle, vigilance d'une grand-mère et sympathie d'une tante, quels restes ou quel possible quand à l'orée de la vie il n'y a pas eu d'amour ?! C'est comme si on sortait de la nuit primordiale pour s'avancer dans une lumière qui n'aurait pas été fécondée par la grâce d'une aube ! Et de fait, ce que je devinais dans le rétroviseur n'était qu'un déployé de la brutalité, un viré-déviré de la violence, une irruption reptilienne, avec des chairs qui auraient perdu tout souvenir de l'esprit ! Le seul semblant de poésie était ces lueurs qui pulsaient de leur portable pour enrober leur bestialité de bleutées lumineuses…

Si cette affaire me dégoûtait, inspectère, il n'en allait pas de même pour l'épave qui se trémoussait sur le siège avant, juste à côté de moi, et qui voyait augmenter les affres de ses manques par ceux d'un désir impossible. Il n'osait pas se retourner franchement, alors il se contorsionnait pour tenter d'apercevoir quelques bribes de cette scène primitive, et la lubricité lui écaillait le jaune sale de ses yeux, faisait trembler ses mains noircies par le goudron des pipes de cocaïne. Comme il ne savait pas comment s'en sortir, il se mit à injurier à vide, à me regarder d'un air méchant, à pester à haute voix contre les connasses qui vous gâchaient la vie. Il disait aussi à son pote infernal, son syndika : « Frère tu fous du fer, on perd du temps, on n'a pas que ça à faire, les bougres me traquent, ils sont déjà sur moi, et toi tu jouis la vie !… » Moi, j'étais tellement abasourdi par ce que j'étais en train de vivre que j'avais parfois le sentiment que tout l'impérissable de l'univers avait tout soudain ouvert la gueule sur moi, m'avait avalé, et que quelque chose d'incompréhensible était en train de me digérer. Et puis, inspectère, j'avais le sentiment d'être sali, avili de mille manières possibles, et ce rut malodorant sur le beau cuir de ma DS m'infligeait la sensation du plus total des sacrilèges. Je dus sans doute disparaître une fois encore dans les marigots sans fond de l'amertume, sans plus savoir où j'étais, où j'allais, dans quoi je me trouvais, et pourquoi je drivais la DS dans les ruelles enténébrées de la ville, au point de perdre même tout contact avec la puissance de l'Archange et de revenir à moi, soudainement, comme au sortir d'un long coma, et de réaliser qu'ils avaient achevé leurs saletés, que le jumpie à mes côtés n'arrêtait pas de bougonner entre deux spasmes, et que (sans doute pour se calmer) il avait poussé le son de la radio qui braillait du dancehall sur un salmigondis de zouk-techno, de slow groove et de gros-ka électronique. Je me mis en demeure de reprendre mes esprits. De retrouver un peu de cette lucidité froide qui me permet en certaines circonstances de passer à l'action. Je fis donc abstraction des hurlements de la radio, puis je me mis à examiner ce qui m'était possible…

Le jumpie était à portée de main et d'un égorgement à la pointe Bic ou au rétroviseur dont la glace pouvait s'éjecter sans effort. Derrière, juste dans mon dos, à la manœuvre du pic à glace, le bad boy semblait éprouver de la peine à se remettre de ses éjaculations. Malgré son regard trouble et ses épaules plus flasques, il s'était relancé dans le tripatouillage de son portable par lequel il expédiait à sa jeune massibol je ne sais quelles images ou vidéos pornographiques. Je calculai qu'en renvoyant simplement les bras en arrière, il m'était possible de lui saisir la nuque et de faire pivoter jusqu'à mortalité ses vertèbres cervicales. Seulement, il y avait le pic à glace, les tendeurs, le fil de fer qui m'écrasait la glotte, et ces boucles crantées qui me condamnaient les deux mains au volant. J'avais beau passer en revue toutes les possibilités, je me retrouvais toujours au fond de l'impasse d'une raide évidence : *je ne pouvais rien faire, coincé, j'étais coincé comme un rat de chaland à l'instant d'un naufrage !* Et le pire, inspectère, c'est que je découvris soudain que la créature était en train de m'observer. Je voyais ses pupilles fixes et pénétrantes s'accrocher à ma nuque, ou alors revenir vers le rétroviseur pour harponner ce qui s'y trouvait de visible concernant mon visage. Ce qui me troubla, c'est que cela n'était pas simplement un regard, c'était un sentiment, et même une intuition. Ce qui voulait dire en clair, inspectère, qu'elle m'avait repéré…

Je suis d'habitude un homme très ordinaire, pour ainsi dire invisible, mais au moment où je me retrouvais investi par l'Archange, il se produisait un phénomène pour le moins paradoxal : mon invisibilité se renforçait tandis que ma visibilité atteignait une rare intensité. Ça te paraît contradictoire, inexplicable, et surtout insensé, mais c'est comme ça. En fait, je demeurais invisible pour la plupart des gens, disons l'essentiel de ce qui compose l'humanité et ses abords ; mais dans le même temps, l'invisible densité de l'Archange devenait perceptible pour quelques rares personnes, médiums, voyants, hypersensibles, hystériques, cyclothymiques à fleur de nerfs…

Et visiblement, la jeune fille en était.

J'essayais pourtant de me dissimuler, mais nos regards se croisèrent, rien qu'une goutte de secondes, et je crus alors sentir ce qu'elle percevait de moi. Elle sentait ma colère, mon petit fond de peur, ma puissance démentielle soutenue par l'Archange, et si tout cela n'atteignait à aucune clarté dans les méandres de son esprit, elle sentait à tout le moins que le bad boy et son épave avaient capturé quelqu'un de pas ordinaire. Elle pouvait lire en moi, ce qui était un mauvais signe, inspectère, car dès l'instant où elle avait posé les fesses sur le cuir rouge de ma DS, j'avais moi aussi lu en elle, ou plus exactement j'avais perçu une étrange vibration, plutôt mauvaise, plutôt malsaine, mais en tout cas parfaitement perceptible, comme si je risquais soudain d'être jeté à découvert. C'est dans ce doute-là que je résolus de la tuer en premier, car elle était d'emblée la plus dangereuse des trois…

Elle était, cette Karo, pas ordinaire, inspectère. Un petit concentré animal, une grappe de sensibilité à vif, avec une forme aiguë d'intelligence faite de ruse et de grande méchanceté. Quand ses yeux se décrochaient de moi, ils s'agrippaient inévitablement au jumpie qu'elle disséquait à livre ouvert. Elle le méprisait largement s'il fallait en croire le pli de dégoût de ses lèvres, la sombre zébrure de haine qui achevait d'assombrir son regard, et qui ne s'adoucissait même pas quand ils se portaient sur son bad boy de pacotille dans lequel elle semblait lire aussi des choses, des ligues et paysages qui ne la satisfaisaient pas trop. Elle était dure tout en étant fragile. Elle était en mesure de faire souffrir autant qu'elle avait sans aucun doute souffert elle-même. Cette dureté impitoyable que le bad boy mettait grotesquement en scène, elle l'avait au fond d'elle, posée là sans effort, et elle pouvait la déployer en foudre. Quand le jumpie se mit soudain à sangloter de manque, de douleur, et d'angoisse, elle ressentit le même dégoût que moi. Le bad boy, lui, abandonna son tripatouillage de portable pour sans attendre le rassurer : « C'est bon frère, on y va, on va là même vite fait pressé te régler tes problèmes !… » Ce à quoi la jeune fille s'inquiéta : « Quoi, quesse qu'on va faire, quesse qu'on va régler pour lui, j'ai pas envie d'un mauvais plan ce soir, c'est ma soirée, tu l'avais dit ! C'est toi qui l'avais dit !… »

ENZO – Le commandant de police ne savait plus si c'était l'arme qui lui brouillait l'esprit, ou si c'était la peur dont il avait parfois une conscience aiguë. Quoi qu'il en soit, les choses n'étaient plus très claires dans sa tête, c'est pourquoi il n'avait plus tellement le souvenir précis de ce qu'il avait fait en découvrant la jeune femme dans cette case de Trénelle. Elle avait été ligotée avec des ficelles de nylon, nue, sur la table de sa salle à manger. Sans doute violée, comme le laissaient supposer ces traînées sanguinolentes qui lui couvraient le ventre et la face intérieure des cuisses. Elle avait reçu tellement de coups, et avait été tailladée de manière si sauvage, qu'il avait été étonné de l'entendre gémir et de découvrir qu'elle était encore vivante. Sans doute l'avait-il immédiatement libérée des ficelles qui lui écartelaient les membres, défait les nœuds qui lui tailladaient les poignets et les chevilles, sans doute aussi l'avait-il couverte avec un vieux drap laineux qui se trouvait sur les chaises renversées. Il l'avait prise dans ses bras pour tenter de l'étendre sur son lit, dans la petite pièce adjacente qui devait être une chambre, mais il avait dû renoncer à cette idée car le lit avait été démantelé, le matelas éventré, tout comme la vieille commode qui semblait avoir littéralement explosé, son contenu projeté dans tous les sens. Le commandant de police avait trouvé un fauteuil déglingué, posé dans un coin de la pièce principale, juste à côté d'une sorte de boîte pourvue d'étagères vides, lesquelles devaient en temps normal servir de base aux assiettes et aux casseroles qui maintenant jonchaient le sol. Il lui était impossible de déterminer s'il lui avait tout de suite donné à boire un peu d'eau du robinet, dans un petit quart en aluminium retrouvé au-dessus du frigo, ou alors s'il avait de suite alerté le central pour qu'on lui envoie les pompiers et le Samu. Mais il avait des souvenirs assez précis de tout ce qu'il lui avait murmuré pour qu'elle tienne le coup. Il savait qu'une expérience aussi traumatisante, assortie de blessures toutes très graves, faisait exploser dans l'organisme *une terreur fixe*, totale, qui à elle seule était de nature à démolir le cœur, pétrifier les poumons, empoisonner le sang. Il lui avait parlé doucement, à voix calme, lui disant que tout était fini, qu'elle était sauvée maintenant, que tout allait bien : *c'est bon, respirez lentement, je suis avec vous, comme ça oui, tout va bien, du calme, c'est fini*, jusqu'à ce que sa respiration retrouve un rythme normal, que ses pupilles cessent de tourbillonner dans tous les sens et que son corps abandonne ses spasmes et ses hoquets de terreur pour une sorte de frissonnement fiévreux. Quand elle avait enfin pu le regarder, le voir, commencer à balbutier quelques mots de détresse, il avait passé plusieurs minutes à la rassurer avant de lui demander ce qui s'était passé, et qui étaient ceux qui l'avaient mise dans cet état. Comme elle n'avait pas répondu, il lui avait demandé son nom, le jour qu'on était, de bouger par deux fois les paupières si elle comprenait ce qu'il lui disait. Elle s'agrippait à lui comme pour se protéger de milliers de zombies qui continueraient de saccager la pièce, débitant des cris, et des suppliques, et toutes sortes de gémissements aigus. Soudain, elle se mit à hurler : « Enzo, Enzo, où est Enzo ? Ils vont le tuer, Enzo mon Dieu… ! » Cela avait offert au commandant de police une voie d'accès à son esprit : « Il n'est pas là, mais je peux aller vous le chercher, c'est votre fils n'est-ce pas ? Où est-il ? Qui veut le tuer ? » Les pompiers et le Samu avaient fini par arriver, et quand les médecins purent enfin prendre la malheureuse en charge, Éloi Éphraïm Évariste Pilon commençait à organiser toutes les informations recueillies sur son carnet de notes.

Sur son petit dictaphone, il résuma quelques éléments comme pour se nettoyer l'esprit : « Trois agresseurs des Anglais – accent de Sainte-Lucie – sans doute trafiquants de drogue – tous à la recherche du dénommé Enzo Malmor, fils de la malheureuse suppliciée. Le Enzo était à tous les coups dealer, sorte de mulet pour les Anglais – une embrouille très sérieuse a dû se produire entre eux – règlement de comptes en cours – le Enzo est en grand danger – il doit se tenir avec son compère quelque part dans Fort-de-France, peut-être même que les tueurs les ont déjà retrouvés… » Le commandant de police réprima un frisson désagréable à l'idée que sa fille se trouvait sans aucun doute avec eux, et qu'elle était aussi en grand danger… Il appela le central en essayant de retrouver un peu de calme, de se clarifier l'esprit, et de se consacrer à une bonne transmission du signalement des tueurs anglais, qu'il avait extirpé des terreurs et des douleurs de la pauvre suppliciée.

Tandis que le Samu s'affairait autour d'elle, il avait pensé au portable, elle devait avoir un téléphone portable, tout le monde a un téléphone portable, et il l'avait longuement cherché dans le capharnaüm qui emplissait la case. En vain. Il avait passé du temps dans la pièce qui devait servir de chambre et de tanière au dénommé Enzo. Elle avait été saccagée encore plus que les autres, sans doute parce que les tueurs avaient nourri l'espoir de retrouver un peu de leur marchandise. Ils recherchaient quelque chose. Ils avaient perdu quelque chose ? Une livraison ? Une somme d'argent considérable ? Les deux à la fois ? Là encore, aucune trace de portable. S'il y en avait eu un, ils l'auraient emporté. Tôt ou tard, le Enzo allait appeler sa mère sur ce portable. Peut-être même l'avait-il déjà fait. Les tueurs allaient de toute manière remonter jusqu'à lui, peut-être même l'avaient-ils déjà entre leurs griffes, et avec lui peut-être aussi sa fille… Il rappela le central afin de préciser de faire rechercher aussi un petit groupe de jeunes, deux garçons, dont un jumpie trafiquant, et sans doute une jeune fille… Il ne leur transmit aucune précision tellement une vieille angoisse lui tourmentait le ventre. Il retraversa tout le quartier Trénelle désormais en grande effervescence et en haine contre ces Anglais qui se croyaient chez eux et qui faisaient n'importe quoi… Il avait laissé deux inspecteurs poursuivre leurs investigations à propos de Enzo, photos, habitudes aussi, renseignements de toutes sortes, puis il avait enfin retrouvé le tiède confort de sa DS, avec l'odeur du cuir parfumé, et les clignotements des diodes du tableau de bord…

L'INNOCENCE[1] – Le bad boy n'avait pas eu de mal à calmer la créature, d'abord en lui affirmant qu'ils passeraient toute la nuit ensemble comme il l'avait promis, ensuite en lui promettant une très belle virée nocturne, avec un maximum d'aventures et toutes sortes d'excitations. Ce genre de promesses me plongeait dans une sorte de rage froide, inspectère. Il avait l'intention de disposer de moi n'importe comment et à sa guise. Non seulement mon avis ne comptait pas, mais dans ma propre voiture je n'avais pas plus d'existence que la manette de clignotant ou l'accoudoir des sièges. Il me tapa sur l'épaule et m'ordonna de prendre la route des Terres-Sainville. J'eus un frisson d'indignation au contact de cette main, et tout autant de consternation en prenant conscience du mépris qui constituait le timbre de sa voix. Il n'avait aucune idée de ce que je pouvais être, ni ne soupçonnait que je puisse être autre chose qu'un vieux lâche, un peu rance, qu'il pouvait terroriser à loisir par ses manières violentes. En fait, je suis un homme de douceur, inspectère. J'ai le geste calme, le regard tendre, la politesse extrême et une civilité à toute épreuve. Pour te dire, disons que je serais plutôt une sorte de chat tranquille. Ce petit fauve, lui, était tout le contraire. Il avait installé l'idée qu'il se faisait de la violence en plein cœur de son existence. Il la célébrait à tout instant comme une divinité barbare dont le culte pourrait donner une « orientation », pour ne pas dire du « sens », à son existence. Il était vulgaire, débraillé, frimeur, ses mots étaient des monstres, ses phrases semblaient faites de vieilles rocailles aiguës. Il grondait à tout moment, utilisait le froncement des sourcils et deux

1. Extrait de l'enregistrement du tueur – Dossier 13 – Cote AC 90 – Page 5 – Annexe 415.

ou trois grimaces comme l'essentiel moyen d'animer son visage. Ses gestes étaient brusques, et ses poses sans grâce. Je croyais être aux prises avec un chien-fer fou qui donnait en spectacle sa manière de se frapper l'estomac et de faire la gueule forte. Quant au jumpie (que visiblement il aimait comme un frère), le bad boy ne pouvait s'empêcher de le bourrer de coups de poing amicaux, de petites claques et de pressions diverses. Le pire, c'est que son rapport à la petite créature était de même acabit : rêche, rocailleux, vulgaire, bousculant, un code affectif illisible ou incompréhensible que la bestiole semblait pourtant percevoir sans effort. Il faut dire qu'elle-même n'était pas mieux, et que la féminité n'était pas ce qu'il y avait de plus patent chez elle. Tant d'indignation et de répulsion m'alertèrent tout de même. Je résolus de comprendre, inspectère, ce qui se passait là.

D'où provenait cette distance qui se tenait entre moi et ces jeunes ?

J'avais du mal à croire qu'il s'agissait seulement d'une affaire d'âge ou de génération. Quelque chose s'était produit dans le monde, et cette chose avait engendré ces sortes de créatures que la déveine, cette femme folle, avait placées sur mon chemin. Je ressentais cette nuit comme une punition dont les raisons me demeuraient incompréhensibles.

J'avais passé du temps à m'indigner, à refuser cette évidence qui constituait mon impuissance dans une nasse dépourvue d'ouverture. Je me dis qu'il s'agissait peut-être d'une sorte d'épreuve à laquelle l'auguste Archange me soumettait, mais je n'eus pas beaucoup de mal à me défaire de cette idée : l'Archange surgissait en moi pour accomplir l'Œuvre, la grande Œuvre, et il n'avait pas le temps d'errer dans les catégories d'une mise à l'épreuve dont l'utilité était de toutes les manières presque impossible à établir. Non, il était plus juste de penser que la vie, dans ses aléas et ses stupidités, m'offrait là une occasion de vivre quelque chose à comprendre. Cette approche de l'affaire eut au moins la vertu, oui, inspectère, je te le jure, de me calmer à fond, de m'éclaircir l'esprit, et de me permettre de considérer ces jeunes, non comme des bêtes sauvages, mais comme des phénomènes de ce pays qu'il me fallait comprendre. Je résolus alors de leur parler, de susciter leurs paroles, quelques explications, comme une présentation de ce qu'ils étaient et qui me restait illisible…

Je demandai donc au bad boy, d'une voix douce et polie, ce que nous allions faire aux Terres-Sainville, question à laquelle il n'accorda bien sûr aucune réponse, me conseillant simplement de rouler et de ne pas l'emmerder. J'enchaînai alors sur des questions tout aussi anodines, qui se contentèrent de flotter dans le silence de l'habitacle. Alors, je leur exposai quelques-uns de mes étonnements. À savoir qu'à leur âge, il m'aurait été impossible de me retrouver ainsi à errer dans les rues, que ma mère m'aurait tué, et que j'avais du mal à comprendre que leur mère à eux, antillaise comme la mienne, puisse ne pas seulement s'inquiéter de ce qu'ils étaient en train de faire. « Votre manman, où est votre manman !? Que fait votre manman !? » Je m'interrogeais comme cela, pour ainsi dire dans le vide, ce qui laissait la jeune fille et le bad boy de marbre, mais qui troublait visiblement le jumpie. Cela lui donna au moins l'idée d'appeler sa mère une nouvelle fois, ce qu'il fit fièrement en me regardant d'un air étrange – lui aussi me percevait d'une manière étrange, je n'irai pas jusqu'à dire qu'il percevait un peu de l'aura trouble de l'Archange, mais sans aller jusque-là, il était évident qu'il me traitait avec plus de prudence, et peut-être même avec un grain de crainte. Il avait l'oreille collée à son portable, attendant fièrement une réponse aux sonneries bariolées qui s'enchaînaient sans fin. Soudain, il se raidit : les sonneries avaient cessé, quelqu'un avait décroché. Il se redressa et garda un silence des plus tendus. « Manman, c'est toi manman !?… » se mit-il à gémir. Puis nous entendîmes la voix grésillante de la Mort s'ouvrir dans l'habitacle : « Enzo, *where are you* ? La ou yé ?!… » Une voix anglaise, un accent de Sainte-Lucie, quelque chose de rocailleux et chargé des froidures de la menace et de la damnation. Le jumpie lâcha le téléphone comme s'il était devenu soudainement très brûlant…

Ce qui se passa ensuite fut assez consternant. Le jumpie avait perdu toute consistance. Ce n'était plus qu'une masse tremblotante, répandue sur le cuir de mon siège avant. La voix anglaise continuait de vociférer au téléphone, lequel avait échoué sur le tapis de sol : « Enzo, Enzo, *where are you !?…* », et achevait de terrifier le jumpie qui se tassait contre la portière pour mieux s'en éloigner. Le bad boy, un instant sidéré, s'était repris. Il avait empoigné le portable, en se jetant entre les sièges avant, pour y débiter un lot d'insanités dont je t'épargne la crasse et les détails. Tandis qu'il récupérait le téléphone sur le tapis de sol, et avant qu'il ne se redresse, je me souviens avoir eu sa nuque à portée de mon poing durant neuf secondes. Il finit par raccrocher et entreprit de calmer le jumpie qui pleurait à grandes larmes. « Ils sont déjà chez moi, frère, ils ont le portable de ma manman, ils ont dû dérailler ma manman ! Faut qu'on trouve vite parrain Jilot, il doit traîner aux Terres-Sainville… » Le bad boy, compatissant, essaya de le persuader que même si les Anglais n'étaient que des chiens-fer, ils n'allaient tout de même pas lever un gun sur une vieille dame, que eux aussi avaient une manman à respecter et qu'ils ne sauraient l'oublier en face d'une madame de même génération… Selon lui, les Anglais n'avaient fait que lui prendre son portable pour le contacter lui, et elle devait se trouver quelque part saine et sauve. Cette affirmation apaisa le jumpie qui demeura prostré contre la portière, en proie à toutes sortes de maux et gémissements devenus inaudibles. La jeune fille essayait de comprendre ce qui se passait là, mais ses questions lancées sur un ton impérieux demeuraient sans réponse. Moi, livré à moi-même dans tout ce désarroi, je continuais de rouler en direction des Terres-Sainville tout en essayant de deviner les éléments d'information qui me manquaient. Je parvins très vite à me construire une cohérence de la situation. L'évidence était là : le jumpie se retrouvait poursuivi par des tueurs venus de Sainte-Lucie (cela me fit immédiatement penser aux trois silhouettes entraperçues lors de mon arrivée en ville). Cette traque voulait dire qu'il leur avait dérobé quelque chose, de l'argent en bonne quantité ou une livraison considérable de drogue. Ce qui m'autorisait à penser que le jumpie était aussi une sorte de dealer, et qu'il se situait à un niveau relativement élevé d'un quelconque réseau d'importation et de distribution de crack et autres saletés. Se sentant menacé, il avait appelé à la rescousse ce qu'il avait de plus terrifiant dans son entourage, son ami bad boy, lequel, bien entendu, avait promis de le sortir d'affaire. Ce petit caïd se sentait de taille à lutter contre des tueurs professionnels, sans doute disposait-il de quelques solides appuis dans la racaille locale, car il ne pouvait ignorer la technique redoutable de ces tueurs qui débarquaient des îles anglaises, opéraient en un éclair, disparaissaient tout aussi vite. Ils étaient d'autant plus impitoyables que l'ensemble des réseaux de trafic étaient entremêlés et reposaient en des points stratégiques sur la base d'une confiance, d'une parole donnée, d'un simili honneur. À un moment donné ou à un autre, il fallait faire « confiance » à un quelconque intermédiaire qui se retrouvait alors en possession d'une petite fortune en liquide ou bien en marchandises. Sans le respect de la parole donnée, un ersatz d'honneur et de respect, de grandes parts des réseaux se retrouveraient fragilisées. Les enjeux étaient tellement considérables que la moindre défaillance provoquait un séisme haïtien dans tout un édifice. Ceux qui profitaient du système à des échelons élevés ne pouvaient tolérer la moindre incartade, la moindre trahison, et s'évertuaient toujours à frapper vite et fort. La « confiance » dans cette affaire était solidement encadrée par des assurances automatiques de grande mortalité à la moindre défaillance. Hortensius Capilotas n'avait jamais cessé de m'expliquer tout cela, inspectère, et de me faire lire dans le *France-Antilles* les rubriques concernant des assassinats insolites, des exécutions sommaires en plein jour et devant tout le monde, ou des disparitions pures et simples qui ne pouvaient s'expliquer que par une frappe anglaise. Et donc, tu le sais mieux que moi, inspectère, avoir des tueurs anglais aux trousses n'était pas anodin…

Après avoir raccroché le téléphone, le bad boy était demeuré silencieux comme s'il prenait enfin une pleine mesure de la situation. La jeune fille avait cessé de poser des questions et pianotait avec quelque impatience boudeuse sur son maudit portable. Ce flottement général me donna l'envie de passer à l'action. Je pensai d'abord à tirer au maximum sur les tendeurs pour me mettre le dos hors d'atteinte du pic à glace, et cela tout en faisant sauter les anneaux qui me liaient les poignets. Je sais que cela te paraît insensé, inspectère, mais je connais ma force, tout comme je connais la toute-puissance dont l'Archange me gratifie par son auguste présence. Je me serais abîmé les poignets, mais ces entraves auraient sauté ! *Secundum fidem vestram, fiat vobis !* Après, il aurait fallu résister à la morsure du fil de fer contre ma gorge pour saisir la nuque du bad boy de la main droite et la crinière du jumpie de la main gauche, et leur entrefracasser le crâne en les cognant l'un contre l'autre. Ensuite, j'aurais fait sauter le fil de fer avant de m'occuper de la jeune fille. Je savais que cela aurait été une erreur de ne pas commencer par elle, mais vu la configuration de l'habitacle et de l'instant, je ne disposais d'aucun autre choix. Hmm. Je vois ton incrédulité, inspectère, mais je te jure, même si la marge de manœuvre était infime, qu'il y avait tout de même là *une possibilité* ! La seule condition de sa réussite était de l'exécuter sans réfléchir, dans l'éclair foudroyant d'une fulgurance. C'est la fulgurance qui crée le chemin, inspectère, et c'est elle qui fascine la chance !… Tu ne dois pas avoir le temps de lire la poésie, inspectère, mais fais un effort et pense à la poésie. Les poètes trouvent des chemins dans le réel là où il n'y a pas de chemin, *ils cheminent au gré des fulgurances*, ils saisissent la fulgurance, tu comprends, et le chemin se crée là où il n'y a pas de chemin ! C'est pas que je sois grand lettré, mais je sais lire, et je lis, inspectère, et j'espère bien que tu as le temps de faire comme ça aussi. Et donc, si je ne passai pas à l'action c'est bien à cause de ça : j'avais laissé passer la fulgurance. Et tu sais pourquoi ? Simplement parce que j'avais eu envie de leur parler, de les comprendre, et cette envie inattendue m'avait empêché de chevaucher l'éclair de ce possible…

Et donc, histoire d'amorcer une conversation, je laissai passer l'occasion de les tuer pour leur demander qui étaient ces Anglais, pour quelles raisons ils étaient poursuivis, et leur signaler que j'étais en mesure de les aider contre ces tueurs s'ils acceptaient de me fournir deux ou trois précisions. Cette invite ne fit que déclencher un ricanement méprisant du bad boy. Il me conseilla de rentrer dans ma niche, que cette affaire n'était pas une affaire de vieux-corps ! Puis il me tapa sur l'épaule en m'ordonnant une fois encore la direction des Terres-Sainville. Le seul contact de sa main méprisante sur mon épaule me fit abandonner toute envie de leur parler et de tenter de les comprendre. Tandis que je manœuvrais la DS, j'essayais de me convaincre que c'étaient des enfants, que cette innocence si précieuse qui accompagne la jeunesse et qui lui permet de découvrir, d'apprendre, de recevoir, de se former, et d'aller vers les maturités avait tourné à vide sur elle-même, et s'était enlisée dans l'ignorance et la bêtise. L'innocence, inspectère, c'est comme une fleur qui a besoin d'être fécondée, et pas par des abeilles ou par des colibris, mais par *le tranchant de l'autorité !* J'en arrivais à me dire qu'ils n'étaient coupables de rien, que c'était ce pays, ce monde, cette époque, qui les avaient démantelés de cette sorte, et que nous, adultes, étions responsables d'eux, et de ce fait assurément coupables, et en tout premier lieu. Comme pour me conforter dans ce que je pensais, la DS quitta le boulevard du Général-de-Gaulle pour pénétrer le quartier des Terres-Sainville, et c'est là, inspectère, que je découvris un autre fond de notre abîme, *Nihil enim est opertum, quod non revelabitur : et occultum, quod non scietur...*

TERRES-SAINVILLE[1] – Les Terres-Sainville, ancien « quartier des misérables », ont conservé comme des vestiges de petites rues étroites, des cases en bois à ras de terre, persiennées et charmantes. Elles avaient traversé les âges pour se retrouver de nos jours délaissées, victimes d'abandon ou bien d'indivisions, et devenir la proie de cette engeance que mes yeux incrédules découvraient dans la lueur de mes phares, inspectère. Maquereaux et putaines. Putaines, massibols, manawas, dealers et maquereaux. À tous les coins de rue, dans toutes les encoignures. Toutes les ombres en grouillaient et les portions de rue un peu mieux éclairées n'étaient pas délaissées. La plupart des putaines étaient des mulâtresses venues de la Caraïbe hispanophone, de Saint-Domingue, de Cuba ou du Brésil. Les négresses provenaient d'Haïti ou bien de Sainte-Lucie, et toutes exhibaient des shorts serrés sur cette morphologie qui affole les bons Martiniquais : grosses cuisses, fesses démultipliées et poitrine abondante. Elles se tenaient perchées sur de très hauts talons, en arborant des mines et des regards qui donnaient à songer à mille petites saletés. Les maquereaux étaient là eux-aussi, un peu partout, par groupes de trois ou autres, avec des mines pas engageantes. Ils devaient sans aucun doute associer à la surveillance de leurs esclaves, la vente de crack, de résine et d'herbe du diable. Le jumpie n'avait pas la force de s'extraire de ma voiture, et après m'avoir fait sillonner tout le quartier à deux ou trois reprises à la

1. Extrait de l'enregistrement du tueur – Dossier 13 – Cote AC 99 – Page 42 – Annexe 415.

recherche de je ne sais qui, le bad boy se mit à quitter la DS pour s'en aller parlementer avec des embusques de maquereaux. Je compris qu'il nourrissait l'espoir d'obtenir à crédit un bout de caillou pour soulager les affres du jumpie. Le bad boy n'était pas très à l'aise devant ces fauves hirsutes qui occupaient les endroits stratégiques : c'étaient visiblement de vrais démons. Il s'avançait vers eux en accentuant cette démarche chaloupée qu'ont les blacks de Harlem dans les films de Spike Lee, les saluait dans un mélange compliqué de tapes, d'accroches des annulaires et de jonctions des poings, puis se mettait à parlementer. La Karo, juste derrière moi, le dévorait des yeux tandis qu'il sortait de la voiture et cheminait vers ces crapules. Je la guettais dans le rétroviseur, non parce que c'était elle qui alors contrôlait le manche du pic à glace, mais parce que j'avais soudain envie de mieux la percevoir et, peut-être pourquoi pas, d'essayer de la comprendre. Elle avait les yeux écarquillés quand il revenait en roulant des épaules et qu'il pestait contre ces chiens même pas capables de lui faire une avance. Je la sentais tout émoustillée à l'idée de traîner dans un quartier comme celui-là, où le sexe, la violence et la mort menaient des bacchanales. Elle rit nerveusement quand son bad boy, sans vraiment plaisanter, lui proposa d'effectuer quelques passes pour ramener, en deux-trois coups de reins, de quoi soulager le jumpie. Nous continuâmes d'avancer lentement, entre les îlots de putaines et les postes de maquereaux. C'est alors qu'un incident se produisit.

Ils m'avaient fait garer la DS dans une petite rue adjacente, à quelques mètres de trois maquereaux qui se tenaient sous un balcon. Avant que le bad boy n'ait pu sortir de la voiture, un des maquereaux se détacha du groupe et avança vers nous d'un genre très menaçant. Il devait trouver notre présence d'autant plus suspecte que plus personne en Martinique ne roulait en DS, et qu'aucun flic n'aurait monté une planque dans une voiture pareille. Je sentis un frisson désagréable me parcourir tandis qu'il avançait vers nous. Il faut te dire, inspectère, que j'éprouve une sainte horreur des dealers et maquereaux. Et quand ces deux tares se retrouvent chez une même personne, c'est quelque chose de très dangereux qui se soulève en moi et me remplit de mauvaises ondes. Le maquereau se dirigea tout droit de mon côté et cogna du poing sur la vitre pour que je la fasse descendre. Comme j'en étais incapable, ce fut le jumpie qui s'en chargea avec l'empressement de celui qui redoute les ennuis. L'habitacle était plongé dans la pénombre, et il ne dut pas voir grand-chose de mon cou, de mon torse ou de mes poignets entravés.

Mais il vit mon visage et rencontra mes yeux.

Ce qui se produisit alors ne me surprit que légèrement. Le maquereau demeura pétrifié un instant, puis il se mit à reculer doucement en relevant ses avant-bras et en me montrant les paumes de ses mains. En se signant convulsivement, il s'éloigna de quelques mètres encore, et entreprit de vociférer dans notre direction. Il nous intimait de galoper sans plus attendre, de dégager la rue, et je crus l'entendre éructer, entre deux conjurations, qu'il avait vu la Mort, qu'il avait vu une créature que la Mort habitait. J'en fus assez contrit, pour tout te dire, inspectère, car j'avais la certitude que ce qu'il avait en réalité perçu n'était autre que l'aura merveilleuse de l'Archange, c'est-à-dire *une lumière divine*, et lui, ce fauve dégénéré, ne sachant reconnaître la puissance des dieux m'avait tout simplement pris pour une sorte de démon. Ne t'étonne pas de ces clairvoyances, inspectère, chez des êtres aussi frustes. Il s'agit tout simplement de régression et d'animalité. Certains humains dégénérés retrouvent des sensibilités animales, et deviennent comme certains de ces chiens qui cessent d'aboyer sitôt que j'apparais, et qui à mon passage se couchent avec la queue entre les jambes et l'oreille rabattue. Les trois petites bêtes sauvages qui se trouvaient dans ma voiture n'en étaient pas encore à ce stade, et la réaction très énigmatique du maquereau et sa colère effrayée pour nous éloigner demeurèrent pour eux au niveau du mystère…

Nous poursuivîmes notre errance dans cet étrange quartier. Le bad boy aimait visiblement le lieu et adorait aller parlementer avec les groupes de maquereaux. Je crus comprendre qu'il en profitait aussi pour se renseigner sur d'éventuelles apparitions d'Anglais, mais personne ne semblait avoir eu vent d'un quelconque débarquement. Le jumpie lui, demeurait avachi sur mon siège, perdu dans ses douleurs et de sombres pensées, quand, devenu soudain vif, il se redressa, et désigna un homme d'un certain âge qui sortait d'un immeuble avarié. « C'est lui, parrain Jilot, il a le sac ! » Alors que je le pensais à l'agonie, je le vis jaillir du véhicule comme un diable ziguidi. Le bad boy ordonna à la Karo de me tenir à l'œil, puis il se précipita à sa suite. Le bougre Jilot qui les vit arriver se mit à détaler aussi vite qu'il put, mais après une brève course-poursuite, les petites bêtes en pleine jeunesse le rattrapèrent très vite. La Karo m'ordonna de les suivre avec la voiture. J'avançai de quelques dizaines de mètres pour me rapprocher d'eux. Sans autre forme de manières, ils s'étaient mis à lapider le bougre nommé Jilot, à coups de poing, à coups de pied. Le jumpie lui avait arraché le sac de sport qu'il portait à l'épaule, constaté qu'il était vide, et avait recommencé avec plus de fureur à le martyriser. Je tendais l'oreille vers l'entrebâillement de la vitre pour tenter de déchiffrer leurs cris. Dessous les coups, le bougre Jilot expliquait qu'il avait pris l'argent pour s'acquitter de dettes et que ça avait été le seul moyen pour lui de demeurer vivant. Il s'en excusait auprès du jumpie et s'engageait à tout lui rembourser au plus vite. Il leur disait aussi que les Anglais étaient déjà là, qu'ils avaient débarqué dans la maison de sa mère, et que lui avait tout juste eu le temps de filer par-derrière. Il précisait que ce n'était pas un problème pour lui d'aller les trouver pour leur expliquer que tout était de sa faute, que c'était lui qui avait emporté la livraison d'argent. Chacun de ses mots précipitait le jumpie dans une sainte fureur. Je n'aurais jamais pu imaginer qu'il lui restait autant d'énergie. Il disait ne pas comprendre comment lui, Jilot, son propre beau-père, pouvait comme ça lui voler ses affaires et l'exposer à la mort assurée ! Ce disant, il le bourrait de coups de pied que le bad boy complétait mille fois de son côté. La scène était d'une telle violence que j'en fus effrayé. Il m'était impossible de comprendre, inspectère, comment des jeunes pouvaient traiter de cette manière un homme d'un certain âge ?! Ils n'avaient aucune limite et ne respectaient rien. Je ne fus pas le seul à en être choqué. Plusieurs touffes de maquereaux se mirent à rappliquer de toutes les ombres et de tous les enfers. Le Jilot semblait être assez bien connu d'eux. Ils se mirent à invectiver mes jeunes, à leur ordonner de laisser le vieux-bougre, et de cesser de mener ce bordel dans leur rue. Leur souci n'était autre que d'éviter que la police rapplique, ce que je trouvai être une très bonne idée. Le bad boy essayait de leur tenir tête en roulant des épaules, mais je sentais que cette affaire allait très mal finir. La Karo, elle, les yeux brillants, regardait sa bestiole de tous ses yeux. Elle avait envie de voir son bad boy en action. Elle ne doutait pas une seconde qu'il puisse mettre en déroute cette armée de maquereaux. Sans attendre que l'affaire dégénère, et que je me retrouve dans une nuée de policiers, sanglé à un volant comme un cochon de Noël, je fis bondir la DS en klaxonnant à mort. Cela calma quelque peu les ardeurs et les deux petites bêtes sauvages purent se glisser sans trop d'encombres sur mes beaux sièges de cuir. Je démarrai en trombe pour éviter que les bouteilles de bière lancées dans notre direction n'atteignent ma Pallas et n'augmentent ma déprime…

Ultra posse nemo obligatur !…

L'OFFENSE À SAINT MICHEL[1] – Nous traversâmes au plus vite les Terres-Sainville en direction de la rive gauche du canal Levassor. Là, les choses furent plus calmes. Les rues de cette zone un peu abandonnée étaient silencieuses, ténébreuses et désertes. Le bad boy me demanda de me garer dans un coin et sortit de la voiture pour s'en aller pisser. Quand il revint vers nous, le jumpie était de nouveau plongé dans un état indescriptible. La peur, la rage, le manque, le sentiment de la fatalité, en faisait la plus détestable des épaves. Ils commencèrent à se parler tandis que je les observais avec, je te l'avoue, inspectère, un incompréhensible intérêt. Tu trouves sans doute que j'exagère dans ma manière de raconter ma triste mésaventure, mais je te jure que tout est vrai, et que je ne te transmets que la

1. Extrait de l'enregistrement du tueur – Dossier 13 – Cote AC 102 – Page 9 – Annexe 415.

moitié de ce que j'ai vécu. Par exemple, pour mieux percevoir dans quoi j'étais embarqué, il faut que tu les entendes parler : « Yo…

– Hi…

– La force, frère *(là, c'est le bad boy qui encourage)* !

– Han…

– Cool…

– *No way*, frère, y sont déjà chez moi *(là, c'est le jumpie)* !… Ma manman a pris du fer, c'est sûr ! Fer et galère…

– Assez *(c'est le bad boy)* ! tête qu'y z'ont pas trouvé la maison et que c ton parrain Jilot qui leur a filé le portable ! Assez frère, pas de vieilles ondes, positif positif !

– Négatif, frère, je sens ça ! C la destruction massive ! Hitler et Georges Bush dans le même carré !

– Hi !

– Yaaa !

– On va régler ça, cool frère, on dit que c réglé *(c'est le bad boy)* !

– C la chance que j'ai pas ! Mon beau-père lui-même qui me fout dans la merde ! Merde ! Les beaux-pères c de la merde ! Si mon paternel réel était là, l'aurait jamais fait ça !

– Hi ! Rester positif ! Côté plus de la pile, frère, le côté plus…

– Apocalypse, frère, sont déjà là ! Et s'ils sont là c comme si Google tout entier te pistait ! Google, frère, je suis foutu !

– Y'a ka les descendre *(là, cest la Karo qui s'en mêle)* ! Ya ka les dérailler tous ces Anglais !

– On va régler ça frère, on va compenser !

– Yi…

– Holi !

– Comment ?

– Faut leur trouver leur compte d'argent et de bijoux, on les calme avec ça, on a toute la nuit pour ça !... Quand y seront calmés, ça va nous permettre de voir venir...

– Ya ka les descendre *(c'est encore la Karo)* !

– C pas là la question *(le bad boy qui lui répond)* ! Ya d'abord la question de l'honneur ! Faut rendre ce qui a été perdu, c d'abord l'honneur, rester debout dans sa parole !

– Putain, y me faut du matos ! Je meurs de froid !

– Cool frère, maintenant, on passe à l'action cinémascope sur 3G !... »

Ce qui, bien entendu, inspectère, me fit craindre le pire.

Je ne peux pas tout te retransmettre. La moitié de ce qu'ils se baragouinaient échappait à tout entendement humain. Leur alphabet n'était pas seulement constitué de lettres, mais il comportait des grimaces, des croisements de doigts, des sons de gorge, des notes de hip-hop, des déconstructions grammaticales, des sifflements de malfini et quelques borborygmes, sans compter un tas de ces vibrées amygdaliennes qui se trouvent entre les consonnes et les voyelles. Le plus inquiétant, c'est que les trois se comprenaient sans peine. C'est dans l'ahurissement que je les écoutais, et c'est dans l'ahurissement, inspectère, que je sentis en moi... *une sorte de compassion !...* Je me surpris à les regarder comme si c'étaient mes propres enfants. Je n'ai pas eu d'enfants, inspectère, n'en ai jamais voulu et je n'en voudrais pas ! Je me suis toujours éloigné des bébés et marmaille, de manière instinctive sans doute, mais de façon très réfléchie aussi. Tout t'expliquer de cette matière psychologique serait vraiment trop long : cela renvoie à mon enfance, ma propre enfance, inspectère. L'enfance, c'est toujours un abîme insondable où s'est amorcé (et empilé) tout ce qui a fait (et qui fait encore) ce que nous sommes aujourd'hui. Voilà : *l'enfance est la source et c'est le réceptacle ultime !* Elle détermine ce que tu es dans chacun de tes âges, et chacun de tes âges te la transforme à fond ! C'est pourquoi l'enfance est infinie, on peut passer sa vie à essayer de la comprendre, et cela sans jamais l'épuiser, car elle vit en nous, inspectère, et continue de se réaliser à mesure que nous changeons et que nous nous transformons. Je sais que ça malmène ta belle logique mathématique, mais pense, pense aux vieillards que tu connais : *dans leurs yeux, il y a toujours une enfance apeurée, une enfance étonnée, une enfance diabolique ou simplement idiote !* Et donc, il te faut savoir ceci, inspectère, c'est ton enfance qui règle ton rapport aux enfants ! Et c'est ton enfance qui t'enseigne ce que peuvent dire les ombres de ton existence et ce que chante la lumière de ta vie ! J'ai donc préféré tenir les enfants loin de moi, car j'étais suffisamment englouti par les flots ténébreux de ma propre enfance. Et donc, à les regarder en train de patauger dans leur médiocrité, quelque chose me remonta de l'enfance, et me fit les regarder comme s'ils étaient… hmm… *et mes fils et ma fille.* Et je me mis à trembler quand, tout soudain, inspectère, comme ça et sans philosophie, j'identifiai en moi la plus inattendue des soifs : *un vieux désir d'enfant.*

Dessous leurs horreurs respectives, je ne percevais plus que de la fragilité. La Karo n'était qu'un résidu de plaies et de souffrances. Le bad boy pour clips n'était qu'une tragédie sans âme, aussi pathétique que dérisoire. Mais, sans que je sache pourquoi, c'était le jumpie qui me touchait le plus. C'est pourquoi, tandis que le bad boy s'installait à l'arrière et m'ordonnait de regagner la cathédrale, je m'entendis m'adresser au jumpie, d'une voix très naturelle, et même inattendue, car elle remontait d'une fosse enfantine, tout oubliée au fond de moi : « C'est qui ton père réel ? »

Non seulement cette question m'avait surpris moi-même, mais tout ce qui se produisit ensuite me plongea dans un long étonnement. D'abord, le jumpie me répondit tout naturellement, comme s'il s'adressait à un fantôme flottant quelque part près du rétroviseur : il ne savait pas qui était son père réel et il aurait bien aimé le connaître. Ce sur quoi le bad boy embraya que, lui qui connaissait son père, aurait mieux préféré ne jamais le connaître. Par une sorte de contagion, la Karo se mit à grommeler que son père n'était pas fréquentable, ni pour elle ni pour personne, et que de voir mes yeux qui la guettaient dans le rétroviseur avait le don de l'énerver, car c'était exactement de cette manière que son père la regardait, quand ça lui arrivait de la regarder… Le bad boy lui demanda de qui il s'agissait. Elle se tut, effectua une grimace, et recommença à tricoter sur son maudit portable. Emporté par je ne sais quoi, le jumpie poursuivit : son père était une ombre que sa mère elle-même avait du mal à décrire, il avait longtemps cru qu'elle ne voulait pas lui en parler, mais s'était très vite aperçu qu'elle n'en savait pas grand-chose… J'étais tellement surpris de cette conversation (pour ainsi dire humaine) qui s'était installée entre ces bestioles, que je ne sus quoi dire ni comment la poursuivre…

Je garai la DS à proximité de la cathédrale. La messe de 18 heures s'était achevée, et une autre avait commencé en raison des dangers imprévisibles que pouvaient charroyer les vendredis 13. Je fus quand même intrigué de voir le bad boy inspecter les abords et tenter de percevoir ce qui se passait dans les clartés tremblotantes et cireuses de la nef. Je ne fus pas le seul : le jumpie lui demanda ce qu'il venait faire là, et j'éprouvai alors une nouvelle consternation. Le bad boy répondit qu'il avait serré son « zouti » (manière de dire *outil*), là, chez ces ravets d'église, juste aux pieds de la statue du saint Michel qui terrasse un vieux nègre. Il précisa que le fait que son zouti se soit trouvé là, depuis bientôt quinze jours, l'avait à coup sûr sanctifié. Ignorant ce qu'il mettait dessous le terme *zouti*, moi je craignais le pire. La Karo, tout excitée à cette idée, demanda avec gourmandise : « C'est quoi ton zouti, c'est quoi ça, ton zouti !?… » Ce à quoi le bad boy pérora que ce n'était pas une popote pour fillette. Il s'extirpa du véhicule en se dandinant vers l'entrée latérale. Le jumpie se trouva un grain de force pour le suivre à distance, et se poster à l'entrée de l'église, tandis que le bad boy s'y engouffrait comme dans un parc à cochons. Les secondes d'attente furent interminables. J'entendais l'homélie du prêtre et les chants religieux qui se mêlaient aux psaumes et répons des fidèles. Un parfum de bougies fondues flottait dans l'air dessous un zeste d'encens, et un sentiment de plénitude et de grâce m'envahit. Cela faisait une éternité que je ne m'étais pas rendu à une messe et là, je percevais de manière inattendue un sentiment de paix possible, de bonheur offert, une quiétude ravie qui me renvoya en dehors, loin des soucis et des fanges de l'enfer. Je me mis à envier ceux qui se trouvaient là : ils pouvaient prier ensemble, dans une union fervente qui, à elle seule, suffisait à vous oxygéner l'âme. J'avais, malgré mon éloignement de Dieu, ou plutôt de ses œuvres religieuses, gardé un infini respect pour les églises. Le simple fait de voir y pénétrer le bad boy, d'un pas de hip-hop, sans une génuflexion ni même un signe-la-croix, me choqua tout bonnement. De même, je trouvais irrespectueux ce jumpie, debout en face de cette porte latérale, qui sans vergogne montait je ne sais quelle garde et infectait de ses regards glauques l'alchimie mystique qui bouillonnait à l'intérieur. Je n'eus pas longtemps à patienter pour qu'un mouvement se fasse entendre : dérapages, fuites, cris, holà et ouélélés ! Dans un rien de moment, je vis jaillir le bad boy de la cathédrale, un paquet de chiffons dans une main, et, dans l'autre, une poignée de je ne sais quoi qu'il achevait de glisser dans ses poches. Les deux petits démons se précipitèrent vers la DS, poursuivis par une lâchée de madames offensées. Elles n'en finissaient pas de les abominer d'avoir dérespecté la maison du bon Dieu. Elles criaillaient que ces jeunes étaient vraiment des démons-nègres remontés des caniveaux de l'enfer, et que cette époque n'avait plus grand sens qui vaille ! Moi, j'étais tout autant consterné qu'elles à l'idée que l'on puisse cacher une quelconque saleté aux pieds du saint Michel ! Cet archange qui conjurait tellement de mauvaisetés se retrouvait à sanctifier je ne sais quel « zouti » ! Si j'en croyais ce que je devinais, le bad boy avait aussi fracassé un des troncs et raflé tout ce que ces illuminées y avaient déposé pour se nettoyer l'âme. Le jumpie s'était interposé entre le bad boy et les ravets d'église. De simplement voir sa déchéance hideuse, ses grimaces ordurières, elles avaient reflué dans le havre de l'église où régnait un tumulte insensé dessous les psaumes à la miséricorde que gémissait l'abbé. Le bad boy s'était engouffré dans la DS, suivi du jumpie qui s'était retourné pour mesurer l'importance de leur rafle, et je les vis déçus de n'y voir qu'un lot de piécettes jaunes, et pester contre ces fidèles, tellement chiches et radins malgré la générosité sans limites du bon Dieu. La Karo, elle, regardait avec des yeux explosés le pistolet que le bad boy avait sorti du paquet de chiffons, et ajusté entre ses jambes. L'arme était mal entretenue. Un ruban de scotch maintenait contre elle ce qui devait être une boîte à munitions. D'un coup d'œil arrière, j'avais identifié un Glock 21, à canon court et crosse compacte, tir semi-automatique et compensateur de relèvement. Une de ces armes, prisées par la police américaine, qui provenaient de Porto Rico en transitant par deux-trois îles anglaises, et que l'on trouvait un peu partout dans les coins à racaille. Cette vieille arme avait dû traîner dans les pires endroits, et Dieu seul savait à quels forfaits elle s'était vue mêlée. Je voyais bien que le bad boy n'y connaissait rien aux armes. La sienne souffrait d'un long manque d'entretien. Elle devait à tous les coups s'enrayer et devait avoir perdu l'essentiel de sa précision malgré le compensateur. Il est très rare, inspectère, que j'utilise les *guns*, non parce que j'y suis hostile, mais parce que les modalités de mon Œuvre ne s'y prêtent pas. L'arme à feu n'est pas en rapport avec la vie. Elle est de commerce sans âme avec la mort. De la vie, elle se tient à distance, elle méconnait l'éclat du sang et le frisson que provoque la matière quand on la frappe sous un mouvement de muscles. En clair, je préfère frapper, inspectère, et goûter à ces embruns sanglants où s'opèrent à la fois l'alliance et la dissociation brutale de la vie et de la mort. S'il m'était arrivé d'utiliser un pistolet, je le jetais là même après, pas seulement pour des raisons de bon sens, mais juste parce que j'avais le sentiment que la mort l'avait souillé d'une mauvaise manière, en le laissant intact justement, et qu'il ne fallait pas que je le garde auprès de moi. Le plus troublant, c'est qu'il me semblait avoir utilisé un Glock identique, quelques années auparavant, et l'avoir jeté à l'embouchure du canal Levassor. Cela aurait pu être le même, récupéré par je ne sais qui… Mais j'en doutais un peu : j'avais bien pris soin de le jeter au plus lointain de l'embouchure, et de toutes mes forces, qui ne sont pas, je te prie de le croire, négligeables, inspectère. […]

L'ÉPAVE[1] – Le fait d'avoir l'arme avec eux les changeait complètement. Quelque chose d'impalpable les précipitait dans un état d'excitation et d'arrogance surdémultiplié. Le bad boy avait enlevé le scotch du pistolet, et s'évertuait à y enclencher des balles. Il n'en avait pas la pratique. Il utilisait cette chose avec autant de vulgarité et de maladresse que tout le reste de son existence. L'arme manquait d'huile, de graisse, d'ajustements, j'entendais les grincements de sa culasse, le couinement du percuteur, l'asthénie des ressorts, et j'en étais consterné. Rien vraiment ne m'aura été épargné cette nuit-là, inspectère ! Il faut te dire que, même si je ne suis pas un amateur des *guns*, je suis un maître d'armes, et que, dans mes périodes militaires, mon attirail était des mieux entretenus, impeccable, brillant et redoutable, ce qui m'attirait et le respect et la gratitude de mes supérieurs comme de ceux qui m'entouraient. Dans les moments les plus pénibles, sous la pluie, dans les boues et les sables, là où beaucoup d'armes vous trahissent, les miennes continuaient de servir et de se moquer des conditions extrêmes. […]

1. Extrait de l'enregistrement du tueur – Dossier 13 – Cote AC 120 – Page 30 – Annexe 415.

Dépourvu d'indications, je m'étais remis à rouler au hasard dans les rues de la ville, empruntant instinctivement les rues les plus sombres et les plus désertées. Hélas, inspectère, hélas, dans une de ces rues, ce fut la Karo qui soudain distingua une épave allongée de travers, à même le trottoir, sur un carton d'emballage déchiré venu des poubelles du magasin syrien qui se trouvait juste à côté. La jeune fille me demanda de m'arrêter. Elle sollicita le pistolet du bad boy pour voir comment cela faisait. Il lui expliqua que ce n'était pas un vibro pour meuf en chaleur, mais, tout excité de la voir ainsi émoustillée, lui tendit la vieille arme, ce que la Karo prit comme une friandise, tandis qu'elle faisait descendre la vitre arrière, qu'elle mettait en joue le cracké allongé, et appuyait à maintes reprises sur la gâchette boiteuse.

Rien ne se produisit.

L'arme émit des craquements de machine asthmatique. Inquiet, je ne pus m'empêcher d'intervenir pour leur expliquer qu'un Glock 21 avec des ogives 19 mm était, en matière de mortalité, de même famille que le Sida, les recherches pétrolifères de Total ou la guerre en Irak, et que cela n'avait rien à voir avec un quelconque joujou de jeu vidéo. Le bad boy se mit à ricaner en m'intimant de me taire : il savait mieux que quiconque ce qu'était un *gun* et avait déjà occis suffisamment de personnes inutiles pour ne pas avoir à endurer mes idioties et mes conseils, car « conseiller c'est mépriser, papy ! » La Karo, elle, n'arrêtait pas de solliciter la gâchette avec une hystérie de ses ovaires qui la transformait en une sorte de harpie. Les autres, eux, attentifs, impatients, tressautaient de dépit à chaque hoquet du percuteur. Le cracké s'était redressé à moitié.

Il regardait en battant des paupières la petite folle qui le visait. Du fond brumeux de ses toxiques, il ne comprenait pas trop ce qui lui arrivait, et ne se rendait même pas compte que l'on était en train de lui tirer dessus avec une arme qui, pour l'instant, ne crachait pas grand-chose. La Karo appuya tellement souvent sur la gâchette que le coup finit par partir dans une misérable toux rauque. Le cracké se retrouva projeté contre le rideau de fer du magasin syrien, gigotant de douleur comme une chenille tombée dans une cendre rougeoyante. Ils se mirent tous à s'esclaffer au gré de ses douleurs. Et ce fut là une part de ma surprise, inspectère : je ne suis pas du genre très tendre, ni membre d'une quelconque académie du sensible et de l'ému. Le spectacle de la douleur ne m'avait jamais troublé, de quelque manière que ce soit, mais là, dans cette absurdité, cette gratuité obscène, je me sentis parfaitement horrifié.

Ces jeunes ne respectaient rien de rien !

Ils demeuraient insensibles au spectacle de la douleur injuste pour laquelle nous sommes, nous, humains, prédisposés à compassion. Le jumpie jaillit du véhicule, mais plutôt que de porter secours, il se mit à déshabiller le corps gigotant, à lui fouiller les poches de manière insolite. Je finis par comprendre qu'il était en train de lui subtiliser tous ses cailloux de crack. De fait, il en ramena une vieille pipe à cocaïne et un reste de crack qu'il revint allumer, assis de travers sur mon beau siège avant, les jambes posées sur le trottoir, inhalant la fumée nauséabonde avec un gloutonnement bestial. Le cracké n'en finissait pas de hurler, sans doute plus terrifié par ce qu'on venait de lui voler que par les dégâts de la balle. La Karo cria qu'il fallait l'achever et demanda au jumpie de le faire, ce que lui confirma le bad boy expliquant que cet animal allait réveiller toute la ville si on ne lui écrasait pas la gueule. Le jumpie, la pipe au bec, rejoignit le cracké et se mit à lui piétiner le crâne à coups de pied avec une violence telle qu'en moins de deux l'épave se retrouva inerte. Je fermai les yeux pour ne pas voir cela, inspectère, et j'eus du mal à réprimer l'étrange tremblement qui envahit mes mains amarrées au volant… *Vivere militare est !*

Le jumpie regagna le véhicule en stationnement, et se remit à recharger son horrible pipe, à la sucer convulsivement. La Karo le regardait avec dégoût. Elle espéra à haute voix qu'il l'avait bien achevé car il ne faut jamais laisser des témoins derrière soi. J'ignore si elle avait vu cela dans une série américaine, et si elle nous sortait je ne sais quelle réplique, mais je ne pus (une fois encore, inspectère !) que frémir en entendant de tels propos. Et elle se mit à leur expliquer des affaires d'empreintes, et surtout d'ADN, que les policiers étaient capables de recueillir sur la scène d'un crime, et combien il était important de se couvrir la peau et les cheveux, de se passer des gants, et de se débarrasser de tout ce qui avait été utilisé, non seulement comme outils mais aussi comme vêtements. Je crus entendre un abécédaire de police scientifique, et je me dis que cette jeune fille avait dû regarder beaucoup de feuilletons américains ou disposer de ses entrées dans la police. Le jumpie lui-même s'en étonna en lui demandant comment elle savait tout cela. Elle se mit à rire en expliquant avoir des « connaissances » et vivre dans son époque. De les voir rire et s'amuser ainsi me consternait vraiment. Je venais de les voir tuer un homme, inspectère, comme ça, pour rien, dans la légèreté la plus crasseuse ! J'en étais sidéré : la vie d'un homme supprimée sans raison. Aucune valeur ne se voyait mobilisable pour ces petites vermines ! Je ne pus m'empêcher de gronder : « Vous êtes des chiens ! Des chiens à gale et sans bretelles ! »

Ils n'avaient sans doute jamais entendu un tel grondement de toute leur vie. Ils en demeurèrent à leur tour sidérés. Mon indignation remplissait l'habitacle comme un remugle d'éther. Ils la sentaient sans doute jaillir de tout mon être, ce qui les laissa longuement stupéfaits. J'imaginais le sang de cette épave qui s'étalait sur le trottoir, un sang que je n'avais pas versé, et dont la seule idée me révulsait, et… m'effrayait ! Je n'ai pas peur du sang, tu le sais, inspectère, mais de le voir couler dans ces conditions-là me remplissait d'indignation et de frayeur. Je me mis pour la première fois de mon existence à penser à mon propre sang, à le sentir tournoyer dans mes veines, imbiber mes cellules, je sentis même son odeur caverneuse qui m'écœura et surtout *m'effraya un peu plus !* J'eus le sentiment de sentir le sang, inspectère, que la sueur des angoisses de cette nuit avait été remplacée par mon sang, inspectère, et qu'il se mettait à suinter, inspectère, inspectère, de tous les pores et les poils de ma peau ! J'étais en cacarelle, inspectère, ce qui à la manière française, chez Simonin ou chez Audiard, pourrait se dire ainsi : *je m'étais mis à flipper, inspectère, à flipper je le dis ! Inspectère, inspectère !…*

(Le commandant de police, Éloi Éphraïm Évariste Pilon, ne put s'empêcher de fermer les yeux, le monstre était tombé dans un tel tumulte émotionnel qu'il pouvait à tout moment écraser la gâchette. Il se souvint que lui aussi avait tremblé et que, dans une ironique corrélation des émotions, lui aussi s'était mis à penser à la mort, et à sentir l'odeur terrifiante de son sang. Il avait lui aussi été scandalisé par le récit de la mort de l'épave, et une sorte d'abîme de terreur s'ouvrait partout en lui chaque

fois que le monstre parlait de la jeune fille... Rien ne s'était produit : le monstre conservait une maîtrise totale de son index et la gueule de son arme n'avait pas tremblé ne serait-ce qu'un millième de seconde. L'émotion disparut d'un coup, et il retrouva cette placidité indignée, scrupuleuse, obsessionnelle, avec laquelle il détaillait à son captif le détail halluciné de sa terrible nuit...)

Sentant que quelque chose ne tournait pas rond chez moi, les trois petits fauves s'étaient mis en alerte. La jeune fille avait ressaisi le manche du pic à glace et me l'avait réajusté contre les vertèbres de par le siège. Le bad boy, lui, s'était emparé du vieux Glock et me l'avait posé contre la nuque. Je sentais le froid mort de ce canon rouillé m'aspirer la cervelle, et, pour la première fois de toute mon existence, je me mis à penser à ma mort, inspectère, à ma propre mort !...

(silence)

Pour la première fois aussi, je me mis à penser à tous ceux et toutes celles que j'avais tenus ainsi, à ma merci, au bout d'une fatalité, et qui avaient dû sentir lever le souffle de leur mort. Je découvris *la face interne de leur terreur*. Je basculai dans cet abîme qui s'enclenchait en eux et dans lequel toute leur vie se mettait à dégringoler dans un charroi de sensations inouïes et d'images disloquées ! Ils avaient eu peur, exactement comme moi à cet instant où ce bad boy de pacotille me plaqua son vieil outil béni contre la nuque. Et je peux te dire que bien des choses me devinrent évidentes en cet instant précis, inspectère... Bien des choses...

(silence)

D'abord que la mort était autour de moi, tout le temps, toutes les heures, qu'il ne s'était pas écoulé un seul jour de ma vie où je n'avais tué quelque chose, que ce soit des êtres infâmes, des fourmis, des rats, des crabes, des oiseaux, des araignées, ou toutes sortes de petites existences. J'avais tué chaque jour, et jour après jour, tout aussi gratuitement, au gré de vieilles humeurs, et toutes ces petites morts se décomptaient maintenant devant mes yeux écarquillés. Je découvris aussi combien, dans mes exécutions, j'avais été en bien des manières semblable à ces petites vermines. Ces rires et cette excitation extrême qu'ils venaient d'éprouver, je les connaissais dessous les exigences méthodiques et austères de l'Œuvre. Je découvris avoir toujours eu grand bonheur à voir la mort surgir et que, si je n'avais pas ri de la manière aussi vulgaire et aussi niaise dont ils avaient fait preuve, c'est tout simplement parce que l'Archange était là, et que je me devais de maintenir une certaine dignité…

(silence)

J'ai toujours été digne, inspectère, et en toutes occasions se rapportant à l'Œuvre. Mais cette dignité était celle de l'Archange, pas la mienne. Je compris aussi que, lorsque je tenais une arme, ce n'était jamais pour jouer. Qu'appuyer un canon contre une nuque ou un œil était pour moi l'amorce d'un vaste irrémédiable qui fait que la personne allait de toute manière mourir, et que de ce point de vue j'étais sans manman ni papa, c'est dire : *impitoyable*…

(silence)

J'eus du mal à me convaincre que le bad boy n'était pas de la même pierre que moi, que lui se situait dans le cirque, et, même quand il ramena son arme, *je sentis toujours ma propre main impitoyable, comme détachée et folle, et qui continuait de me menacer, moi !* J'eus peur de ma mort, inspectère ! Et ce qui me menaçait le plus, ce n'était pas ces pauvres enfants, c'était moi-même !…

(silence)

Je sais que tu ne comprends pas, inspectère, mais ça n'a pas d'importance, car l'important en cette circonstance n'avait là aucun sens. L'important était juste là, à me fixer d'une évidence que rien ne pouvait être capable de penser, et cela pouvait se formuler ainsi : *tout ce que j'avais été et que j'étais encore me menaçait moi-même !…*

(silence)

Le bad boy m'avait intimé de me calmer et de me taire ce que je fis durant les minutes suivantes. Nous roulâmes pour ainsi dire à vide, le temps qu'il ajuste son arme et tente de lui redonner un peu de fluidité. Moi, silencieux, avec un reste d'effroi, je savourais la nuit, les bruits, les odeurs, le petit vent nocturne qui déboulait de la jetée et animait les ruelles de la ville. Il régnait une quiétude que je me mis à regretter, j'aurais tant aimé la vivre, y disparaître, et ne pas me trouver en compagnie de ces petits fauves qui ne savaient rien de l'existence. Je me perdis ainsi dans de douces pensées, un réconfort dont j'avais grand besoin et que je me constituai par la seule force de mes pensées. Le jumpie continuait de se soulager en suçotant son horrible pipe. La Karo et son bad boy s'étaient remis, sans doute excités par le sang et la mort, à se tripoter visqueusement sur le beau cuir du siège arrière. [...]

LA VIEILLE MADAME[1] – Je roulais à vide, avec un regard vif sur la nuit qui se déroulait devant moi. Je vis une réalité du centre-ville à laquelle jusqu'ici je n'avais pas trop accordé d'attention : tous ces jeunes errants, crackés, noyés sous les toxiques, qui se tenaient dans tous les coins perdus, gisaient dans les dents creuses, ou titubaient dans les couloirs abandonnés... Je vis les balcons envahis de vieux climatiseurs et où plus aucune fleur ne se voyait. Je vis les belles façades de bois, toutes pleines d'enjolivures que plus personne ne fabriquait, et que les peintures écaillées avaient transformées en veuves sans souvenirs. Les rues du centre-ville étaient bien souvent désertées, et une bonne part de l'ancienne vie avait disparu, remplacée par les débris d'une existence végétative. Je sortis de ce trouble quand un nouvel ordre de mon triste maître retentit : il me fallait revenir aux abords de la cathédrale.

Les choses s'étaient calmées aux abords du lieu saint. La police avait dû faire une apparition et s'en était allée très vite. La messe avait été dite, et les fidèles tout pleins de grâce se dispersaient dans les rues environnantes. Je n'avais même pas fini de garer la DS à quelques mètres de la cathédrale que je devinai ce qui allait se passer. Le bad boy et le jumpie s'étaient redressés sur les sièges, à la manière de ces chasseurs de crabes qui surveillent les ratières. La Karo, elle, semblait perplexe :

1. Extrait de l'enregistrement du tueur – Dossier 13 – Cote AC 132 – Page 15 – Annexe 415.

elle avait du mal à comprendre les raisons de cette mise aux aguets. Ses questions retombaient dans le vide. Les deux fauves détaillaient en silence les deux ou trois dévotes qui remontaient la rue à quelques mètres de nous. C'est très vite donc qu'une vieille dame, bonne pieuse comme il en existe partout – cheminant sous sa coiffe à mantille, bienheureuse de l'onction de la messe, mâchonnant légère un reste de prière, resplendissant de cette plénitude qu'offre les liturgies bonnes –, devint l'objet de toute leur attention. Elle paraissait songer (entre deux envolées d'anges) aux poissons frits bourrés d'oignons et de piments qu'elle allait se déguster à la case, accompagnés d'une tranche d'avocat. Les deux monstres la suivirent des yeux, l'évaluant selon des critères qui m'étaient inconnus, puis ils jaillirent du véhicule. Avant que je ne cesse de frissonner, ils l'avaient coincée dans un renfoncement sombre de la rue, et qui servait de porche au magasin Bata. La vieille rayonnait d'une autorité qui ne lui provenait pas seulement des hosties qui achevaient de fondre dessous sa langue fiévreuse. Elle disposait surtout d'un caractère pour le moins pas facile. Il ne m'était pas possible d'entendre ce que ces rats enragés avaient bien pu lui dire. Elle s'était dressée sur d'invisibles ergots, les regardait de haut, les toisait certainement, et balançait à bout de bras son sac à la manière d'une masse pour fracasser les crânes. Une première gifle du bad boy lui fit s'envoler et mantille et chapeau. Une seconde la projeta au sol. Un pied lui comprima le ventre tandis que les deux hyènes la dépouillaient de ses colliers, broches, épingles, barrettes, bracelets, anneaux et bagues, avec une bestialité convulsive qui abîmait sans aucun doute les bijoux convoités et qui portait atteinte aux lobes de ses oreilles, à la peau de son cou, à ses poignets fragiles et à ses doigts perclus de rhumatismes. Je compris pourquoi elle ne criait pas : le jumpie lui avait plaqué sur la bouche une de ses longues mains sales. De temps à autre, de l'autre main, il lui empoignait les cheveux et lui cognait le crâne contre le ciment mal lissé du trottoir. Nul dans les environs ne se doutait de rien. À quelques mètres de là, l'église fermait ses portes. Plus un seul fidèle ne se voyait dans les proches environs. La Karo, qui avait senti le raidissement de mes muscles, m'avait réajusté la pointe du pic à glace entre mes précieuses vertèbres. Il ne restait plus à la pauvre vieille madame que râles et gémissements. Les crapauds déchaînés entreprirent de lui vider le sac sur le trottoir pour y récupérer tout ce qui paraissait susceptible de valoir quelques sous. Quand ils voulurent regagner la voiture, la vieille madame leur accrocha les jambes, ce qui les déséquilibra tous les deux, les envoyant au sol. Le bad boy rebondit du trottoir comme une balle en plastique et se mit à lui piétiner le crâne tandis qu'elle s'accrochait encore, et désespérément, à l'une de ses chevilles. Elle finit par demeurer toute raide, et mon cœur s'affola à l'idée qu'elle soit morte. Les chiens fous s'en revinrent à la voiture avec une cargaison de bijoux démantelés. Malgré l'infinie compassion que j'éprouvais pour la vieille fervente, gisant dans les débris de ses croyances et de ses auréoles, je ne manquai pas de m'étonner qu'une seule personne puisse à elle seule charroyer autant d'anneaux créoles et de colliers-choux, chaînes forçat, épingles tremblantes, et autres assortiments de nos monstrations traditionnelles. Le butin était considérable. Le jumpie, remis d'aplomb par ses bouffées de crack, contemplait ce trésor avec un rien d'espoir et une montée de contentement.

« Avec cinq ou six comme ça, frère *(c'est le bad boy qui parle)*, on pourra te calmer les Anglais ! »

J'aurais voulu ne pas comprendre, inspectère. Tout bouleversé par ce que je venais de voir, il m'était difficile de les voir décimer toutes les vieilles madames dans les ruelles ténébreuses. Vois-tu, inspectère, je suis, comme toi sans doute, de la génération du respect, et plus précisément du respect que l'on doit à toutes les grandes personnes. Et tout comme toi (permets que je le suppose vu que je sens que nous sommes de même intelligence), je suis de ceux pour qui le respect s'ajoute au respect quand il s'agit d'une vieille madame d'église et de prières. L'indignation m'avait tellement de fois submergé l'entendement depuis l'amorce de cette nuit, que mon être n'était plus qu'une boue nauséeuse. J'éprouvais le triste sentiment de n'être qu'un crabe noyé dans un trou sans issue à l'en-bas d'une marée. Mon commandeur m'ordonna de reprendre la route, et c'est perdu dans un coin de moi-même que je pus oublier ces gaîtés et ces joies qu'ils déployaient en se passant les différents bijoux. Le jumpie réagit très mal quand le bad boy offrit un des bracelets à la Karo, expliquant que si l'on commençait comme cela il n'aurait jamais suffisamment de quoi apaiser les Anglais. Ce qui incita la Karo à l'envoyer promener avec des termes qu'il ne serait pas décent de répéter ici. Le bad boy essaya de les calmer en expliquant qu'ils en auraient des kilos avant la fin de nuit. Ce qui apaisa le jumpie mais expédia la Karo vers d'autres genres de pensées. Toujours pétrie de sa science policière, elle leur demanda si la vieille était morte, car il n'était pas bon de laisser derrière soi un quelconque témoin. Elle leur fit remarquer qu'ils n'avaient même pas pris la peine de se cacher le visage, et qu'en général les vieilles ont des très bonnes mémoires en ce qui concerne les yeux, les nez, la taille et les odeurs. En clair, qu'ils avaient commis une faute, et qu'elle leur conseillait d'aller vérifier que la vieille était bien hors d'état de nuire ou de médire. Ce que le bad boy, Dieu merci, balaya, d'une grimace, en expliquant qu'avec ce qu'elle venait de vivre, sa mémoire ne serait pas plus fonctionnelle qu'un camion échoué. J'essayais de m'abstraire de tout cela, inspectère, et de leur laisser la stricte responsabilité de leurs ignominies, mais mon indignation était telle que je m'entendis leur dire ceci, écoute bien, inspectère, je leur dis ceci, sans grondement, ni colère : « Elle aurait pu être votre manman, et même la manman de votre manman ! Vous n'avez donc pas de manman ? Aucun sentiment de respect ? Aucun bout d'imagination qui pourrait vous aider à supposer que vos agissements contre cette vieille madame sont, par retour de flamme symbolique, ce que vous avez fait à votre propre manman ?! »

Comme ça, inspectère.

Aussi calmement que le calme est possible.

La Karo me répondit que sa mère n'était qu'une alcoolo droguée, une épave qu'elle avait toujours connue épave, et donc que l'affaire symbolique de « manman » n'était pas son affaire, et que je ferais mieux de la fermer. Le jumpie ricana qu'il n'aurait jamais fait une chose pareille à sa manman, même s'il lui était déjà arrivé de lui prendre quelques bijoux en douce, et que de toute manière sa manman n'allait que rarement à l'église. Emporté par la conversation, le bad boy protesta que les manmans étaient sacrées, et que sa manman à lui était ce qu'il y avait de plus extraordinaire, et que les destructions massives s'abattraient sur quiconque s'aviserait à seulement envisager de lui faire du mal… Puis, il m'expliqua que la vie n'était qu'un bain de méchanceté, et que les manmans devaient toujours s'assurer d'avoir les enfants qu'il leur faut, c'est-à-dire des enfants suffisamment méchants pour les défendre ou les venger si besoin en était !... Je ne sais pas ce que tu aurais répondu à cela, inspectère, mais, tout au fond de l'abîme, je réduisis mon existence et mes pensées au seul fait de rouler. [...]

UN MAJOR[1] – Il faut quand même admettre, inspectère, qu'il y a quand même de l'invisible dans l'existence, et aussi qu'au bord de l'invisible, il y a un jeu de forces qui conditionne les choses et les relie entre elles. Toutes les vieilles humanités considèrent que le verbe a de la force, que parler n'est jamais anodin. Les poètes sont persuadés, et ils ont bien raison, que *dire* le monde c'est déjà *faire* le monde ! Je n'ai pas le temps d'entrer dans cette discussion avec toi, inspectère, parce que c'est pas l'objet, et que le jour va se lever, mais il y a du vrai qui circule dans tout cela. La preuve, c'est que le bad boy avait parlé de méchant, or, il se trouve que nous allâmes direct nous jeter dans les pattes d'un méchant...

Nous n'avions même pas roulé une dizaine de minutes, que je me retrouvai à longer un distributeur de billets, du côté de la route de Didier, dans les hauteurs de Fort-de-France, où la DS s'était aventurée toute seule. À la vue du distributeur, le bad boy se sentit une idée. Si donc, il me demanda de stationner dans une ombre, à proximité, et une fois encore il se mit aux aguets, imité en cela par le jumpie qui semblait lire dans ses pensées au demi-quart de tour. Ils scrutaient les allées et venues autour du guichet. Une dame s'en allait. Une voiture

1. Extrait de l'enregistrement du tueur – Dossier 13 – Cote AC 137 – Page 47 – Annexe 415.

s'arrêtait. Durant quelques instants quelques personnes retirèrent de l'argent.

Et le distributeur demeura désert dessous sa forte lumière. La route de Didier, qui le longeait, devint elle-même déserte.

Au bout de quelques instants, je vis une vieille bâchée s'arrêter. Un homme en descendit. Je dis un « homme » pour aller vite, mais il faut te dire, inspectère, qu'en la matière humaine, j'ai le flair et l'instinct. Je sais reconnaître les hauts et les basses-fosses, je distingue bien la noix de coco de l'abricot, et donc quand je vis l'individu qui se dirigeait d'un pas tranquille vers le distributeur, je sentis un vieux-frisson me descendre la colonne, et s'enrouler autour de la pointe du pic à glace qui m'immolait le dos. Le bad boy s'apprêtait à descendre quand, sans trop savoir pourquoi, je crus bon de lui murmurer : « Vaut mieux pas faire ça, les bougres. Oubliez ça. »

J'avais voulu les mettre en garde. C'était cela l'incompréhensible, inspectère ! Pourquoi les mettre en garde !? Pourquoi ne pas les laisser se faire massacrer et en profiter pour me sortir de là comme le diable aurait pu le permettre ? Eh bien, non, il se passait cet incompréhensible dont je t'ai déjà parlé : je me sentais proche de ces rats et crapauds ! Quelque chose d'indéfinissable me rapprochait d'eux, dans une sorte de tendresse ou autre ersatz de compassion dont j'ignorais le nom ! Comment expliquer ce mélange d'horreur, de répulsion, d'attirance et de tendresse que j'éprouvais pour ces déchets, et cela au risque de me complaire plus que de mesure dans une impure situation ?!…

Bien entendu, le bad boy me demanda de me taire. Je lui précisai de faire attention à ce type, ce à quoi la Karo répondit qu'il n'y avait là qu'un lêkêtê, et que l'occasion était bonne de dégorger sa précieuse carte gold. Le bad boy sortit de la DS, suivi en cela par le jumpie. Ils se dirigèrent vers le bonhomme en train de manipuler les touches du distributeur. Je vis le bad boy lui surgir dans le dos, lui braquer le vieux Glock sur la nuque. Il lui intima sans doute de sortir de l'argent et de le lui remettre, ou alors de lui communiquer et sa carte et son code. Une fine sueur se mit à me couvrir le front, non parce que la Karo m'avait encore réajusté la pointe du pic à glace par crainte que je ne sonne l'alerte, ni même parce que je m'étais mis à imaginer le crâne de ce type explosant sous la charge. Non, c'était autre chose, inspectère…

Bien entendu, ce que je redoutais arriva.

Le bonhomme se retourna calmement. Il regarda le bad boy dans les yeux tout en continuant à ranger sa carte et son argent dans sa petite sacoche. Dans le même mouvement, la main passant sous sa chemise pendante, il sortit un revolver (un Webley 455 7, de 1916) qu'il dirigea en plein visage de mon bad boy avec autant de calme que s'il s'était trouvé dans un stand de tir au bout d'une foire quelconque. À la vue de l'arme, le jumpie était demeuré pétrifié. Le bonhomme, sans un mot, sans un mouvement de paupières, gardait son pistolet braqué sur la tête du bad boy, qui du coup se sentit mal à l'aise, si j'en crois les menaces hystériques qu'il se mit à lancer. Le bonhomme le visait sans un mot. Je savais qu'au moindre tressaillement le bonhomme lui exploserait tout le front sans jamais sourciller.

Ils étaient tombés sur un drôle de bonhomme !

Tu dois souvent rencontrer dans ton métier, inspectère, ces bonhommes qui ne craignent pas la mort, qui sont dans la vie comme on est dans la mort, et qui ne changent rien à leur humeur si la mort fait risette devant eux. Ces gens ignorent la compassion, la pitié, la miséricorde, le pardon et tous ses accessoires. J'ai toujours veillé à ne pas m'affronter à ce genre de bonhommes, inspectère : ces gens-là, il faut les tuer d'un coup ou c'est vous qui êtes mort ! Le bonhomme rayonnait de quelque chose de terrifiant qui ne se limitait pas à son seul revolver, mais qui pulsait de toute sa personne comme un souffle glacial. C'est pourquoi le jumpie, très naturellement, se mit à reculer en tremblant. C'est ainsi que le pistolet du bad boy perdit de sa fermeté, et que, même s'il parvint à le maintenir braqué sur le bonhomme, il se mit malgré lui à reculer en bredouillant ses mises en garde pour conserver la face. Le bonhomme immobile continuait de le fixer, le visage calme, les pupilles sans doute dépourvues de toute âme. À mesure qu'ils reculaient, le bonhomme se mit à avancer, ce qui me glaça le sang : c'était le signe qu'il avait décidé de les châtier de toute manière. Ils parvinrent à la DS, en ouvrirent la portière. Le jumpie se blottit à l'avant. Le bad boy rejoignit sa place arrière, baissa la vitre, et pointa son pistolet en direction du teigneux auquel il bredouillait de cesser de le suivre. Ce dernier, tout en le maintenant en joue, avait sorti son téléphone et composait du pouce un numéro, tout en poursuivant son avancée. Je compris qu'il était en train d'appeler la police. Dès lors, je me sentis en danger, inspectère. La seule perspective de voir la police rappliquer m'indisposait au plus haut point. Mais, à bien y réfléchir, ce n'était pas seulement cela. Je me sentais responsable de ces crapauds, et refusais l'idée qu'un autre que moi-même puisse leur infliger une juste correction. C'est étrange, non ? Je démarrai la DS, ce qui fit bondir le bonhomme de mon côté. Il ouvrit ma portière avec sans doute l'idée de m'éjecter de mon siège, de confisquer les clés de la voiture et de nous immobiliser. Je ne saurais te dire à quel moment l'anneau qui tenait ma main gauche explosa, inspectère, ni comment je balançai la portière sur le torse du hargneux, ce qui le déséquilibra et me donna le temps de manœuvrer. Il s'accrocha à la portière demeurée ouverte. Une embardée de la DS, couronnée par un freinage brutal, parvint à l'en décrocher. La portière se referma toute seule. Je constatai avec impuissance que, dans tout ce cirque, mon pare-soleil avait été secoué, et que la photo du second nuisible que j'y avais glissée était tombée au sol. Le bonhomme s'en était emparé tandis que la DS bondissait vers le rond-point du Vietnam-Héroïque. Dans le rétroviseur, je le vis sauter dans sa vieille bâchée et se lancer à notre poursuite. Mais il est difficile de me suivre quand je conduis, inspectère, je vois vite, décide vite, je casse et contourne, j'emprunte l'inattendu. Qui fait qu'après avoir sillonné le labyrinthe de Petit-Paradis, je déboulai par la rocade, remontai Sainte-Thérèse en un rien de temps et me retrouvai dans les rues les plus calmes du centre-ville désert. Le seul ennui, c'est que je n'en finissais pas de ressasser dans mon esprit l'image du teigneux en train de ramasser la photo qui se trouvait au sol, et la garder en main tandis qu'il regagnait son véhicule pour se jeter à notre poursuite. Le bad boy, qui ne perdait pas le nord, me réajusta le pic à glace contre les vertèbres, et, en un rien de temps me remplaça l'anneau brisé par deux autres. Ma main gauche fut de nouveau doublement entravée. Il ajouta un autre anneau à ma main droite, en me regardant d'un air étrange. La Karo n'avait pas apprécié la mésaventure. Elle n'en finissait pas de hurler qu'elle avait affaire à des ma-commère qui reculaient devant un lèkètè, et qu'il aurait fallu tirer pour lui briser un genou, puis un autre, puis une épaule, jusqu'à ce qu'il obéisse et respecte les gens ! Le jumpie, encore tremblant, se demandait comment des chiens-fous pareils pouvaient se trouver libres dans les rues, et qu'un type comme cela pouvait massacrer n'importe qui, n'importe quoi, n'importe où, n'importe quand, et qu'il n'était pas normal qu'il soit en liberté ! Ce que le bad boy approuva largement, en expliquant qu'il n'avait pas voulu gâcher une balle sur un cinglé, et qu'il l'aurait simplement achevé au couteau si je n'avais pas démarré comme un capon. « Tu n'aurais achevé personne mon fi, ce n'était pas une vieille madame lui, murmurai-je sombrement.

– C'est pas normal ça, c'était quoi ce bougre-fou !? se demanda-t-il à haute voix.

– Un *major*, finis-je par lui répondre. En créole, ça s'appelle un *major*, ce qui bien entendu ne leur disait rien d'intelligible… »

UNE VOITURE EN BORDÉE – Malgré le terrifiant de la situation, le commandant de police Éloi Éphraïm Évariste Pilon réussissait de temps en temps des échappées mentales. Elles lui permettaient de réaliser que non seulement il se trouvait dans une situation à tout le moins fatale, mais que le psychopathe, maître de son existence au bout d'un pistolet d'argent, déroutait ce qu'il avait pu échafauder lors des primes hypothèses. *Un profil singulier, protéiforme, démesuré, difficile à ranger dans la nomenclature criminelle de base… le choc du réel !…* De retour a son bureau après l'éprouvante découverte de Trénelle, il s'était de nouveau, avec un sentiment d'urgence, concentré sur les dossiers similaires, puis sur des affaires qui *a priori* semblaient n'avoir aucun lien avec le type d'assassinat de ce vendredi 13. Il s'était efforcé de retrouver une vision neuve tandis qu'il examinait ou réexaminait toutes les cotes une à une. Le plus difficile avait été de ne pas essayer, dans le même temps, d'imaginer sa fille embringuée avec ce jumpie et son compère dans cette histoire de règlements de comptes. Il se souvint avoir dû suspendre ses cogitations pour examiner cette fiche du central qui signalait une agression près de la cathédrale. Puis une autre, évoquant une DS noire qui sillonnait la ville et ses hauteurs à grande vitesse. Les choses s'étaient précisées grâce à un dénommé Hétérogène Sisterce, qui venait déposer plainte suite à une agression au distributeur de billets de la route de Didier. Le commandant de police, au vu des détails de la fiche, s'était fait amener le plaignant. Ce dernier lui avait paru être un homme ordinaire qui venait de vivre une très pénible mésaventure. Deux voyous, avec une arme au poing, avaient tenté de lui soutirer sa carte bleue, et lui *Oui, moi tout seul monsieur le commandant*, avait réussi à les mettre en déroute. Quand le commandant voulut savoir comment il y était parvenu, le plaignant était demeuré dans le flou artistique : *La manière, monsieur le commandant, j'ai la manière avec ces isalops, il faut marcher sur eux sans mollir de la dent ni macayer de la graine !...* Éloi Éphraïm Évariste Pilon avait passé beaucoup de temps à dresser un portrait-robot de ses agresseurs, de la DS et de ses occupants, et lui avait demandé de se tenir à disposition téléphonique en cas de nécessité. Ce que le plaignant avait volontiers accepté… Maintenant, alors qu'il y repensait sous la menace du pistolet, le commandant de police ne voyait pas trop le rapport entre le plaignant d'apparence ordinaire et ce major implacable que lui peignait le tueur. Les majors, il le savait pourtant, ne sont jamais repérables à vue d'œil. Il faut toujours se trouver en conflit avec eux pour découvrir à qui, ou à quoi, on a vraiment affaire, et cette découverte était ce qui pouvait arriver de pire à n'importe qui… Néanmoins, cette évocation avait permis au commandant de police de se remettre en mémoire comment les choses s'étaient précisées pour lui, et de se dire que c'était sans doute là que la mort, sa propre mort, s'était mise en mouvement…

Le plaignant lui avait décrit un jumpie, accompagné d'une petite *pompe-à-graisse* violente. Leur description correspondait à ce qui avait été dit des agresseurs du vendeur de snow ball auprès du Malecon. Éloi Éphraïm Évariste Pilon eut le sentiment qu'il s'agissait des deux zouaves auxquels s'était acoquinée sa pauvre Caroline. La jeune fille se trouvait sans doute dans la voiture qui attendait plus loin et que le plaignant avait en vain essayé de stopper… *Andièt sa !* Le véhicule était une DS 21 noire, dont le signalement avait été transmis aux équipes de la Bac en rondes sur le terrain. Quant à ses occupants, le plaignant avait cru deviner une ombre frêle à l'arrière, *sans pouvoir affirmer qu'il s'agissait d'une jeune fille, monsieur le commandant, car avec leur manière de s'habiller maintenant, on confond tout le temps coco et zabricots, mais c'est fort possible vu le genre de manzelles que nous avons maintenant !…* En revanche, le conducteur était un homme d'âge mûr, très étrange, même bizarre. Selon le plaignant, il ne devait pas être des plus manchots, à en juger sa réaction pour l'empêcher de prendre les clés et d'immobiliser le véhicule. Le plaignant ne pouvait rien dire de plus précis, aucun souvenir des traits de son visage, *peut-être les yeux, monsieur le commandant, des sortes d'yeux de tigre capables de vous faire tomber en précaution, mais je ne peux pas vous en dire plus car j'étais au combat et pas à la contemplation...* Il avait alors sorti la photo tombée du véhicule, *à tout hasard, on ne sait jamais*, puis s'en était allé en promettant de garder la main sur son téléphone en cas d'appel pour une nécessité.

Des yeux de tigre !

Le cœur d'Éloi Éphraïm Évariste Pilon avait changé de rythme. En apparence, rien n'avait altéré son calme impassible, mais en dessous, l'idée que sa fille puisse se trouver dans cette DS lui devenait insupportable. À cela s'ajoutait la description du chauffeur.

Ses yeux de tigre.

Son sang-froid.

Sa manière fulgurante de réagir face au plaignant (qui ne devait pas être un tendre) et sa maestria pour conduire la DS étaient des éléments en distorsion avec l'ensemble. Que faisaient le jumpie, Enzo Malmor, et son compère, Alexis Balthazar, dans le véhicule d'un homme de cet âge ? Ce genre de voyous cavalcadaient plutôt sur des mobylettes sans assurance ou des motos hurlantes, et ne traficotaient jamais avec des gens d'une autre génération…

Pourquoi cet homme *aux yeux de tigre* conduisait-il cette voiture ? Le commandant avait examiné la photo de journal qui lui avait été remise. De qualité infiniment médiocre, elle ne permettait aucune identification franche. Il l'introduisit dans ses bases de données jusqu'à ce qu'un visage se mette en concordance. Ce n'était autre qu'un dénommé Félicien Archibald, pédophile, chien-maquereau, impliqué dans des commerces douteux, trafiquant de crack à grande échelle, déjà arrêté, poursuivi, condamné, libéré, recondamné, relibéré, et actuellement sous contrôle judiciaire… Malgré une surveillance active, cette cochonnerie réussissait à tout dissimuler de ses activités – lesquelles, de toute évidence, qu'il soit en liberté ou qu'il soit en prison, n'avaient jamais cessé. Il régnait sur une armée de dealers qui sévissaient depuis les quartiers populaires de l'En-ville sur presque toutes les communes du pays.

Que faisait le conducteur « aux yeux de tigre » avec une telle photo ?...

Éloi Éphraïm Évariste Pilon avait longtemps recherché la logique de tout cela.

Le chauffeur aux yeux de tigre était peut-être un grossiste ou un détaillant en demi-gros qui devait s'approvisionner chez l'Archibald ? Peut-être que le jumpie et son compère lui servaient d'intermédiaires ? Mais pourquoi commettraient-ils ensemble cette kyrielle de méfaits ?... Une fiche complémentaire lui avait détaillé l'agression d'une dévote, Odette Moulianimin, qui s'était fait arracher ses bijoux et que l'on avait dû transporter aux urgences dans un état préoccupant. Autre fiche inhabituelle : un crackman atteint d'une balle et retrouvé exsangue rue Saint-Louis, pas très loin de la cathédrale. Il avait rendu l'âme dans l'ambulance qui l'emportait vers l'hôpital. Des témoins avaient entendu un coup de feu, et aperçu, dans les deux cas, une DS noire s'éloigner de la scène comme un vaisseau fantôme... *Une DS noire !...*

Sortant les coordonnées de l'Archibald, Éloi Éphraïm Évariste Pilon lui avait téléphoné directement. Le malfaiteur était chez lui et déclarait n'avoir pas mis le nez dehors de toute la soirée. Le commandant lui avait passé des menottes aux poignets si souvent qu'une certaine « amitié » sans chaleur s'était glissée entre eux. Il répondit joyeusement qu'il s'était retiré de tout, qu'il prenait la vie à la douce sans emmerder personne, et qu'il ne comprenait pas ce que sa photo pouvait faire dans une voiture en ville, *c'est vraiment n'importe quoi !* Non, il ne connaissait personne qui possède une DS noire (*DS, tu dis !? Faut être débiellé pour rouler dans un bâtiment comme ça !*), et ne voulait plus entendre parler de dealer ou de jumpie (*Je suis dans l'Évangile à présent, commandant, et je plane haut haut haut haut !...*).

En raccrochant, Éloi Éphraïm Évariste Pilon était resté songeur.

Il avait remis de l'ordre dans ces données qu'il ne pouvait pas relier correctement entre elles. Le tueur était en ville, et s'apprêtait à massacrer une seconde personne. Une photo désignait un personnage qui disposait du profil habituel des victimes de ce tueur. Était-ce possible que le tueur soit le conducteur de la DS ? Les yeux de tigre ? Mais dans ce cas, que pouvait-il bien faire dans cette DS en compagnie de ces chiens-fous qui semaient la violence et la mort dans la ville ? Ce qu'il imaginait du tueur en termes de minutie, de prudence, d'intelligence organisatrice, ne cadrait pas avec sa présence dans un véhicule intempestif que toutes les forces de police commençaient à traquer. Quelque chose ne collait pas, sauf à tout dissocier.

L'Archibald était la prochaine victime du tueur.

Le tueur était sans doute le conducteur de cette étrange DS.

D'un autre côté, sa fille était en virée avec un voyou et un jumpie qui s'amusaient à jouer les caïds dans la ville. Le trait d'union entre ces données n'était pas concevable… Les deux voyous de la DS n'étaient sans doute pas ceux de sa Caroline : ils se ressemblent tous, dans leurs genres et manières, dès lors toutes les coïncidences étaient envisageables… *Hmm*... Quand il avait eu l'intuition que l'Archibald serait la prochaine victime du tueur, et que cette possibilité lui demeura constamment à l'esprit, le commandant de police avait opéré de vigoureux efforts pour l'en chasser. Mais cela n'avait pas marché… Il se souvint s'être alors jeté sur les traces de cette fameuse DS. *Une DS noire, c'est pas banal ça se remarque, et avait dû se remarquer…* Il avait ressorti des dossiers la cote des auditions, et avait entrepris de tout relire attentivement. De temps en temps, il s'était arrêté pour écouter quelques enregistrements du dictaphone, passer un coup de fil à un témoin, ou pour siroter un thé de citronnelle avant de se replonger dans l'examen de ces insignifiances, détails très anodins, petites inconsistances, dans lesquels le diable et sa famille aiment à prendre leurs quartiers…

LE SACRILÈGE DU CIMETIÈRE[1] – Inspectère, le bad boy n'était pas aussi bête que je pouvais le supposer. Nous avions provoqué un tel ouélélé dans notre poursuite en ville, qu'il m'avait ordonné de prendre la direction du Lamentin. Nous quittâmes donc la ville pour cette commune très proche, en passant par l'autoroute puis par un entrelacs de petites rues oubliées du bon Dieu dans lesquelles il me guidait à coups de grognements brefs *à droite, à gauche, en haut, par-ci, par-là !…* Quand il m'intima de me garer, nous étions en face des murs du cimetière que des artistes cubains avaient couvert d'un lot de gribouillis en rapport sans doute avec de l'art contemporain. Le bad boy m'avait remis un nouvel anneau cranté au poignet gauche. J'avais bien essayé de me faire désentraver les mains en indiquant qu'après la mort de l'épave et l'agression près du distributeur, nous n'allions pas tarder à être poursuivis par

1. Extrait de l'enregistrement du tueur – Dossier 13 – Cote AC 112 – Page 30 – Annexe 415.

des grappes de police, et qu'alors il vaudrait mieux que je puisse manœuvrer à mon aise. Je leur expliquai que le fil de fer qui m'enserrait le cou, allié aux tendeurs et au pic à glace, suffisait à me rendre raisonnable, mais comme ils n'étaient finalement pas couillons, personne ne fut d'accord pour m'enlever quoi que ce soit. La Karo en profita même pour expliquer qu'elle ne comprenait pas trop à quoi je servais, et qu'il lui était possible de conduire elle-même cette sorte de corbillard si personne d'autre n'était capable de le faire ! Le bad boy, peu enclin à se laisser supposer en incapacité de conduire, expliqua que c'était bien plus « réel » de se faire conduire que de conduire soi-même. Ce que je faillis approuver bruyamment, bouleversé à la seule idée de la Karo en train de conduire ma Pallas.

Le cimetière et ses abords paraissaient déserts. Faut dire, inspectère, que je n'en voyais que le haut mur de protection. Il était surplombé d'un treillis de fils barbelés que je crus dans un premier temps destiné à dissuader les quimboiseurs et autres amateurs de crânes ou de clous de cercueil. Pas l'ombre d'un semblant de dealers dans les poches d'ombre ou entre les touffes d'allamandas qui en ornaient la base. Le jumpie avait pourtant affirmé qu'il pouvait trouver là tout le matos vital. Les deux fauves décrochèrent d'un gros collier deux ou trois grains d'or, et quittèrent la DS pour s'en aller aux transactions. Je cherchais encore des yeux le comptoir de dealers, quand je les vis carrément escalader le mur, couvrir les barbelés d'un carton déjà prévu dans les allamandas et disparaître d'une seule bascule dedans le cimetière. La Karo (qui me tenait le pic à glace sur les vertèbres) demeurait silencieuse, et ne s'étonna de rien. Quand je lui demandai ce que ces fous pouvaient bien aller trafiquer chez les morts, elle m'expliqua qu'il s'agissait là du *quartier général des grands trafics du Lamentin* !

Elle m'expliqua que Le Lamentin avait toujours été un haut lieu de la drogue du fait d'un légendaire quartier qui s'appelait Vieux-Pont. *Vieux-Pont, tu t'en rappelles, inspectère !?* Ce quartier selon elle avait été rasé. La plupart les dealers avaient alors essaimé dans toute la Martinique, mais les plus enracinés avaient réorienté leurs marchés, entrepôts et services, au cœur du cimetière, dans les tombes elles-mêmes. La nuit, le champ des morts devenait un lieu d'approvisionnement connu de la Grenade jusqu'à New York, en passant par Miami et la baie de Rio. La Karo, étonnée que j'ignore cette histoire, me conseilla de sortir plus souvent de ma maison de retraite, notamment le dimanche, si je voulais rester branché aux actus de la vie. Ce disant, elle s'était avancée entre les sièges avant et, délaissant le manche du pic à glace, se pencha pour surveiller le mur du cimetière au-delà duquel régnait un silence sépulcral.

Je vis alors sa nuque.

La Karo était à mille lieues d'imaginer qu'elle se trouvait ainsi à deux doigts de la mort. J'avais les poignets entravés, inspectère, mais il me restait une latitude appréciable du coude droit. Il me fut clair que je pouvais d'un coup lui briser la mâchoire, ce qui m'aurait laissé le temps d'exploser les anneaux, de me libérer du fil de fer, de m'écarter du pic à glace… Ensuite, je me serais attaché à proprement l'écrabouiller. Mais, là encore, la curiosité eut le dessus, inspectère : *je préférai tenter de la comprendre, lui parler ; qui était-elle, qui étaient ses parents, comment pouvait-elle traîner avec ces rats d'égouts ?* Ce à quoi elle ne répondit hak, m'injuriant largement, avec une grossièreté qui me donna l'envie de passer à l'action quoi qu'il puisse m'en coûter.

C'est alors que des coups de feu rouillés retentirent. Le cimetière fut la proie des tourmentes du monde, comme si les morts s'étaient réveillés tout d'un coup en hurlant à la mort. Je vis le bad boy et le jumpie basculer du mur d'enceinte et se précipiter vers ma DS, poursuivis par un essaim de dealers qui, en un instant de cauchemar, environnèrent mon véhicule, s'accrochèrent à mes portières, tentèrent de défoncer mes vitres. J'avais lancé le moteur tandis que la Karo s'était armée du pic à glace pour transpercer les mains qui agrippaient le jumpie et son diable. Je démarrai en trombe en effectuant des embardées puissantes et, quasi sur place, des dérapages contrôlés tournoyants, ce qui me débarrassa de cette nuée malfaisante et me permit de disparaître comme une huile de vidange dans cette nuit limoneuse.

Quand nous fûmes à l'abri, derrière l'ancien aéroport, je les entendis raconter à la Karo ce qui s'était passé. Ils avaient tenté de négocier leurs bijoux contre du crack, mais les dealers les avaient de suite encerclés. C'est ainsi qu'ils avaient découvert qu'un « contrat » circulait sur leurs têtes : une récompense était offerte à qui les remettrait bien à vif aux Anglais. Le jumpie avait tenté de leur expliquer que son beau-père avait fait main basse sur la recette du mois pour la dissoudre dans des dettes de jeu, et que lui et son compère s'engageaient à tout rembourser aux envoyés du boss. Indifférents à toute explication mais très sensibles aux récompenses, les dealers avaient voulu les retenir. Le bad boy s'était mis à tirer ses balles rouillées dans tous les sens, ce qui les avait calmés, et dispersés entre les tombes. Mes bougres avaient alors pris-courir comme cela peut s'écrire. À l'idée que les Anglais se tenaient à ses trousses avec autant de hargne, le jumpie se remit à trembler. Les miettes de crack soustraites en catastrophe au moment de leur fuite parvinrent à le calmer durant deux vieilles minutes, mais très vite il se remit à son portable pour tenter de pleurer à l'oreille de sa chérie-manman. Cette fois, rien ne répondit : *le téléphone tombait en messagerie, les Anglais avaient dû le détruire !* Le bad boy voulut le rassurer : « Positif, frère, Sidoine a dû courir se serrer chez votre tante Alicia du côté du Gros-Morne !… » Sidoine… Je compris qu'il s'agissait du prénom de la mère du jumpie… Cela me fit un effet spécial, inspectère… Un effet que je n'identifiai pas de suite, mais qui me marqua comme dire une épingle chaude : *Sidoine… Sidoine… Sidoine…* J'avais connu une Sidoine dans ma vie, inspectère, et ce nom était rare… Un vieil envol de souvenirs se répandit en moi d'une manière obscure, et je te l'assure, inspectère, j'étais à mille lieues de supposer qu'il s'agissait d'un nouveau grand chapitre de mes angoisses et de mes malheurs… […]

LA STATION-SERVICE[1] – L'échauffourée entre les tombes semblait avoir desséché l'organisme du bad boy. Il déclara vouloir « s'enfiler-une-la-goutte », ce qui devait signifier qu'il voulait boire quelque chose. C'est à petits mots rapides, « par-ci, par-là, vire-là, va tout droit », qu'il me dirigea vers un monde de zombies que j'ignorais encore : *celui des stations-service !* Loin de moi l'idée de te démoraliser par une mauvaise image de la situation du pays, inspectère, tu dois être

1. Extrait de l'enregistrement du tueur – Dossier 13 – Cote AC 130 – Page 67 – Annexe 415.

suffisamment accablé de soucis, mais il faut que tu saches ce que sont les stations-service une fois que la nuit tombe. Celle où nous nous retrouvâmes se trouvait du côté de la Galleria (ce centre commercial qui surplombe l'autoroute comme un vaisseau fantôme enkayé dans un bain de lumières). On était dans une nuit avancée, le centre-com était fermé, les ronds-points et les rues avoisinantes étaient déserts, mais la station, elle, flanquée d'un drive de McDonald's, projetait ses feux de bloc opératoire sur une cour des Miracles. Le bad boy voulut savoir si j'avais besoin d'essence, ce qui n'était pas le cas. À l'orée de mes virées en ville, je prenais soin de remplir mon bac et de me préparer un bidon de secours qui se trouvait arrimé quelque part dans mon coffre. La station était bourrée de mobylettes et de ces petites 206 noires à vitres teintées, jantes nickelées et triple échappement qu'adorent les jeunes qui se grisent de décibels et de vitesse ronflante. Comme chacun de ces bolides était équipé d'une sonorisation titanesque, et parfois de spots clignotants, c'est une bouillie retentissante qui virevoltait autour des pompes et du libre-service barricadé. Derrière les vitres et les guichets blindés, le personnel de la station se tenait aux aguets avec la mine de gens qui auraient déjà connu des attaques au canon. La distribution aux pompes se faisait d'une sorte automatique. Il fallait d'abord payer, se faire identifier une pompe, et aller se servir la quantité programmée. Pour le magasin, un petit guichet assurait la vente de victuailles pour la faune nocturne. Les achats consistaient pour l'essentiel en des bouteilles de rhum et des packs de bière. Des dizaines de jeunes (de toutes conditions, de toutes mauvaises allures, de tous les mauvais genres, et une faune inquiétante qui allait du dealer aux parfumés des boîtes de nuit, en passant par une déclinaison très exhaustive de désœuvrés) stationnaient là comme des chauves-souris. Ils étaient agglutinés sur des motos, avachis sur des capots étincelants, entassés sur les sièges de leurs voitures tonitruantes et grandes ouvertes, ou rassemblés en groupes de discussion à gorges débraillées. Les bouteilles de rhum disparaissaient dans les voitures, mais les packs de bière étaient ouverts de suite, et tous buvaient au goulot, buvaient toujours, buvaient encore, et rebuvaient avant de pisser, ou de vomir, et de reboire, et de fumer toutes sortes de catastrophes nauséabondes. *Un enfer, inspectère, une navrance infinie !...* Je garai la DS dans un coin très discret, le plus ombré possible malgré ce flot de lumière, et le bad boy entraîna de suite sa Karo vers la cour des Miracles. Je les vis de loin rencontrer des amies et amis, trafiquer quelques bouts d'or contre des euros. De-ci, de-là, en rencontrant quelques vagues connaissances, ils s'entrechoquaient les poings, les doigts, les paumes, et amorçaient un brin de conversation. Bientôt, ils en furent à s'enfiler des bières, bière sur bière, et à participer à des controverses surréalistes dont les éclats nous parvenaient dans la pénombre de l'habitacle.

Et donc, je me retrouvai seul avec le jumpie.

Il s'était glissé à l'arrière pour se tenir à la manœuvre du pic à glace. Déjà qu'il n'avait pas fière allure, je peux te dire, inspectère, que ce que j'entrevoyais dans mon rétroviseur était bien pire que tout. Tous les maux de la terre semblaient le travailler. Toutes les fermentations aussi s'il fallait en juger par la chiasse de ses yeux et la mousse bourgeonnante de ses lèvres. Sans compter la peur qui conférait à son aspect cadavérique une petite teinte de chair desséchée et salée. Il me fut clair qu'entre la peur des Anglais et le manque de toxiques, il pensait sans aucun doute à sa pauvre manman. À cause de lui, la malheureuse devait se trouver dans une situation pas très enviable. Je me sentis encore une fois tout ramolli de compassion pour lui. C'est sans surprise que je m'entendis le rassurer, arguant qu'il ne fallait jamais s'imaginer le pire, et que n'importe quel tueur avait en lui une part d'humanité suffisante pour ne pas toucher à l'intégrité d'une femme qui ne le méritait pas… Cette fois, en l'absence de son bad boy et de la Karo, il me répondit presque humainement, m'expliquant qu'il avait quitté la maison depuis déjà plusieurs jours pour ne pas la mettre en danger, mais que son absence n'avait visiblement pas suffi. Il eut le temps de m'expliquer que sa manman avait des problèmes de vertèbres, qu'elle utilisait souvent une chaise roulante, qu'il lui avait acheté lui-même une chaise toute neuve, que c'était à cause de son dos qu'elle ne se séparait jamais de son portable, que si les Anglais l'avaient eu en main pour y répondre, c'est à coup sûr qu'elle n'était déjà plus de ce monde. Je lui développai que rien n'était vrai ni assuré tant que l'on n'en avait pas la preuve, et qu'il ne servait à rien de se cailler le sang sur des chimères et des imagineries. Je me tus quand le bad boy déboula en vitesse pour lui filer une bière et repartir tout aussi sec dans les débats de la cour des Miracles. Le jumpie commença de boire au goulot, puis me demanda de diriger la DS vers un coin de la station où un jeune, entouré d'une bande de zombies chancelants, se trouvait accroupi auprès d'une mobylette. Ce que je fis sans poser de question. Alors, je vis, comme je te vois, inspectère, ce que je n'aurais jamais pu imaginer tout seul. Agenouillée auprès de la mobylette, la sorte de créature aspirait de l'essence par le biais d'un tuyau, la reniflait profondément, et en lâchait un peu dans les bouteilles de bière qui se tendaient vers lui ! Le jumpie baissa la vitre arrière pour tendre la sienne, et apprit que la giclée d'essence lui coûterait cinq euros. Il se mit à supplier l'agenouillé avec tant d'insistance que ce dernier finit par lui lâcher une rasade dans sa bouteille de bière.

Je pus alors regagner notre place initiale. De là, je disposais d'une vue d'ensemble sur la cour des Miracles. Le jumpie, affalé sur le siège arrière, tétait sa bouteille-bière-essence d'une manière extatique et goulue. Je n'eus même pas envie de lui demander ce qu'un tel mélange pouvait provoquer dans son sang ou son cerveau. Il suffisait de voir avec quelle anticipation d'extase il s'envoyait ce poison pour comprendre qu'il existait là, et de toute évidence, une basse-fosse du plaisir. Je compris alors mieux la scène surréaliste qui couvrait la station : tous ces jeunes qui buvaient bière sur bière, souvent les mélangeaient à du rhum, de l'essence, de l'éther, ou à je ne sais quoi d'autre !... Je ne saurais t'expliquer dans quel état de consternation je me trouvais, inspectère, et combien je me mis à maudire ces parents qui ne tenaient pas leurs enfants ! J'essayais de me raisonner en me disant que ce n'était sans doute pas volontaire, qu'ils étaient eux-mêmes, pères, mères et grands-parents, victimes de l'étrangeté des temps présents... Mais tout cela ressemblait étrangement aux excuses pour coupables.

C'est alors que je les vis, inspectère...

Ceux-là étaient faciles à repérer car ils étaient différents des autres. C'étaient mes trois Anglais, entrevus lors de mon arrivée en ville ! Ils avaient surgi du McDonald's, et avançaient lentement dans la cour des Miracles en observant ceux qui se trouvaient là. Malgré leur détachement apparent, il était évident qu'ils recherchaient quelque chose de précis. Je les vis s'attarder du regard sur le bad boy et la Karo qui revenaient vers nous avec les bras chargés de bières. Les trois Anglais s'étaient immobilisés et les suivaient des yeux. Je signalai là même au jumpie qu'il y avait du danger. Que le bad boy et la Karo se trouvaient exposés et qu'il fallait les avertir. Je démarrai sans attendre la voiture, et commençai à m'éloigner doucement pour ne pas attirer l'attention. Cela fit hurler le jumpie et l'incita à empoigner le manche du pic à glace pour me vriller le dos. Je lui expliquai que les Anglais étaient là. Qu'il ne fallait pas qu'ils repèrent la voiture. Qu'il valait mieux nous éloigner et faire en sorte que ses deux autres compères nous rejoignent plus loin. Le jumpie découvrit enfin les tueurs et se mit à trembler de terreur. Il fut de suite d'accord pour qu'on s'éloigne au plus vite. Hélas, le bad boy, qui avait vu l'éloignement discret de la DS, s'était mis à hurler : « Ho frère, ho, qu'est-ce tu fais, holà, ho, ho, ho ?!… » Les deux s'étaient mis à courir dans notre direction. Les Anglais dans un bel ensemble repérèrent la DS et se mirent à nous foncer dessus. Je klaxonnai pour donner l'alarme. Le bad boy les aperçut alors. Il empoigna le bras de la Karo pour galoper vers nous. Ce petit mouvement de panique avait été perçu par la cour des Miracles. Les Anglais furent assaillis de cannettes et de bouteilles de bière. Moi, j'avais avancé la voiture pour permettre au bad boy et à la Karo de s'y engouffrer au plus vite, ce que fit la Karo avec une agilité stupéfiante, mais le bad boy se retourna et se mit à mitrailler les Anglais. L'un d'eux s'affala de tout son long, sans doute blessé à la jambe. Les autres se jetèrent au sol pour éviter les balles rouillées que leur balançait le bad boy. Ce dernier rompit l'affrontement quand son machin rouillé s'enraya de nouveau. Il s'engouffra alors dans la DS que je fis s'envoler. J'eus le temps de voir les Anglais soutenir leur homme blessé, puis, injuriés par l'ensemble de la cour des Miracles, se diriger vers un coin derrière le McDonald's où devait sans doute se trouver leur voiture…

Je n'avais pas atteint l'autoroute que je les vis à notre poursuite dans une petite Toyota rouge, sans doute louée ou volée pour la circonstance. Ils conduisaient avec une vélocité incroyable. Je balançai la DS comme jamais je ne l'avais fait, inspectère ! Je pris une partie de l'autoroute à contresens, ce qui ne les découragea pas. J'empruntai des bretelles, traverses, des chemins-pour-chiens et raccourcis-pour-vagabonds. Enfin, je repris l'autoroute dans le bon sens en direction de Fort-de-France, que je quittai à la première bretelle pour emprunter une fois encore des passes et des dépasses. Si nos poursuivants parvinrent à soutenir ce train-là durant plus d'une bonne heure, ils finirent par disparaître de l'horizon. Ma DS noire se fondait dans les zones d'ombre et les reflets incertains de la nuit. J'avais déployé durant cette poursuite une bonne part de ma science, mais surtout, et je le compris tout là même, inspectère, quand les choses se calmèrent, *j'avais agi en protecteur des petites bêtes fauves qui étaient avec moi !* Je les avais protégées de ces exécuteurs anglais qui, de toute évidence, ne feraient aucun quartier. Ce qui signifiait (même si je n'en avais pas une conscience certaine, inspectère, ni même la moindre envie de l'admettre) que je m'étais quelque peu, un petit peu, bien attaché à eux…

Comme ils n'avaient pas l'air de trop comprendre la situation, je leur expliquai que les Anglais avaient sans aucun doute recueilli une charge d'informations sur eux. Qu'ils savaient que le jumpie était accompagné de deux jeunes et d'un chauffeur de DS noire, et cela avec tous les renseignements utiles aux mouchardages et dénonciations. Je leur dis aussi que le meilleur moyen de ne plus se faire repérer était de changer de vêtements, de me laisser partir, et de se trouver une autre voiture avec si nécessaire un autre chauffeur. Ils avaient eu tellement peur que cette fois ils écoutèrent en silence, en me regardant d'une autre manière. Il est vrai que mes prouesses automobiles les avaient *sidérés*. Ils ne s'étaient pas imaginé que ma vieille DS pouvait bondir comme une mangouste, sauter comme un cabri et atteindre en trois secondes la vitesse d'un colibri-madère. Le bad boy, bouleversé, était en train de compter les cartouches rouillées qui lui restaient. Le jumpie paraissait ahuri du simple fait d'avoir vu en chair et méchanceté ceux qui le poursuivaient. Les imaginer et les voir n'était pas la même chose. La Karo se mit à rire en disant que tout le monde avait eu la frousse des Anglais, et qu'il aurait fallu les affronter plutôt que de détaler comme des capons en cacarelle. Elle expliqua qu'il fallait savoir se faire respecter, et se faire respecter commençait exactement là où il ne fallait pas fuir mais se dresser et faire face en coq-djame. Elle avait une sorte de hargne, inspectère, à se montrer plus fellagha que ses deux comparses, plus assoiffée de violence et de sang, prête à tout, comme pour prendre le contre-pied d'un univers qu'elle voulait abolir à jamais. Je ne comprenais pas cette enfant. Une telle violence n'était ni utile, ni très jolie, ni naturelle : *je ne la comprenais pas !* Je n'en finissais pas d'étudier cette énigme, inspectère. Il y avait quelque chose en elle qui relevait de la plus tendre enfance, en ce sens, c'était encore un bébé. Il y avait aussi en elle un semblant de femme, une féminité en devenir qui me ramena le souvenir, inspectère, d'une de mes vieilles amours à moitié oubliée. Mais à part cela, *tout le reste en elle n'était que diablesse d'acacia !* Elle tint une longue tirade sur la nécessité de passer aux choses sérieuses et que, s'il fallait de l'argent à rembourser aux tueurs, ce n'était pièce-pas avec ces bricoles de lêkêtê que l'on pourrait y parvenir. Il fallait aller chercher l'argent là où il se trouvait, en bonne masse et sans cesse, et en rafler une fois pour toutes un amas conséquent !… Elle récrimina ainsi durant plusieurs minutes tandis que le bad boy achevait de bricoler son Glock fatigué. Il était visiblement offensé et honteux que la Karo puisse les percevoir ainsi, apeurés, et je sentis en frissonnant que quelque chose s'était durci en lui. Quand il me dit de redémarrer et qu'on allait « passer à l'action », une fois encore je crus deviner qu'une des portes de l'enfer commençait à s'ouvrir…

(Le commandant de police se sentit envahi par l'image de Thérèse souriante, et par celle de sa petite Caroline tout aussi souriante, puis ces visions se dissipèrent dans des visions morbides qu'il eut du mal à réprimer... Depuis la mort de Thérèse, il pensait à elle avec tendresse, mais le plus souvent avec une sourde indignation : qu'avait-elle voulu signifier en exposant sa mort aux pauvres yeux de l'enfant ? Qui avait-elle voulu punir ?... Et puis : qu'avait vécu la pauvre enfant durant l'éternité de cette nuit-là ?...)

UNE TORTURE AU FRANÇOIS[1] – Il y aurait tant à te dire, inspectère, de toute cette folle virée qui dura

1. Extrait de l'enregistrement du tueur – Dossier 13 – Cote AC 167 – Page 50 – Annexe 415.

toute la nuit, et même : un lot d'éternité. Pour bien que tu comprennes, il aurait fallu que tu aies chaque détail, et que l'on s'attarde sur la compréhension parfaite de chacun des détails, ce qui ne veut pas dire que nous serions parvenus au réel de ce que j'ai vécu. Il n'y a pas de réel, inspectère, il n'y a que ce que l'on vit, et ce que j'ai vécu je peux essayer de te le dire, et je te le dis au mieux, mais en finale c'est toi qui devras l'imaginer à ta manière, et ça sera bien comme ça… Et donc hélas, nous n'avons pas le temps du détail, et tu risques d'éprouver une réelle fatigue en face d'autant d'insanités. Si bien que je te passe certains détours, tous autant affligeants les uns que les autres, pour en venir à cette maison du François où nous nous retrouvâmes…

C'était dans ce fameux quartier du Cap-Est où les békés ont installé une sorte de ghetto de luxe, avec des villas féeriques et mystiques dans un déploiement d'arbres exotiques et de jardins surnaturels dont le gazon japonais va toucher l'eau, car les békés ont très bon goût en matière de jardins, de maisons et de conservation de leur vieux patrimoine. L'idée venait de la Karo. Elle expliquait que chacune de ces maisons était bourrée d'argent dans des coffres pharaoniques. Elle disposait même d'une adresse où le propriétaire était à la tête d'une série impressionnante de toutes sortes de commerces d'import-export et de traverse, et qu'il devait rentrer chaque vendredi soir chez lui avec une bonne mallette de chèques avant d'aller effectuer un dépôt à la banque, en compagnie d'autres liquidités monétaires qui provenaient de profitations pas toujours très avouables ou carrément pas catholiques. Et donc, me voici à garer la DS auprès de cette maison, dans la partie la plus ombrée de l'immense mur d'enceinte. Moi, j'étais de plus en plus inquiet. Les villas de békés ont l'air faciles d'accès mais elles sont en réalité bourrées d'alarmes et d'attrape-nègres. Au moindre mouvement de mes trois imbéciles, je craignais de voir rappliquer une meute de gendarmes d'autant plus rapides et nerveux qu'il s'agissait d'un quartier dont le destin était lié aux fulgurances de leur carrière. Le mur d'enceinte disposait d'une base en moellons anciens venus d'Italie, surmontés de deux mètres d'un beau bois précieux importé du Surinam. L'ensemble était agrémenté de bougainvilliers, d'allamandas et de ces fleurs étranges que seuls les békés savent faire pousser tout au long de l'année. La grille était du style Empire et une plaque posée sur les barreaux occultait l'intérieur. Je cherchai longuement les minicaméras de surveillance. Je n'en vis pas. Je cherchai des capteurs de mouvements ou de modifications volumétriques. Je n'en vis pas. Tout de même dubitatif, je conseillai aux trois cochonneries de faire un tour attentif pour tenter de repérer je ne sais quelque antenne bizarre ou pupilles de webcam dans les angles stratégiques. Bien entendu, ils ne prirent pas la peine de suivre ces bons conseils. En désespoir de cause, je leur dis aussi d'y aller à la douce avec la grille d'entrée. De vérifier qu'il n'y aurait pas de petits fils discrets qui s'en allaient au long du mur vers je ne sais quelle attrape vicieuse, ce qu'ils firent avant d'essayer vainement de forcer la serrure. Heureux bonheur, aucune alarme ne retentit, ce qui ne voulait nullement dire qu'il n'y en avait pas eu. Je demeurai attentif au lointain pour tenter de deviner un mouvement, un infime déclic, le soupir d'un moteur de police ou de sécurité lancé tous feux éteints dans notre direction, mais rien ne se produisit. La grille n'était peut-être pas sous alarme. Je faisais assez confiance à mes facultés d'oreille, de sensation et d'intuition, inspectère, car elles m'avaient plus de mille sept cents fois sauvé la vie. Mais la technoscience au service des riches et des puissants évolue à une telle vitesse que tout restait possible et que bien des choses pouvaient être en mesure d'échapper à mes fabuleuses perceptions. Donc, je n'étais pas tranquille, inspectère. La Karo était restée derrière moi dans la DS à contrôler le manche du pic à glace. Je lui expliquai qu'il m'était possible de les aider pour gagner du temps à condition qu'il me soit possible de sortir avec eux. J'étais prêt à tout pour ne pas me retrouver environné d'un escadron de gardes mobiles. Si ces petits fauves tenaient à cambrioler cette grand-case, autant que cela se fasse sans trop de casse en ce qui me concernait. J'insistais tant qu'elle finit par appeler son bad boy sur son portable. Après maints conciliabules, ils acceptèrent que je sorte les aider. Pour ce faire (faut dire qu'ils étaient ingénieux comme des diables vénitiens), ils me relièrent les pieds dans une série d'anneaux crantés reliés entre eux, ce qui m'obligeait à marcher à petits pas de jeune fille vierge. Ils me lièrent le bras droit dans le dos, toujours avec un collier de leurs anneaux crantés, et m'entravèrent l'avant-bras gauche sur le torse, ne me laissant de libre que le bras avec lequel j'étais censé leur ouvrir la grille. Ce qui fut pour moi un jeu d'enfant avec un morceau de fil barbelé récupéré à ma demande dans une lisière proche. La grille s'ouvrit sans un grincement tandis que je retenais mon souffle, mais il n'y eut ni chien, ni nègre aux ordres, ni alarme audible. J'eus beau tendre l'oreille vers la grand-case qui se devinait tout au fond du jardin, je ne perçus aucun résidu de réaction susceptible de relever d'une alarme silencieuse. Le bad boy m'ordonna de rester près de la grille en compagnie du jumpie, lequel me tenait sous le respect du pic à glace. Le bad boy et la Karo (qui n'avait pas voulu en démordre) se faufilèrent ensemble vers la bâtisse. Les minutes s'écoulèrent, interminables, me rendant de plus en plus nerveux. Pour tenter de me distraire l'esprit, je me mis à causer au jumpie que je sentais plus tourmenté que jamais. Je lui demandai (je ne sais pourquoi, sans doute parce que c'était le seul sujet susceptible de provoquer une réaction chez lui) de me rappeler le prénom de sa mère. J'avais deviné juste, car il me répondit très naturellement qu'elle s'appelait *Sidoine*. Et c'est là, inspectère, sans même que j'en sois totalement conscient, qu'un vrai mouvement commença de se faire dans mon crâne. *Sidoine* était un prénom inusité depuis longtemps. Le simple fait que sa mère le portât me plongea dans une sorte de trouble. Je lui demandai quel âge elle avait, à quoi elle ressemblait, quelle était sa commune d'origine ?... tout un lot de questions précipitées dans un souffle discret. Mais lui me répondait par tellement de borborygmes, et autres éructations grognonnes, que je fus incapable de me dresser une certitude. J'avais connu une Sidoine, vieille histoire de ma vie d'avant l'armée, un amour éphémère que j'avais enduré dans les pourtours de Trinité, à l'époque d'une jeunesse romantique. L'affaire avait été intense et chaude, et surtout lamentable, et depuis toutes ces années, je ne l'avais plus revue ni même pensé à elle. Je me souvins avoir tenté une fois de la retrouver, juste avant ma militarisation, mais elle avait quitté le Robert pour Fort-de-France. Ses parents étaient morts, son frère était dans les PTT en France, et nul ne pouvait dire où elle pouvait avoir échoué dans son exode vers l'enfer de l'En-ville...

Il y eut soudain de la lumière dans la villa ! Même le jardin se mit à s'éclairer. J'imaginai le pire des désastres, mais aucun mouvement d'échauffourée ou de tocsin ne se faisait entendre. Un sifflement retentit, et le jumpie, me poussant devant lui avec le pic à glace, me dirigea vers la grand-case où nous entrâmes comme des profanateurs. Une magnifique demeure de style grand-case esclavagiste avec des meubles créoles, et des splendeurs de porcelaines, de vieil argent, de cartes marines, et d'un lot d'orchidées. Le bad boy et la Karo avaient surpris le vieux couple béké dans son sommeil. Ils les avaient attachés à des chaises en les saucissonnant de ruban adhésif. Ils les avaient visiblement frappés, brûlés, martyrisés, pour qu'ils avouent où se trouvaient leur coffre, leurs bijoux, et je ne sais quoi d'autre. Comme ils n'avaient pas obtenu de réponse, ils s'étaient mis à saccager la maison, à la mettre sens dessus dessous comme s'il s'était agi d'une perquisition policière. Quand nous entrâmes dans la pièce, ils étaient revenus à leurs pauvres victimes. La Karo, armée d'une pince coupante, menaçait le vieil homme de lui arracher une à une ce qui lui restait de dents. Pour le mettre en appétit, elle lui répandit sur les cuisses un mélange de Cutex et d'huile qu'elle enflamma d'un frôlement de briquet, ce qui précipita le vieil homme dans des gémissements d'agonie qui dépassaient à peine le bâillon de sa bouche. La vieille, terrifiée, les cheveux en bataille, semblable à un mélange de duchesse et de sorcière, avait reçu elle aussi plusieurs coups au visage. Sa nuisette était brûlée, chiquetaillée, et plusieurs contusions déformaient sa pauvre peau flétrie…

Un spectacle d'une navrance infinie, inspectère !

Mais ce ne fut pas là le pire.

Ora pro nobis !

Je fus bouleversé par la terreur qui se lisait dans les yeux de ces pauvres personnes. Je suis un habitué des terreurs, inspectère, je pourrais même dire que, jusqu'alors, cela avait toujours été pour moi une sorte de nourriture et de l'âme et du corps. Mais là, cette terreur que je découvris là, me terrifia moi-même. Elle me fit dresser les cheveux et les poils, elle me tordit le ventre et m'incendia le cœur. Étrange n'est-ce pas, inspectère, qu'une telle situation : *moi, traumatisé par la furie de ces enfants !* J'étais à deux doigts de pleurer d'incompréhension, de honte et de colère, et de pitié aussi. Je ne savais pas quoi dire, ni quoi faire, d'autant que j'étais très soucieux de modifier les traits de mon visage, la forme de mes joues et de mes yeux pour éviter que ces pauvres personnes soient en mesure de me reconnaître en quelque circonstance future. Rien qu'en voyant les lieux, je sus tout de suite où pouvaient se trouver l'argent, les bijoux, et les cartes bancaires. Je le signalai brièvement au jumpie qui s'en alla dans une partie basse de la bibliothèque, parmi les encyclopédies de pacotille, dégoter une sorte de boîtier qui ressemblait à une grosse Bible. Là-dedans, ils trouvèrent deux liasses de billets de cinquante euros. Dans la chambre, ils explorèrent à ma demande le dessus d'une armoire de Provence pour mettre à jour un amas de bijoux. Je leur indiquai enfin le dessous du meuble de bureau, mais rien n'y était accroché, et surtout pas de carte gold. Le bad boy, un peu déçu, la Karo encore plus, s'acharnèrent sur les vieux-corps pour tenter d'obtenir la cache des cartes gold ou autres platinium. Mais le vieux béké expliqua qu'il ne maniait pas ce genre de choses nouvelles et que ces modernités ne pouvaient se retrouver chez lui. Et donc, le pire, inspectère, comme je te le disais, c'est que plutôt que de regarder ses tortionnaires, c'est plutôt moi qu'il fixait avec des yeux exorbités ! Sa femme aussi ne détachait pas ses pupilles hallucinées de ma pauvre personne ! Dès mon entrée claudicante, ils avaient oublié les petits fauves pour concentrer leur épouvante sur mon unique personne, à croire qu'à mon apparition dans la pièce ils avaient vu la mort, *la mort elle-même en ses chairs et ses os !* Ce n'est pas (comme tu le penses) qu'ils me prenaient, du fait de mon âge, pour le commandeur de ces jeunes gens. Non. *Ils voyaient sans doute l'ombre résiduelle de l'Archange !* Ils avaient je ne sais comment cette sensibilité-là ! Sitôt mon arrivée, ils se mirent à trembler deux fois plus, à suffoquer une maille au-dessus, et ne parvinrent plus à détacher leurs yeux injectés de panique de ma pauvre personne. Je m'approchai d'eux (en gonflant les joues, en déformant les lèvres, en plissant des paupières) pour leur conseiller de dévoiler sans attendre où se trouvaient les cartes de paiement et leur coffre à trésor. Ce qu'ils firent là même en me regardant comme si le diable en personne les avait abordés. Le jumpie se précipita à l'endroit indiqué. Ils trouvèrent une belle masse de bijoux et de perles dans un coffret bien inséré dans les cavités secrètes d'un immense lit à baldaquin. Le bad boy, là encore obnubilé par les cartes de paiement, fut déçu de la récolte, et voulut continuer les tortures. C'est alors que je lui conseillai de lever les amarres au plus vite ! En examinant les coins et les recoins, j'avais découvert les petits fils que je craignais, petites installations rajoutées au système électrique initial, et qui suivaient les encoignures, maillaient les ouvertures, avant de disparaître quelque part dans la cuisine. Je leur expliquai qu'il y avait une alarme dans cette maison, qu'elle était silencieuse et que nous avions intérêt à nous retrouver très loin d'ici dans les sept secondes à venir. Je leur dis tout cela avec une telle autorité qu'ils me crurent sans discuter…

La Karo et le bad boy s'étaient enveloppé la tête de bandelettes adhésives, de même que le jumpie. Le seul à avoir le visage découvert était, hélas, moi. J'en étais infiniment contrit, mais j'avais veillé à tout instant à modifier mes traits, ce qui devait suffire à me rendre méconnaissable. Car le visage reflète avant tout l'esprit, inspectère, et je dirais même qu'il reflète l'âme. Or, je te le dis en tranquille confidence, mon âme est d'une sorte multiple, inspectère. Elle peut être minérale, végétale, animale, boueuse, fibreuse, métallique ou liquide. Je peux ressembler à un vieux fromager, ou à un manicou, ou à une falaise ciselée par le vent. Je peux faire de mon visage un océan ou bien un marigot, un ciel d'orage ou une savane d'herbes cabouya. Celui qui me regarde est envahi par cela, son esprit est fasciné par ce que je veux, par ce que je projette, et s'il me fixe ou qu'il me voit, il voit ce qu'il lui sera à tout jamais impossible à décrire. Mais quoi qu'il en soit, j'étais consterné de me retrouver dans de telles situations à visage découvert et en pleine lumière. Avant de partir, la Karo se mit en demeure d'effacer à l'eau de Javel pure toutes leurs empreintes, cela avec une minutie et une rapidité stupéfiantes. La voir agir me confirma dans l'idée qu'elle connaissait toutes les techniques de la police, à une intensité qui n'était pas très ordinaire. Nous quittâmes la grand-case en emportant ce qu'ils avaient raflé dans le frigo : du foie gras, deux bouteilles de champagne, des tablettes de chocolat Elot… La Karo, elle, avait emporté quelques vêtements de marque et une paire de chaussures à talons aiguilles. Quant aux vieux, ils les avaient proprement assommés à coups de dictionnaire. Quand nous fûmes dans la DS, ils prirent le temps de me réinstaller le fil de fer sur la gorge, le pic à glace dans le dos, de m'entraver les mains sur le volant de manière coulissante, avant que je ne lance le moteur et que nous disparaissions comme des rats dans la nuit…

Alors que nous nous éloignions, je m'aperçus que la maison était en flammes ! La Karo, qui s'était attardée aux arrières, avait sans doute incendié les endroits où ils s'étaient tenus afin de ne pas laisser une resquille d'ADN qui soit interprétable. J'espérai que l'incendie n'aurait pas le temps de carboniser les deux vieilles victimes, et (crois-moi si tu le veux, inspectère !) je me surpris à leur imaginer une petite prière. Non que je sois croyant au-delà de l'Archange, inspectère, mais une vie est une vie, et toute vie est à respecter quand elle est respectable, et c'est de ne pas respecter la vie que beaucoup de gens devaient être châtiés de la manière la plus sévère possible, mais quand la vie est ordinaire, qu'elle n'a pas commis de mal extraordinaire, c'est un sacrilège que de lui porter atteinte de cette manière, sans grâce, sans principes et surtout sans une raison valable ! Voilà que je ruminais, tandis que la DS fonçait par les petites routes et que nous entendions dans le lointain les sirènes de police et les ronflements des bus de gendarmerie…

Il fallait les voir examiner les amas de bijoux comme des enfants, à se passer les bagues aux doigts, s'enfiler les colliers et s'accrocher les broches. Ils avaient largement de quoi indemniser les Anglais mais, plutôt que d'y penser, *ils jouaient*, c'est le mot, inspectère, ils jouaient avec leur butin, fasciné par les billets d'euros et les étincelles de saphirs, d'or, de perles ou de diamants !… Moi, je ruminais de très sombres pensées, parmi lesquelles ce sentiment lointain que le prénom de la mère du jumpie avait soulevé en moi. *Sidoine !* Il y avait eu une Sidoine que j'avais aimée, oui je l'avais aimée ! Et j'aurais sans doute pu l'aimer toute ma vie. Le pire, c'est que je ne parvenais plus à savoir pourquoi nous nous étions quittés. C'est là qu'il faut savoir, inspectère, que l'amour est le plus étrange des sentiments, non seulement il peut changer le monde, et tenir en respect la plus puissante des existences, mais c'est comme une lumière instable qui flamboie, qui diminue d'intensité, sans même que l'on s'en aperçoive, mais le pire, c'est que brusquement *il peut muter*, se transformer en amitié, en vague indifférence, en attachement lointain… C'est étrange, les mutations de l'amour, inspectère ! Votre passion qui soudain devient comme votre sœur ou votre mère, ou qui soudain vous paraît aussi désenchantée qu'un marigot sans crapauds et sans lune !…

J'avais roulé au hasard. Nous ne tardâmes pas à nous retrouver dans les environs du Vaudin, dans une passe déserte où quelques villas endormies se dessinaient sous les reflets du ciel. Mon intention était d'arrêter la voiture et de tenter une discussion sérieuse avec eux. Ils avaient de quoi rembourser les Anglais, je pouvais en un rien de temps leur trouver un véhicule, ce qui leur permettrait de me laisser partir et d'aller conclure leurs affaires sans moi. Je n'avais même pas ouvert la bouche que la Karo (qui semblait avoir pris la direction des opérations) se mit à zieuter la villa devant laquelle je m'étais malencontreusement arrêté. La lisière laissait deviner une grande demeure tout en bois du Brésil, de gros arbres lui ajoutaient une aura de mystère, et, sous les effets de la lune, des milliers de fleurs diffusaient une touche de pâleur féerique. La Karo déclara qu'il serait facile d'entrer là, et de rafler en quelques minutes deux-trois bijoux et des cartes de paiement, en sorte de poursuivre l'amusement. La torture au François semblait avoir déchaîné chez elle une hormone meurtrière. Elle avait les yeux brillants, et presque une petite mousse de vanité aux commissures des lèvres. Les deux idiots se conformèrent à son envie. Tous se mirent à examiner la villa, ce que je fis aussi en ressentant là même une sorte de malaise.

« C'est pas une bonne idée… » Je le leur avais dit instinctivement sans pouvoir discerner ce qui me poussait à exprimer cette sensation. « Awa ! » La Karo sortit bientôt de la voiture, suivie du bad boy, tandis que le jumpie se glissait à l'arrière pour me tenir au bout du pic à glace. Ils s'attaquèrent à la serrure en imitant ce qu'ils m'avaient vu faire. Ils devaient être très observateurs, car la grille s'ouvrit presque immédiatement, et tout immédiatement une alarme résonna et trois pitbulls jaillirent sans aboyer pour se jeter sur eux. Ils eurent le temps de refluer vers la voiture où ils durent batailler des pieds pour empêcher les fauves d'investir l'habitacle. Les monstres tournoyaient autour de la DS tandis que les lumières explosaient dans la villa. Les pitbulls se jetèrent sur le capot, et entreprirent de vouloir traverser le pare-brise. À l'idée de ces griffes et de ces crocs sur le noir de ma tôle, éraflures, éraillures et autres égratignures, je me sentis envahi de colère, inspectère, mais une colère totale, pas seulement contre les chiens, mais contre toute cette nuit, ce jour, cette vie, ce pays ! Je poussai un grognement de rage et d'impuissance qui résonna tellement fort que les chiens se turent, et refluèrent en silence avec les oreilles basses vers la villa maudite…

Je démarrai tranquillement la DS et repris la route tandis que les trois petites teignes me regardaient avec ce qui aurait pu être de la sidération si une telle émotion se trouvait accessible au cerveau reptilien. Seulement, cet épisode n'était pas resté sans effet sur moi, inspectère, et c'est cela que je voulais te confier : *indépendamment de ces fauves aux abois, je commençais doucement à entrer en moi-même, inspectère, mais d'une manière inhabituelle, pas sur les ailes de l'Archange avec la toute-puissance et la haute certitude, mais avec des yeux de réalité sèche, surprenante, incompréhensible le plus souvent, et qui me versait dans de bien tristes lucidités !* Toutes ces réactions que je provoquais, celle du dealer-maquereau des Terres-Sainville, celle des vieux békés, et maintenant celle de ces pitbulls de merde, me précipitaient dans une catégorie de la tristesse. Ces chiens barbares avaient certes entendu mon grognement, mais pendant quelques centièmes de seconde, inspectère, leurs yeux avaient croisé mon regard à travers le pare-brise. Le reflux avait été immédiat, il avait même commencé une microseconde avant que mon grognement ne retentisse ! Je voulus me persuader qu'ils avaient vu un reliquat de l'Archange, mais quelque chose me disait de plus en plus *qu'ils avaient vu la Mort*, pas l'auguste lumière du maître des châtiments, mais la sombre et très horrible grouillance de la mort sans espoir, le non-vivant le plus repoussant, le plus abject, le plus cruel, le plus absurde ! Je ne m'étais jamais posé la question en ce qui concernait mes victimes : tout en moi leur signifiait que le châtiment divin était enfin venu, *leur terreur était liée à la lumière implacable qui émanait de moi*, mais là, alors que je me trouvais sans intention, avec juste l'idée de trouver comment me sortir de cette mauvaise attrape, *ceux qui savaient voir voyaient en moi quelque chose qui les terrifiait*, et cette terreur montait d'un abîme de répulsion, d'horreur, de panique liée à ce que l'impensable d'une existence pouvait avoir de plus monstrueux ! Je me mis à ruminer autour de quelques vieilles lectures. De sombres images me défilaient dans l'esprit tandis que je roulais vers la ville en empruntant tout ce qu'il pouvait exister en chemins-chiens et traces d'entre-les-bananes… Voyaient-ils le visage à grandes dents de Dracula ? Les poils du Minautore, la pupille jaune du Cyclope d'Ulysse ? Quelque forme approchante des harpies, ou de la Méduse aux cheveux de serpents et au regard de pierre ? Cela pouvait aussi être des visions de soucougnan, de bête-à-Man-Ibè, de dorlis ou d'engagé à quelques maléfices sans nom… Mais ces créatures créoles, si elles étaient terrifiantes, n'avaient aucune description connue, nul ne pouvait donc les reconnaître en moi. Et donc, me voyant moi, et seulement moi, ils voyaient une occurrence du pire, et crois-moi si tu veux, inspectère, cela me fit de la peine…

Je parvins à rejoindre Fort-de-France et à déboucher à la Dillon. Cette cité populaire qui dormait en bordure de la ville était des plus calmes : quelques touffes de dealers çà et là, des mouvements de moto, mais rien d'anormal n'attira mon attention. Je supposais que tous les policiers du pays devaient déjà être à la recherche d'une DS noire : bien que je restais persuadé que ma DS recelait elle aussi une dose d'invisibilité qui la rendait indescriptible, non parce qu'elle était noire dans la nuit, mais parce que l'Archange en ses proximités la baignait de son aura… Dès lors, dans le silence de ses huiles et de ses suspensions, elle passait pour un pan de ténèbres dérivant au gré des invisibles du monde. Mais la Karo, de plus en plus excitée et imaginative, m'ordonna de m'arrêter. Ce qu'elle avait vu était un magasin de matériel hi-fi et de téléphonie, sans doute bourré de ces technologies inutiles que les jeunes manipulent sans fin avec le sentiment de ne pas pouvoir vivre sans. Elle indiqua à ses comparses que la grille d'entrée était bien dégagée, et qu'il suffisait d'y balancer la DS à fond pour récupérer en quelques secondes un bon stock de matériel high-tech… *Voilà exactement ce qu'elle leur dit !... In extenso.* Tu ne me croiras pas, inspectère, mais l'idée de voir ma DS transformée en voiture-bélier pour dérober des cochonneries me plongea dans une pétrification glaciale. Pas de colère, pas de désespoir, pas de rage animale, pas de sentiment d'impuissance, seulement la pétrification glaciale qui était quelque chose que je ne connaissais pas ! Maintenant, à y réfléchir, peut-être qu'à l'entendre évoquer cette éventualité, elle m'avait transformé d'un coup en cette Mort elle-même, cette Mort en chair et en os que ces pauvres gens n'arrêtaient pas de voir en moi alors que je n'avais nulle hostilité contre eux. C'est alors que je compris que j'allais mourir par ce maudit pic à glace qui me percerait la moelle, avant que le Glock du bad boy ne me crache dans la nuque une de ses ogives rouillées ! C'était évident, car il était hors de question, mais vraiment hors de tout possible, inspectère, que ma DS puisse servir à une chose pareille ! Et donc, j'étais déjà mort, et cette mort je l'acceptais d'avance, c'est pourquoi je leur dis une fois encore « ce n'est pas une bonne idée », de la manière la plus calme et la plus définitive possible. Ce qui attira leur attention. Ils restèrent un moment attentifs à ce qui se passait en moi. Faut dire que je les déroutais de plus en plus. Qu'ils percevaient des choses obscures et incompréhensibles qui émanaient de moi sans qu'ils soient en mesure de comprendre ou de préciser ce dont il pouvait bien s'agir. Je me mis à leur expliquer qu'il valait mieux garder cette voiture intacte, et qu'il était facile de récupérer une des voitures qui se voyaient tout au long des trottoirs. Je pris la peine de leur expliquer comment se trouver un autre véhicule, comment l'ouvrir avec juste une tige de fer, une bonne accroche, et un petit geste sec. À mon grand étonnement, ils suivirent mon idée. Il y avait sans doute eu dans ma voix le souffle de la désespérance, et ce souffle savait être convaincant. C'est la Karo qui se chargea d'ouvrir une petite 206 qui se trouvait dans un coin du parking. Avec ma méthode, elle ne s'y reprit qu'à trois fois. Le bad boy la rejoignit et, ensemble, ils firent démarrer la voiture en faisant sauter le Neiman comme je le leur avais expliqué. Ils foncèrent sur le rideau de fer qui protégeait l'entrée du magasin. La voiture pulvérisa et le rideau, et le dispositif vitré qui se trouvait derrière. Un fracas épouvantable qui dut s'entendre jusqu'à Sainte-Lucie. Ils bondirent à l'intérieur et y disparurent quelques instants…

Je me retrouvai une fois encore avec le jumpie, qui en profitait une fois encore pour faire sonner le portable de sa mère. Le téléphone tomba une fois encore en messagerie, et il parut une fois encore plus que dépité. J'en profitai pour lui demander où habitait sa mère. Il me répondit que c'était la case juste à côté de celle du bad boy, tout en hauteur. Je lui conseillai d'appeler une voisine pour avoir des nouvelles, mais cette idée ne sembla pas lui plaire. Il essaya une fois encore, et je le sentis frémir quand quelqu'un décrocha. À la tête qu'il fit je compris qu'il s'agissait d'un des maudits Anglais. Il leur demanda en criant hystérique où se trouvait sa mère, qu'ils n'avaient pas intérêt à la toucher, et que l'argent de la marchandise avait été volé par son beau-père. Il leur dit aussi qu'il était en mesure de tout leur rembourser en bijoux et euros, à condition que rien ne soit arrivé à sa mère. Je l'entendis écouter ce que lui disait l'Anglais, puis je le vis raccrocher avec le regard trouble et la respiration rauque. J'éprouvais une inattendue tendresse pour ce pauvre garçon. Pas seulement à cause de sa nature pitoyable, mais du fait de quelque chose d'indéfinissable que je n'allais pas tarder à découvrir. En moins de deux minutes la Karo et le bad boy furent de retour avec des sacs gorgés de toutes sortes de petits matériels téléphoniques, iPod, tables graphiques, écouteurs, magnétos, portables, et autres inutilités devenues indispensables à la vie de maintenant…

Je démarrai en trombe, et me précipitai dans une enfilade de ruelles, essayant d'imaginer par quel circuit la police aborderait notre poursuite. On entendait la ville résonner des sirènes. Le ciel lui-même reflétait en certains endroits le flamboiement des gyrophares. Je voulus déboucher sur l'avenue Maurice-Bishop, quand je tombai sur un barrage de police en train de s'installer. Les policiers avaient disposé une voiture en travers de la route. Une seconde manœuvrait pour l'obstruer entièrement. Je fonçai sur eux, ce qui provoqua une panique générale. Tous s'écartèrent tandis que le bolide des ténèbres passait entre les deux véhicules et s'élançait dans l'avenue Maurice-Bishop. Sans doute se lancèrent-ils à ma poursuite, mais la foudre ténébreuse se glissait dans les interstices et dans les invisibles, et nul ne pouvait ni vraiment la voir passer ni rien deviner de ses voies et passages… […]

LE BOITEUX[1] – Les Anglais avaient donné rendez-vous au jumpie derrière l'aéroport, dans une zone affectée au fret et à quelques commerces qui n'ouvraient que le jour. L'endroit était vaste et désert. Il bordait une zone de mangrove qui s'ouvrait sur la mer. Le bad boy et le jumpie avaient passé près d'une heure à se mettre d'accord sur la somme qu'il faudrait leur remettre et à choisir un à un les bijoux et autres cadeaux high-tech qui compléteraient l'affaire. Ils disposèrent le tout dans un sac malgré les récriminations de la Karo qui proposait de descendre les tueurs et de tout garder du fruit de leur travail. Elle s'engueula longtemps avec le jumpie qui la traitait de tous les noms. Le bad boy eut bien du mal à les calmer tandis que nous parvenions sur les lieux du rendez-vous. Nous longeâmes la zone de fret, et continuâmes vers la mangrove, dans la zone la plus obscure. Je savais que ce n'était pas une bonne idée de se rendre dans ce lieu. Même si le bad boy avait préparé son vieux Glock et que le jumpie s'était aiguisé un couteau répugnant, j'avais la certitude qu'ils étaient en train de se jeter dans l'impasse sans horizon d'une parfaite déveine. La première voiture surgit d'une ombre et se mit en travers devant nous. La seconde fit de même à l'arrière, me collant au plus près pour m'enlever toute occase de manœuvre. Pour me sortir de ce tracas, il aurait fallu que j'abîme ma DS, ce qui était hors de question. Je stoppai donc le moteur et attendit calmement, c'est-à-dire en créant au plus profond de moi toutes les dispositions qui me permettraient de réagir à tout. Le bad boy jaillit du véhicule à la rencontre des ombres qui se positionnaient autour de nous. Il avait

1. Extrait de l'enregistrement du tueur – Dossier 13 – Cote AC 180 – Page 10 – Annexe 415.

l'intention de les intimider sur les modes du western, mais des coups de feu claquèrent et le bad machin se retrouva hurlant et gigotant au sol. La Karo sortit comme une enragée, un couteau de scout en oriflamme, mais deux ombres la maîtrisèrent et la jetèrent au sol comme un sac d'herbes-lapin. Le jumpie, lui, plus avisé, était sorti du véhicule à genoux et présentait au-dessus de sa tête le sac des euros et des bijoux qu'ils avaient préparé. Moi, j'étais demeuré impassible au volant, avec l'esprit proche de l'éther, m'efforçant de ne penser à rien, d'aller au vide total qui me permettrait de réagir comme la foudre pour me sortir de cette attrape. Deux des Anglais maintenaient en joue le bad boy blessé et la Karo dont la tête avait heurté le sol. Le troisième avait arraché le sac des mains du jumpie, en avait examiné le contenu, l'avait mis à l'abri sur le siège d'une de leurs voitures, puis était revenu en boitant vers le jumpie tremblant pour l'interroger à propos de la recette perdue. Ce dernier balbutia une fois encore que l'argent de sa vente mensuelle avait été subtilisé par son beau-père et qu'il n'avait rien à voir là-dedans, que cela s'était passé durant les deux jours qu'il avait passés dans un semi-coma suite à une mauvaise dose, sans doute coupée avec de la mort-aux-rats. L'Anglais boiteux, insensible à toute explication, se mit à le gifler à coups de pistolet, à le piétiner en lui demandant où se trouvait l'argent, et lui ordonnant de le leur rendre immédiatement. Comme le jumpie sanglotait toujours la même histoire, ils se mirent tous à le piétiner sauvagement en lui arrachant des bouts de peau et des giclées de sang. Le bad boy en oublia ses douleurs pour se mettre à hurler que le jumpie n'avait rien à voir là-dedans et supplier qu'on épargne son compère. Il expliqua d'une voix amygdalienne que le butin qu'ils leur avaient ramené compensait très largement la perte dont ils étaient victimes. Le jumpie entra lui aussi dans la ronde des suppliques en demandant de l'épargner, qu'il leur donnait tout ce qui avait été amené, et s'engageait en plus à leur rembourser la somme perdue dans les huit à dix jours. L'Anglais boiteux à la mine effroyable se mit à hoqueter sous les effets d'une furieuse impatience. Tandis que le jumpie hurlait sur tous les tons possibles de l'épargner, ne changeant de gamme que pour s'enquérir de l'état de sa manman, le boiteux lui appuya son canon sur une bosselette du front en lui ordonnant de se taire ou de révéler dans l'illico presto où se trouvait l'argent. Le boiteux avait à peine achevé sa tranchante injonction qu'une convulsion de son index déclencha le tonnerre. Je fermai les yeux pour ne pas voir ce qu'il advint de la tête du jumpie, ce qui ne fit que donner un relief terrifiant à ce que j'imaginais sans peine et en cinémascope. Sans souci du remugle de sang et de cervelle qui brûlait l'oxygène, les Anglais se mirent à s'engueuler comme des marchandes-poissons. Le boiteux convulsif expliquait à celui qui semblait diriger les manœuvres que le coup était parti d'une sorte inopinée. Ils se mirent en désordre vocal quelques minutes encore puis, désemparés, concentrèrent leurs espoirs sur le bad boy et la Karo. Ces derniers étaient tellement foudroyés par ce qu'ils venaient de voir qu'il fut impossible de leur sortir ni un geste ni un mot. Considérant qu'ils étaient leur unique chance de récupérer la recette perdue, ils décidèrent d'emmener le triste couple avec eux dans une de leurs bases.

Et c'est alors qu'ils s'intéressèrent à moi.

Tout avait été si vite que j'avais été invisible durant tout ce temps-là. Tétanisés, ils enclenchèrent leurs armes dans un ensemble impressionnant, et me mirent en joue durant quelques secondes, le temps pour eux de comprendre mon étrange situation. Ils ouvrirent lentement les portières de mon côté en me tenant toujours en joue, et me découvrirent attaché au volant, fil-de-ferré à l'appui-tête, sanglé par des tendeurs, le dos mis au supplice par un long pic à glace. Ils s'étonnèrent de l'ingéniosité du dispositif tandis que je leur expliquais en créole que je n'avais rien à voir dans tout cela et que j'avais été kidnappé par ces jeunes bêtes sauvages. Ils coupèrent les anneaux, défirent le fil de fer et les tendeurs, enlevèrent le pic à glace. Je pus enfin sortir lentement de la DS, et m'allonger tout aussi lentement sur le capot brûlant comme ils me le demandaient. Je vis le boiteux fouiller l'intérieur du véhicule, voltigeant mes CD, mes cartes et autres petits objets personnels. Ils trouvèrent sous le siège le reste des euros et bijoux que les petites bêtes sauvages avaient mis de côté, ce qui ne leur conféra aucune satisfaction. C'est alors qu'ils ouvrirent le coffre de la DS et découvrirent mes sacs, boîtes, coffrets, mallettes de matériel… En balayant avec leurs lampes de poche l'incroyable (et très impeccable) arsenal, ils devinrent silencieux comme des pierres de désert. Puis, brusquement en alerte, comme échaudés, ils reculèrent en me mettant en joue avec une précipitation qui laissait supposer un début de panique. Je me dressai tranquillement devant eux, bras levés, paumes offertes, le regard fixe. Ils m'examinèrent d'un air étrange durant plus d'une dizaine de minutes. Il leur était impossible de comprendre ce que pouvait être un individu qui trimbalait une telle artillerie dans sa voiture. Je ne sais pas pour qui ils me prirent, mais cela leur infligea un respect insurmontable, assorti de la plus grande prudence. J'en profitai alors pour leur répéter que je n'avais rien à faire dans tout cela, et que je voulais simplement rentrer chez moi sans avoir à me mêler de leurs affaires ni de quoi que ce soit. Je les vis hésiter et reculer en se déployant largement. L'un d'entre eux dégagea le véhicule qui bloquait l'arrière de ma DS. Je m'installai alors tranquillement au volant et démarrai sans qu'aucune réaction ne se produise de leur côté. La Karo et le bad boy se mirent à me pleurnicher de ne pas les abandonner aux mains de ces malades. Je baissai la vitre pour leur dire que la vie n'était pas facile et que tôt ou tard la divinité veillait à renvoyer à tout un chacun ce qu'il a cru devoir semer. Je m'en fus très tranquillement, ouvrant à fond la vitre pour respirer la fraîcheur de la nuit, la liberté aussi, et – *ordo ab chao !* – la fin de ce cauchemar… […]

JONCTION – Le commandant de police Éloi Éphraïm Évariste Pilon avait passé des heures à examiner tous les dossiers anciens, et à les mettre en relation avec les fiches nouvelles que lui fournissait le central autour de la folle équipée d'une DS diabolique. Il découvrit la présence d'une DS de ce type, et de même couleur, dans deux anciens dossiers qui pouvaient être attribués au tueur présumé. Il téléphona même à l'un des témoins d'une de ces affaires, qu'il réveilla en pleine nuit, pour l'interroger sur certains détails et connut l'excitation de sa vie : ce dernier lui confirma qu'il avait effectivement vu, le jour des faits, une DS noire garée à proximité du domicile de la victime. Il n'en avait parlé à personne car personne ne lui avait posé la question. Les incidents qui lui étaient relatés depuis les patrouilles de la Bac indiquaient que la DS folle était menée avec une maestria incroyable et un sens de l'anticipation qui révélaient l'action d'une intelligence exercée, très méthodique et froide. Éloi Éphraïm Évariste Pilon se dit qu'il était impossible que de jeunes drogués en incandescence et bacchanale nocturne puissent manier une voiture de cette manière, ni connaître à ce point comment dérouter les barrages et poursuites de police. Le fait qu'il s'agisse d'une vieille DS, et non de ces petits bolides obscurs à jantes nickelées que les jeunes adorent, ne cadrait pas non plus avec le « profil-fin-d'espèce » de ces bougres. Donc, il y avait de fortes chances que le conducteur de la DS soit le tueur en personne qui, lui, relevait d'une pathologie narcisso-sexuelle au déploiement organisé. Seulement, la présence des petits voyous à ses côtés n'était toujours pas concevable, sauf à considérer qu'il les avait pris à son service pour on ne sait quelle fioriture extravagante. Les psychopathes de cette nature prennent de l'expérience et leur mode opératoire évolue sensiblement au fil des années. Peut-être était-il passé à un stade d'agissement collectif où il impliquait d'autres personnes dans ses rituels. Si c'était le cas, les jeunes qu'il avait choisis se trouvaient en grand danger. Le commandant de police était à peu près sûr que le monstre ne les laisserait pas vivants après qu'ils aient été témoins de ses agissements ou qu'ils y aient participé à quelque degré que ce soit. Soudain, tout ce qu'il avait laborieusement écarté de son esprit s'imposa avec force.

Caroline, sa fille, était avec eux !

Les voyous identifiés étaient ceux avec qui elle avait rendez-vous ce soir-là. Elle se trouvait donc, elle aussi, dans la voiture du tueur. Elle aussi avait participé à toutes les agressions. Elle aussi risquait en fin de compte d'être proprement exécutée par l'effrayant dément. Le commandant Éloi Éphraïm Évariste Pilon vérifia encore quelques détails pour conforter son hypothèse, puis descendit chercher son Sig Sauer : un tueur était en ville et sa fille se trouvait en péril…

ACTE III

CHÂTIMENTS

Ibi deficit orbis, inspectère, ibi deficit orbis !

(Extrait de l'enregistrement du tueur.)

SERMONS[1] – Je m'étais dit que la police devait avoir encerclé les sorties de la ville et diffusé au maximum le signalement de ma DS. C'est donc avec un chagrin de chien que je me résolus à la dissimuler dans un coin des parkings désolés de la cité Dillon. Il me fallut quelques minutes pour récupérer dans les abords un nouveau véhicule : une petite voiture japonaise des plus consternantes, dans le coffre de laquelle j'effectuai le transbordement de tout mon matériel. Mon idée était de récupérer ma DS dans les jours suivants, en espérant que les mécanos-charognards aux aguets dans tous les coins de ce pays ne lui auraient pas démonté l'essentiel. Les collectionneurs de DS étant de moins en moins nombreux, et les survivants étant des hommes de goût, de tact et bonnes manières, le risque de la voir démantelée était minime, d'autant que les bêtes sauvages

1. Extrait de l'enregistrement du tueur – Dossier 13 – Cote AC 205 – Page 6 – Annexe 415.

qui infestent cette cité considéraient les voitures de ce genre comme une énigmatique antiquité. Je repartis au volant de ma japonaise avec un sentiment de consternation infinie auquel venaient s'ajouter les réminiscences navrantes des événements de cette nuit lamentable. Je passai par quelques petites routes oubliées, pour rejoindre l'autoroute en direction de Macouba bien en amont des barrages éventuels. J'avais ouvert toutes les vitres et capté Radio Nostalgie, et c'est donc comme cela que je pris la route vers chez moi avec cet étrange mélange de liberté retrouvée et de dévastation intérieure irrémédiable. Tout ce que j'avais vécu redéfilait dans mon esprit avec une précision telle que les émotions me revenaient intactes. À mesure que le paysage se déroulait de part et d'autre de ma conduite tranquille, je passais intérieurement, et avec la plus grande violence, de l'indignation à la colère, de la peur aux remords, de la mélancolie à la tristesse la plus misérable, de la sidération à l'incompréhension hagarde qui me laissait la bouche et bavante et ouverte. Et donc, inspectère, je ne saurais te dire quand où comment et pourquoi je fis brusquement demi-tour et me mis de nouveau en route vers la ville dans une sorte de grand calme intérieur qui provenait sans doute d'un arrière frémissement de l'Archange.

Impossible de te dire s'il s'était de nouveau éveillé en moi s'il s'était remis à m'habiter et à me « transporter », mais je me retrouvai bien vite aux abords de la cathédrale à longer le trottoir où le cracké s'était vu fusillé. La police avait déjà fait son travail. L'endroit où il devait croupir dans sa crasse et son sang était désert, juste marqué par les rubans phosphorescents que les experts utilisent pour protéger le théâtre d'un crime. Une délimitation légère qui, visiblement, avait été installée par routine : l'affaire avait sans doute déjà été versée au dossier des règlements de comptes entre dealers et drogués. Je garai la japonaise à quelques mètres de ce trottoir, et c'est à pied que je me rendis sur la tache de sang que l'on avait recouverte de sable et de son, et que j'y déposai une branche d'hibiscus fleurie, des fleurs jaunes que j'avais récupérées du côté des Hauts-du-Port, sur un balconnet de rez-de-chaussée. J'opérai au-dessus de la tache une sorte de recueillement. Je ne saurais te dire si j'avais murmuré une quelconque prière pour cette épave, inspectère, ou si je lui avais juste accordé une pensée de simple bénédiction, peu importe, *simplex sigilum veri*, l'idée était de lui signaler qu'il y avait encore de l'humanité sur terre, et que ce qu'il avait rencontré cette nuit-là, tout comme cette déchéance dans laquelle il s'était enlisé sans que personne ne vienne à son secours, était quelque chose que l'humanité ne pouvait pas admettre. *Hanm !* J'avais espéré qu'il soit encore là, encore vivant, pour le lui dire de vive voix et, le cas échéant, m'en aller le confier aux bons soins des urgences de La Meynard. Mais ce fut aussi bien qu'il ne le fût pas, car l'absence, inspectère, l'absence est le lieu d'une écoute formidable, d'une audience grandiose, elle reçoit et transmet mieux que bien des présences…

Puis, je regagnai ma japonaise *(moi dans une japonaise !...)* et dus pratiquer des ruses de mangouste à sept vices pour échapper aux patrouilles de police qui grouillaient dans presque tous les coins, et rejoindre le cimetière du Lamentin. Là, je me garai sur le parking, ouvris le coffre de la japonaise roulante, choisis un vieux Mauser allemand, et une longue lame tranchante d'origine turque. À l'aide d'un fil de fer, je refermai soigneusement le coffre de la japonaise à quatre roues et me dirigeai vers l'intérieur de ce charmant petit cimetière. Les tombes étaient de petits édifices dessinés à la traditionnelle des maçons du pays, les caveaux se voyant englobés par une sorte de chapelle. La famille pouvait s'y faufiler, y déposer fleurs, médailles, ex-voto et bougies, et garder tout cela à l'abri du vent, des poussières et des pillards en cadenassant la grille. Les allées étaient joliment fleuries, les croix élevaient une broussaille de géométries blanches très digne, le carrelage des caveaux prenait une substance opaline, et la lune, inspectère, la lune déversait sur l'ensemble une tranquillité que les morts, *coram Deo*, accueillaient en juste bénédiction.

Il ne me fut pas difficile de repérer les premiers crackmen installés dans l'habitacle de certaines tombes. Ils en avaient forcé les portes, et subissaient leur voyage infernal affalés comme des méduses empoisonnées par-dessus les caveaux. Au premier que je vis, malgré les brumes de son poison, je lui expliquai des choses très simples, inspectère, des choses que tu devrais admettre. À savoir que le moment de la mort était un horizon infini où tout devenait possible, dans le pire, la déveine ou la félicité, mille chemins, mille ouvertures, mille échappées tourbillonnaient devant le trépassé dans des mouvements d'ombre et de lumière, et de paix surtout, et que nos morts qui avaient tant travaillé, tant aimé, tant souffert, se tenaient en face de tout cela ; que certains étaient encore en train de réfléchir à la voie qu'ils devaient prendre ; que quelques-uns avaient emprunté une possibilité d'ombre ou une occasion de lumière ; que d'autres revenaient d'une erreur qu'ils avaient arpentée sur deux éternités… bref, que ce moment de paix était un moment d'hésitation, de crainte, de félicité sans fond et d'angoisses à la chaîne qu'il fallait respecter, et que le simple fait de ne pas le respecter était un attentat impardonnable, et que je ne pouvais pardonner ! *De profundis clamavi !* Après chaque sermon, de tombe en tombe, de profanateur en profanateur, il y eut du sang, inspectère, beaucoup de sang, et des os brisés, et des foudroiements qui ne laissaient aucune chance à la moindre échappée ni même au moindre hurlement. J'appliquai ce traitement à une dizaine de ces profanateurs avant de parvenir au comptoir des chefs dealers. Ils s'étaient positionnés dans un coin stratégique qui leur permettait de disparaître par plusieurs failles en même temps au moindre signalement de la police. Ils étaient une dizaine, casque de iPod à l'oreille, débraillés sur les tombes, entre les tombes, sur des chaises en plastique, acagnardés au fond de vieux transats, dans des bouts de fauteuils défoncés des hamacs désolés autour d'une jante de voiture transformée en barbecue à saucisses. Une table de camping se trouvait au milieu, et sur laquelle quelques-uns d'entre eux brisaient des dominos en buvant de la bière mélangée à je ne sais quel venin… Bref, une installation honteuse dans ce lieu que j'avais appris à respecter tout au long de ma vie. Je vois que tu es d'accord avec moi, inspectère, je le sens ! Quand même quand même : *un cimetière ! Un cimetière !… Terribilis est locus iste !* Je crois que dans une existence, inspectère, on rencontre nécessairement l'une de ces deux choses : la colère ou la philosophie. Cela se produit quand l'eau noie la farine du boulanger, que rien ne va, que tout semble dissocié, sans unité et sans fondement, que l'inadmissible, même l'impensable, se retrouve devant toi comme une majorette de 14 juillet ou comme une bête-à-Man-Ibè. Alors deux choses : *ou tu vas à la colère, ou tu vas à la philosophie !* C'est comme ça que naissent les philosophes, inspectère, je veux parler des vrais, quand ce qu'il y a à vivre ou à penser n'est pas possible d'être vécu ou d'être pensé. C'est bon qu'ils soient là, très inutiles mais très précieux, inspectère, car sans philosophie, il ne nous reste que la colère, la colère, inspectère, et le problème de la colère c'est qu'elle est très utile, désinfectante, prophylactique, radicale, reptilienne et donc très peu philosophique. J'ai la tendance philosophe, inspectère, mais sur la question des valeurs, je suis plutôt dans les caniveaux et les cacas de la colère ! Ces bêtes de la drogue se ressemblent toutes dans leurs manières, leur langage, leurs habits, leurs casques à musique, leurs colliers d'or et casquettes de travers, mais je distinguai là même celui qui devait en être le chef. Je me dirigeai sur lui, juste pour lui expliquer (dans l'ahurissement général) ce qu'était ce lieu pour nos morts qui avaient tant souffert, et ce qu'était ce moment d'infini que nous, vivants, devions infiniment respecter et encenser de *gloria infinitum sanctus* ! Ma présence tissée du sel de la colère, le son d'orgue de ma voix, et la puissance de mon sermon étaient tellement saisissants qu'ils avaient soulevé leurs casques à musique, et qu'ils demeuraient tous à me regarder avec des yeux ronds qui s'agrandirent encore quand l'Archange se réveilla et que le crâne du chef (accompagné de son casque à musique) fut expédié à dix mètres à la ronde avant que le Négateur n'abrège les mouvements convulsifs de son corps. Il y en eut très peu qui purent s'en aller par les voies qu'ils avaient préparées, mais ceux qui demeurèrent sur place, échoués dans une fixe terreur, inspectère, ne furent, durant quelques instants, un rien d'espace avant l'immense glaciation, que matière fracassée et que sang chaud giclant… *Abyssus abyssum invocat !* Quand je quittai ce cimetière, il était purifié, c'est-à-dire baigné des puissances assainies de la mort, de sa force verticale et de sa netteté fondal-natale…

À la station-service des abords de la Galleria, je laissai tout mon matériel dans le coffre, fermai soigneusement les portières de la japonaise mobile, et m'avançai dans cette cour des Miracles en détachant ma ceinture de cowboy, une grosse ceinture de cuir, munie d'une boucle argentée frappée d'un aigle traversé d'un long glaive, et c'est avec la boucle que je frappai tout ce qui se trouvait devant moi, inspectère, les voitures, les motos, les mobylettes, les bavardeurs, les fumeurs à yeux rouges, les buveurs et buveuses de bière, les chauves-souris humaines, les zombies à casquette et colliers d'or, les sniffeurs d'essence, je frappai avec une colère divine qui me faisait grogner comme un animal. En quelques minutes la place fut nette, et ceux qui n'avaient pas la possibilité de fuir ou de ramper se retrouvaient à gigoter dans un coin sous l'emprise d'une douleur qu'ils s'efforçaient de maintenir silencieuse pour ne pas déclencher un vieux retour de flamme. Le sang avait giclé, accompagné de dents, de poils et d'un peu de matière, car cette boucle est redoutable, au point qu'elle fut capable de fracasser la vitre blindée de ce maudit magasin. Je pus y pénétrer comme un mauvais cyclone, et m'adresser à ce personnel de nuit pour leur parler de notre petite Martinique, de notre jeunesse, de la déshérence spirituelle et mentale, de cet alcool qui faisait des ravages dans sa détresse, de cette détresse qui déconstruisait toute unité de leur personne, de cette folie désemparée des parents et de nous tous qui laissions tant de déchéances se développer auprès de nous, parmi nous, et en nous… *Miserere nobis !*… Et tandis que je m'adressais à eux, je brisai à coups de ceinturon tous les packs de bière, les bouteilles de rhum et de champagne, je saccageai tout ce qui pouvait contenir de l'alcool, et saisissant la boucle pour ne pas les blesser, je les châtiai un à un, homme comme femme, l'un après l'autre de treize coups de ceinturon ! Nul ne s'opposa à ce châtiment, et quand ma japonaise redémarra lentement, la station était elle aussi redevenue nette, propre, empreinte d'une aura de dignité et de respect, *fiat lux* !…

Dans la station, j'avais pris le temps de récupérer un vieil annuaire que j'examinai plus loin, dans un coin tranquille, près d'une cabine téléphonique. Je pus retrouver le téléphone du vieux couple de békés du François auquel je téléphonai sans attendre. Ce fut un de leurs fils qui répondit dans le fracas des sirènes de pompiers. Ses parents avaient été emportés par la police aux urgences et se trouvaient sans doute au bloc opératoire. Me prenant pour un de leurs amis, il eut le temps de me dire que leur pronostic vital était engagé, et qu'ils ne passeraient sans doute pas la nuit, et qu'ils n'avaient rien pu révéler concernant leurs agresseurs. Puis, il se tut en essayant de comprendre qui j'étais vraiment. J'expliquai au fils, qui n'arrêtait pas lui aussi de me dire : « Qui êtes-vous ?! Qui êtes-vous ?! », que ses parents avaient rencontré l'inadmissible de ce pays, et que cet inadmissible ne saurait demeurer impuni ! La vision que ce qui s'était passé donnait du monde, de nous-mêmes et de l'humanité tout entière était fausse, irrecevable, et donc j'attestai de toutes mes forces qu'il existait dans ce monde et dans cette vie, de la justice, du respect, de l'honneur, du sens et de la valeur, et que tout cela devait être désigné de la manière la plus rêche et la plus vive qui soit, *dixi* !… Je raccrochai alors qu'il me demandait encore : « Qui êtes-vous ?!… », ce à quoi je n'avais pas répondu, satisfait que tout cela lui soit entré dans l'entendement, et convaincu qu'il le répéterait à ses parents, à sa famille, ses alliés, ses amis, à la police et à toutes les existences du monde, qu'il avait entendu la voix de la justice, de l'exigence et du respect et que cette voix avait tenté de lui rendre l'espoir !…

Avec la cafetière japonaise, il me fut facile de me faufiler dans les ruelles de Trénelle, inspectère. Je trouvai très vite la maison de la mère du bad boy, du moins ce qui en restait car elle semblait avoir été incendiée. Des bataillons de policiers étaient encore sur place pour contenir la foule des voisinages. Je descendis de la japonaise, et me dirigeai vers la case de la mère du jumpie, la dénommée *Sidoine*, qui elle aussi était environnée de policiers et de curieux. Visiblement, elle avait été assaillie et le corps de sa propriétaire avait été emporté par le Samu ou par les pompes funèbres. Il n'y avait là qu'un cordon de police et les gens de la police scientifique qui analysaient l'intérieur sous de grands projecteurs. Je pus me glisser dans la foule et m'avancer suffisamment près d'une fenêtre pour entrevoir l'intérieur de la case.

Et c'est là que j'eus la confirmation de ce que je craignais. Sur le buffet, il y avait une photo du jumpie accolée à celle d'une jeune femme aux traits similaires : un fils et sa manman. Je reconnus Sidoine, ma Sidoine, cette belle enfant que j'avais aimée en des temps romantiques, *cor unum*, et que j'avais perdue sans trop savoir ni pourquoi ni comment. Je fus pétrifié par cette découverte, inspectère, car de rapides calculs, des lots de convergences, et d'autres détails troublants, associés à la sympathie mystérieuse que j'avais éprouvée d'emblée pour ce rat de dalot, me confirmèrent dans l'idée que *le fils de Sidoine, cet enfant perdu, ce jumpie dévasté, n'était autre que le mien !*

Mon fils, inspectère, tu te rends compte ?!

Les curieux amassés un peu partout accusaient les Anglais. Ils disaient que la Sidoine avait été massacrée de manière isalop, et que son fils bon à rien qui avait disparu l'était à cette heure probablement aussi. À tous ces gens, je voulus accorder quelque sermon sur l'état de notre vie, que c'était trop facile d'accuser les Anglais sans jamais se poser la question de soi-même, que ce qui infectait le monde nous infectait aussi, et que chacun de nous, à sa manière, augmentait l'infection, à tel point qu'il n'y avait plus ni d'effet ni de cause, juste cette déchéance que nous habitions et qui nous habitait, et qui s'alimentait autant de ce que nous faisons que de tout ce que nous ne faisons pas !... Quelques-uns m'écoutèrent, et d'autres fixaient l'ombre qui s'ouvrait dessous mon grand bakoua avec les yeux de l'incompréhension. Sans trop hausser le ton, je leur expliquai que l'inadmissible n'était pas admissible, que ce qui était arrivé là était de notre faute à tous, que la faute n'était pas quelque chose de visible, même de compréhensible, elle était faite de toutes sortes de petites démissions, de petites insignifiances, de petits accommodements, de négligences, de bêtises, et d'une perte de vue que dans la vie il fallait de la droiture, de la netteté, un rêve, un idéal, une hauteur et une intransigeance ! Je leur parlai aussi du tranchant de cette autorité qui depuis trop longtemps nous avait désertés, et qui devait retrouver sa haute place verticale dans tous nos horizons ! Ceux qui écoutèrent m'écoutèrent, ceux qui ne m'écoutèrent pas s'éloignèrent, mais nul n'osa m'interrompre ou me contredire, et je tournai le dos tranquillement à toute cette scène navrante. Je m'en allai discrètement au volant de ma japonaise à deux cylindres avec le cœur incendié, voire démantelé comme un corail au demain d'une tempête. J'avais passé la nuit avec une épave, sur mon siège, près de moi, inspectère, une épave repoussante que j'avais haïe et méprisée, une chenille sauvage que j'avais eu envie de tuer, une déchéance humaine, un jeune… un… un… un enfant perdu… Une petite marmaille qui vivait toutes les angoisses du monde et qui se retrouvait broyée par l'inadmissible de notre pays et du monde ! Je l'avais vue mourir, j'avais senti l'odeur affreuse de son sang et le remugle de sa cervelle, et il y avait sans doute encore, sur les pneus Michelin de ma DS, les matières qui avaient constitué une part de son existence, de son âme, cette flamme du vivant que je lui avais donnée ! J'avais passé une nuit avec mon fils, inspectère, entre la haine, et un rien de compassion, et un soupçon de sympathie, je l'avais vu et je l'avais perdu ! Mon unique fils ! *Odi et amo… Quare id faciam, fortasse requiris ? Nescio, sed fieri sentio et excrucior…*

Aux Terres-Sainville, je garai la japonaise vroom-vroom juste en face du maquereau qui s'était approché de ma DS lors de notre virée dans le coin, celui (tu t'en rappelles) qui m'avait vu et qui avait cru voir la Mort. En me voyant sortir de ma japovroom avec mon coutelas bien local à la main, il tomba à genoux, terrifié. Les autres s'égaillèrent dans les ombres et il se retrouva seul en face de moi, sur le trottoir, à regarder la mort en général, et sans doute la sienne en tout particulier. Je lui demandai simplement où se trouvaient les Anglais auxquels il avait donné le signalement de ma DS. Ce ne pouvait qu'être lui, l'informateur qui les avait si rapidement expédiés sur notre piste ! Il n'avait plus les moyens de parler, gorge nouée, amygdales desséchées, mais il trouva quand même la force de m'indiquer un bar dominicain situé derrière le cimetière des pauvres. Avant de m'en aller, je lui expliquai ce qu'était la vie, comment elle devait être honorée, respectée et comment tout être vivant était une merveille que tôt ou tard la mort allait engloutir, c'est pourquoi juste avant cet engloutissement, il nous fallait déployer du respect de soi, des autres, des animaux, de la lumière, des femmes, surtout des femmes, de tout ce qui existait, et nous tenir debout au mitan même de cette célébration ! Je lui précisai aussi que ceux qui ne respectaient pas les femmes, qui les battaient, les torturaient, les tuaient, ou mettaient leur corps et leur âme à l'encan, leur coucoune au pillage, ne méritaient pas de vivre, et que si lui poursuivait dans cette voie, je reviendrais en personne lui délivrer l'auguste châtiment sans-manman ! Je reconnais que tout cela ne dut pas être très clair pour lui. Même s'il hochait de la tête pour ne pas me contrarier, il ne dut pas y percevoir grand-chose. Mais la leçon avait tout de même été délivrée, non comme un soleil de transparence et de clarté, mais dans *cette fabuleuse injonction du signe* dont nous parle Héraclite ! Je regagnai ma japobouf que je démarrai lentement, tandis que le maquereau était encore à genoux, tremblant, la bouche ouverte, et les yeux assombris par le fait que ses cheveux avaient blanchi d'un coup, *dura lex, sed lex* !...

Je retrouvai deux des Anglais dans le bar en question. Le lieu était bourré de toutes sortes de créatures, jeunes femmes et manawas grassouillettes, venues de Saint-Domingue, leurs maquereaux, des dealers, et des oiseaux de nuit de toutes mauvaises espèces. Je vis les tueurs avant qu'ils ne me voient, venant sur eux, pâle, effrayant, impassible, le regard sombre, les ailes de l'Archange complètement déployées comme celles d'un aigle dans les grandes nuées du bon Victor Hugo. Ils durent se sentir effrayés par cette intensité totale car ils demeurèrent assis, lourds comme des containers, muets de cacarelle et d'incompréhension. Autour de nous, le bar s'arrêta de vivre, musique coupée, salsa déraillée, tandis que les clients quittaient la pièce pour rejoindre les trottoirs. Je leur demandai en créole où se trouvaient le jeune garçon et la jeune fille qu'ils avaient emmenés. Comme ils tardaient à me répondre, j'appliquai le Négateur à l'un d'eux qui demeura parfaitement immobile, statufié, sous le flot de sang qui lui sortait du cou et du bas-ventre. Il était sans doute déjà mort quand je lui tailladai les joues, les oreilles, les paupières et le nez, juste pour que son comparse, le boiteux, ait le temps de s'éclaircir quelque peu les idées. Ce qui lui permit de me communiquer précipitamment l'adresse où ils retenaient le bad boy et la Karo. Je lui demandai alors de me suivre pour soi-disant m'en indiquer le chemin, ce qu'il fit d'une démarche de robot démantelé. Nous traversâmes la foule sidérée, et montâmes dans la japo-teuf-teuf dans laquelle il s'assit raide comme un homme de pierre, le dos loin du dossier. Il n'ouvrit pas la bouche ni n'effectua le moindre geste tandis que nous regagnâmes la cathédrale dont une des portes latérales était encore ouverte. Elle était déserte. Un vieux ravet d'église, sans doute sourd et à moitié aveugle, nettoyait les bancs et les travées, préparant les lieux pour je ne sais quelle cérémonie prévue au petit matin. Le boiteux me suivit sans un mot sous la statue du saint Michel sous laquelle je lui demandai de s'agenouiller, et là encore je lui expliquai le sens de la dignité et du respect avant de lui appliquer le Négateur inversé, c'est-à-dire celui qui tranche tout simplement la nuque, qui déshabille toute la colonne vertébrale et qui va chercher au plus profond des fesses une artère tutélaire. Il demeura agenouillé devant le saint Michel comme une statue païenne et une source continuelle de sang…

Avant de m'occuper du bad boy et de la Karo, je voulus achever le travail que m'avait confié Capilotas. C'est pourquoi je me retrouvai à Balata, et que je sonnai à la porte de l'Archibald que tu connais si bien. J'étais devant sa porte quand tu surgis, inspectère, dans mon dos, avec ton pistolet au poing, m'ordonnant de jeter mon arme et de me mettre à genoux. Je suppose que tu avais deviné ma venue à partir de la photo, et que ta petite intelligence t'avait simplement conseillé de m'attendre là, et que je finirai bien par y venir avant la fin de la nuit. Bien vu, ça a failli ne pas se faire, mais finalement cela s'est fait ! J'ignore combien de déductions il te fallut additionner pour arriver à cela, mais je reconnais que tu as de l'intuition, inspectère, et donc que tu es quelqu'un d'intéressant, cela je l'ai perçu tout de suite ! Seulement, je n'ai pas peur de la peur quand l'Archange a déployé ses ailes ! Ton arme me sembla dérisoire d'autant que tu la pointais en tremblant, et que la mienne ne tremblait pas. Nous nous retrouvâmes donc face à face, nous mettant en joue l'un l'autre, avec une détermination équivalente même si je disposais d'une marge d'avantage. Nous aurions pu y passer la nuit, à nous regarder, et à nous évaluer. Je ne sais pas ce que tu vis en moi, mais dans tes yeux je lisais de la crainte, mais surtout de l'intérêt. Cela me fit plaisir que tu ne vis en moi rien qui ressemblât à la Mort et qui aurait pu te faire pâlir de la lèvre et blanchir des cheveux. C'était bon signe. De mon côté, je vis en toi un homme bien, inspectère, car j'ai beaucoup de respect pour la police. C'est à ce titre que je te reprochai tout de même l'inadmissible qui se produisait en ville dans les stations, dans les quartiers, dans notre jeunesse. Il y avait un travail qui n'était pas fait comme il fallait, et tu avais mieux à faire que d'essayer de stopper la sanctification divine sur quelqu'un comme cet Archibald qui n'en valait pas la peine. Donc, je perçus aussi en toi la peur, la crainte, le désarroi. Tu craignais quelque chose bien au-delà de ma personne. Quand tu finis par me demander : « Où est Caroline, où est Caroline ?! », j'eus du mal dans un premier temps à comprendre ta demande, et ce qu'elle venait faire là. Mais je compris qu'il y avait une faille dans ta détermination, et que cette faille je pouvais l'empoigner à ma guise. Je te demandai de t'avancer pour qu'on se mette à l'abri dans le jardin de cette maison, de t'agenouiller, de ranger ton arme et de te croiser les doigts derrière la tête pour que je puisse te répondre comme il faut. J'avais compris ton inexplicable enfer, et j'étais empli de compassion, c'est pourquoi je t'ai ordonné de ranger ton arme, de la garer dans son étui si tu le voulais bien. Je sentis tellement de désarroi chez toi que je me sentis infiniment proche, nous étions de même douleur et d'une nature un peu semblable. C'est pourquoi j'eus envie de tout te raconter. J'avais le sentiment que tu étais le seul au monde à pouvoir comprendre ce que j'avais vécu, et qui m'avait si salement bouleversé pour ne pas dire anéanti. Puis, après t'avoir tout dit, je réalisai que cette Caroline que tu cherchais était quelqu'un qui t'était cher, sans doute ta fille. Je me trompe ? *Ta fille, hein !?* C'est à force de calculs, et c'est maintenant que je t'ai raconté tout cela, que je me résigne à admettre que ta Caroline tellement aimée et désirée n'est autre que la Karo de mes enfers ! Ce petit monstre avait dû briser ton cœur de père. Cela m'émeut aux larmes, je te l'avoue. Celui que j'ai devant moi est un père dévasté par l'inadmissible du monde et de la vie tout comme je le suis – *annus horribilis !* – au bout de cette nuit de malheur…

CONFESSIONS – Le commandant de police Éloi Éphraïm Évariste Pilon n'avait pas longtemps hésité. Il avait transmis toutes les données du problème au colonel, exposé soigneusement les détails qui soutenaient ses conclusions, mais plutôt que de se lancer à la poursuite de la fameuse DS que toutes les patrouilles de la Bac recherchaient d'arrache-pied, il avait préféré se poster auprès de chez l'Archibald auquel il avait téléphoné. Il avait demandé à ce dernier de quitter sa maison, de se réfugier là où il voulait, mais en laissant de la lumière chez lui pour laisser à penser qu'il y était encore. Mais l'Archibald ne l'entendit pas de cette oreille : « Quoi que vous me dites là, commandant ?! J'ai peur de personne moi, je suis chez moi et c'est moi qui dois aller me cacher parce que je ne sais quel bougre fou mène sa folie dans sa tête, vous êtes bien gentil, commandant, mais faut pas pousser, si on me cherche j'ai de quoi fournir de la trouvaille et des surprises, et donc vienne qui veut venir, ma porte est grande ouverte, mais je vous avertis je serai responsable de rien, et que personne ne vienne me parler du Code pénal, car le Code pénal quand je suis chez moi, il est suspendu, niveau zéro, et il sèche tout seul là où il est pendu !… » Quant à la présence éventuelle de sa fille avec les voyous qui escortaient le tueur, le commandant de police n'en avait soufflé mot à personne. La consigne fut qu'on l'appelle immédiatement si la DS venait à être repérée ou arrêtée. D'après ce qu'il avait pu déduire des dossiers anciens, le tueur frappait le plus souvent deux fois. Il y avait donc sept chances sur dix qu'il achève le travail commencé, selon sans doute des modalités nouvelles, mais avec une quasi-certitude. Éloi Éphraïm Évariste Pilon s'était posté à quelques mètres de la maison de l'Archibald, dans sa DS, et il avait simplement attendu. C'était un coin très tranquille de Ravine-Vilaine, avec de grands arbres, quelques villas discrètes derrière de belles lisières. Celle de l'Archibald donnait sur la route par un petit portail disposant d'un léger renfoncement. La grille d'entrée était ordinaire, et même entrebâillée pour bien montrer que l'Archibald avait mis à exécution ses arrogantes menaces. Le commandant de police n'avait pas vu la petite japonaise se garer, il avait juste découvert cette silhouette impressionnante sortant de l'ombre d'un parking d'autobus et se dirigeant vers la petite entrée du jardin d'Archibald. L'homme était grand, massif, avec une démarche étonnamment féline, à croire qu'il lui était possible de flotter à quelques millimètres du sol. Il portait à l'épaule un sac de toile militaire d'un vert sombre. Un immense chapeau-bakoua lui couvrait le visage et retombait sur ses épaules comme des ailes de malfini. Le frisson désagréable qu'avait ressenti Éloi Éphraïm Évariste Pilon rien qu'en l'apercevant lui imposa une certitude : *il se trouvait en présence du tueur !* Son cœur s'était agité sur le rythme d'un tumblak. Il est fort probable qu'il ressentit à ce moment-là un sentiment de panique. Il se retrouvait seul en face de ce que la Martinique avait produit de plus dangereux. Mais il n'avait pas le choix, son objectif était de tout mettre en œuvre pour sauver Caroline, recoller les pots cassés avant que la cavalerie ne débarque, voir ce qui était possible pour la sortir de ce guêpier. Les événements étaient d'une gravité inouïe. La seule idée que sa fille puisse se retrouver en cellule à Ducos ou dans un box de cour d'assises lui tordait l'estomac. Ce qui l'effraya aussi fut que le tueur semblait seul. Où était passée la DS noire ? Où étaient passés les deux autres voyous et sa chère Caroline ? Les avait-il déjà exécutés ? Cette idée le remplit d'une urgence apeurée et rageuse. Il était alors sorti de la DS pour se diriger vers la terrible silhouette affairée à pousser tout doucement la grille de l'Archibald…

Maintenant, il se trouvait en face du monstre. Il l'avait mis en joue. Rien ne pouvait désormais l'empêcher de lui faire exploser toute la tête. Mais il avait soudain été impressionné par le sang-froid inhumain du tueur. Ce dernier s'était contenté de dégainer lentement et de le mettre en joue tout aussi tranquillement. Les minutes s'étaient écoulées comme cela, chacun jaugeant la détermination de l'autre. Le commandant de police crut se trouver en face d'une falaise rêche, sans perspective, sans horizon. L'homme n'avait pas peur. Il allait tirer quitte à se faire foudroyer en même temps. Peut-être se sentait-il invincible, protégé par quelque force supérieure comme c'est souvent le cas chez ce genre de malade. Ce face à face avait duré une grappe de minutes. Puis, d'un geste lent, le monstre avait relevé son bakoua, l'avait jeté par terre. Le commandant de police ignora comment interpréter ce geste. Le tueur voulait qu'il voie son visage et ses yeux. Le policier se retrouva transpercé par deux pépites sombres impossibles à caser. Deux pépites sidérales où rien ne pouvait se lire, que rien ne pouvait traverser, et qui ne reflétaient rien qui puisse émaner d'une âme ou d'un système nerveux. Éloi Éphraïm Évariste Pilon savait combien il pouvait y avoir de l'humanité dans le regard d'un animal, n'importe lequel, mais là, dans les yeux de cet homme, l'animalité pure, le végétal obscur, le minéral profond, l'opaque phylogenèse, étrangère, inatteignable, incomprenable, se devinait dans une concentration inouïe.

« Je suis le commandant de police Éloi Éphraïm Évariste Pilon, et je vous demande de déposer cette arme, vous êtes en état d'arrestation ! »

Il avait prononcé cette phrase rituelle avec toute la conviction dont il était capable. Son espoir était qu'elle introduise une légère distorsion qui lui aurait permis d'amorcer un échange, d'ouvrir à un quelconque « contact ». Il sentait sur sa poitrine le ronronnement du petit dictaphone, enclenché juste avant de s'approcher du tueur, et qui maintenant captait tout ce qui se disait. Mais le monstre était demeuré impassible. Inatteignable. Le commandant de police s'était senti exposé aux lentilles d'un scanner. Les pépites sidérales lui traversaient le corps, lui exploraient l'esprit, évaluaient les mouvements de son sang, décomptaient les battements de son cœur. Il s'était retrouvé mis à nu avec une intensité des plus insupportables. Éloi Éphraïm Évariste Pilon lui avait déclaré sa mise en arrestation, une fois, deux fois, trois fois, sans jamais ébranler la muraille qui se trouvait en face de lui. Il n'avait alors plus résisté à l'urgente nécessité de savoir ce qu'était devenue sa fille, si elle était encore vivante, ce qu'il avait pu en faire… Il lui avait posé la question sur Caroline. Le tueur avait enfin cillé des paupières. Quelque chose en lui s'était lentement transformé. Cette mue imperceptible avait effrayé le commandant de police qui s'attendait au pire, mais il avait perçu chez le monstre le surgissement inexplicable d'un vieux brouillard de compassion.

Il connaissait Caroline ! Il savait qui elle était !

Le tueur avait commencé à lui parler, il avait répété plusieurs fois : « Caroline, Caroline ? », ce à quoi le commandant de police n'avait pas répondu. Les petites pépites sidérales extirpaient malgré tout de lui toutes les réponses qu'elles désiraient. Le tueur lui avait demandé de ranger son arme, et de s'agenouiller. Le commandant de police n'avait pas hésité une seconde : c'était la seule voie du « contact », c'était aussi le seul moyen d'avoir des nouvelles de sa fille. Ils avaient reculé ensemble dans le jardin, le commandant de police s'était agenouillé en rangeant son arme dans son étui, sous son aisselle. Le monstre lui avait demandé où se trouvait l'Archibald, ce à quoi le commandant avait répondu qu'il était désormais à l'abri. C'est alors qu'une voix avait retenti de la lisière du jardin, juste derrière un manguier qui occupait l'espace. C'était l'Archibald qui tenait à la main ce fusil à pompe Mossberg 590 qu'affectionnent les marines. Il mettait en joue le tueur en lui demandant de baisser sou arme et de s'agenouiller à son tour. Le monstre, sans se retourner, lui avait demandé : « Êtes-vous Archibald Léonard Taillamé, fils d'Apocal Thélisson et de Marie-Reine Taillamé, des gens de Bellefontaine ? » Le commandant de police voulut conseiller à l'Archibald de ne pas répondre, et de s'échapper au plus vite quand l'incroyable se produisit. L'Archibald avait à peine répondu « oui », que la main droite du monstre s'était déployée de manière stupéfiante, à moitié invisible. L'Archibald s'était retrouvé avec quelque chose de noirâtre qui lui perçait la gorge, lui sortait par la nuque.

Un bec-mer !

Ces rostres de poisson que les pêcheurs faisaient sécher et que les majors utilisaient dans leurs rixes sanglantes. L'Archibald était resté debout durant quelques instants, avant de s'effondrer, foudroyé raide. Le regard toujours fixé sur sa proie agenouillée dans le jardin, le tueur s'était rapproché du cadavre, et, sans le toucher, il avait prononcé cette déclaration qu'Éloi Éphraïm Évariste Pilon n'oublierait jamais de toute son existence : « Archibald Léonard Taillamé, chien parmi les chiens, tu n'es qu'un chien, sans dignité et sans respect, moi, je suis un massacreur, un égorgeur de chose, un défonceur de chair, un déchireur de peau, un briseur de vertèbres, un démanteleur de hanches, d'épaules et de cou, un écarteleur de poitrine, un dérouleur de boyaux, et parfois un très goulu buveur de sang ! J'ai mordu, battu, écrasé, coupé et abîmé presque toutes les formes d'existence qui en valaient la peine, c'est-à-dire qui méritaient le châtiment divin, la frappe claire de l'Archange, et je suis même allé au-delà en ce qui concerne les fourmis, les mouches, les vers de terre, papillons, rats et raccoons, dont j'ai souvent dégusté le sang frit avec de l'oignon vert et de petits piments, et donc c'est moi qui te condamne et te damne à tout jamais… » Puis, le monstre s'était retourné vers le commandant de police, devant lequel il s'était dressé de toute son impressionnante stature. L'arme terrifiante pointée en direction de son œil, il avait commencé son étrange confession en passant en revue tout le détail de cette nuit incroyable qui l'avait bouleversé…

Le commandant de police avait souffert le martyre, durant près de deux heures, à se voir asséner cet effrayant récit. D'abord en s'apercevant à quel point le tueur et lui-même étaient proches, pas seulement pour la DS, le Sig Sauer SP 2022, la poésie, la musique, mais sur cette manière de penser les « valeurs » comme des machines à systématiser. Toutes ces notions très nobles, concentrées à l'extrême dans une célébration, finissaient par créer chez ce psychopathe un soleil noir : *un archange, vengeur et ravageur*. Puis, ce fut l'apparition de celle qu'il appelait la Karo. Le commandant de police avait eu du mal à admettre la relation qui pouvait exister entre cette créature qui lui était décrite et sa pauvre Caroline, mais il eut beau refuser cette évidence, elle finit par s'imposer d'elle-même.

Il se mit alors à souffrir l'au-delà du martyre.

On ne connaît jamais entièrement les autres, encore moins ses enfants. S'il avait toujours su l'immensité de ce qu'il avait raté avec sa Caroline, il n'imaginait pas ce qu'elle pouvait être loin de son regard ou en dehors de sa présence, ni ce qu'elle devenait si les ombres, présentes en elle comme en chacun de nous, se retrouvaient galvanisées par des forces singulières. Durant la complainte du tueur, le commandant de police avait bien souvent eu envie de vomir, ou de pleurer. Il en avait oublié jusqu'à sa propre mort que le canon du Sig Sauer lui rappelait pourtant, dans une évidence raide. Quand le monstre était parvenu à la fin de sa longue confession, avec l'exécution des Anglais, il s'était lancé dans une litanie de reproches quant à la manière dont le commandant de police avait éduqué sa fille, Caroline. « Vous n'avez pas été présent, vous n'avez pas été attentif, vous avez manqué de dignité et de respect, car c'est à travers ses enfants que se reflète le mieux ce que l'on est, ce que l'on sait, ce que l'on fait de la grâce, du ménagement, de la délicatesse, de l'attention soucieuse qui s'élève bien au-delà de soi ! Cette enfant, inspectère, n'est plus qu'un bloc de souffrance, une plaie vive béante qui la transforme, comme beaucoup d'autres qui se trouvent dans vos foyers de merde, en une petite torche d'indignité et de fureur ! Je vous accuse, oui toi, inspectère, d'avoir donné naissance à la Karo, tout comme je m'accuse moi, d'avoir donné naissance à ce bad boy, et à mon pauvre fils, qui a vécu sans moi, qui a tellement eu besoin de moi, et que je n'ai pas su reconnaître ni aider quand le moment le plus crucial de son existence était enfin venu !… J'ai vécu l'horreur durant toute cette nuit, inspectère, mais (maintenant que je pense à tout cela) j'ai vécu aussi un moment très précieux ! Un moment rare, irremplaçable, m'avait été donné d'aider mon fils, de le sortir de la nuit sans espoir où il s'était échoué, tout comme cette nuit avait été pour toi et la Karo une chance offerte par la divinité de vous retrouver, elle de te reconnaître, et toi de lui tendre enfin une main d'autorité, d'amour, d'humilité et de respect ! Et nous avons ensemble, chacun à un bout de la nuit, raté tout cela, et nous voici, toi et moi, face à face, avec le cœur en incendie et l'âme, toute l'âme, dévastée à jamais ! *Abyssus abyssum invocat !* Et mesures-tu cette ironie ? Moi, l'Archange, fils de l'Archange, l'habité de l'Archange, vengeur suprême, nettoyeur ultime, celui qui sanctifie les hautes misères du monde, incapable de reconnaître et de sauver son fils ! Et toi le kôlbôkô, l'homme de l'ordre, de la force légale et des valeurs sociales, toi qui as tant donné, toute ta vie, toutes tes nuits, tous tes instants à cet ordre et à cette force, tu ne pouvais que t'incliner devant l'enfer qui prospérait dans ta propre maison, ton propre ventre, ton propre cœur !… À quoi me sert cet archange que je porte, à quoi me servent toutes ces phrases latines que je ne comprends pas, et à quoi te servent cet ordre et cette force, ce Code pénal et cette procédure pénale auxquels tu as confié l'essentiel de ta vie ?! Pleurons, inspectère, nous ne pouvons que pleurer sur notre décadence que signale, de la manière la plus exacte, la plus cruelle, ce que sont devenus nos enfants !… »

Le commandant de police ne sut pas trop quoi répondre à tout cela. Il pleurait. Non seulement sur le sort de sa fille, mais sur cette proximité terrible qui s'était instituée entre lui et ce monstre. *Il était en face de lui-même, de son double d'ombre et de terreur*. Rien de ce qu'il était, ou de ce qu'il croyait, ou de ce qu'il disait ne lui était étranger. Et s'il n'avait jamais porté atteinte directe à des existences humaines, la somme de ce qu'il avait raté, l'addition de ses croyances et de ses valeurs résumaient toute sa vie policière à quelque chose de pas très éloigné de cette masse d'ombre arc-boutée devant lui, diffuse en plein mitan de lui. Le commandant de police se mit à lui parler comme on s'adresse à un confident, à lui exposer sa rencontre avec sa femme, son étrange mariage, l'irruption de l'alcool et des drogues dans ses pauvres amours. Comment il s'était passionné pour plus d'ordre et pour plus de justice justement parce que tout cela disparaissait de l'univers intime qui était le sien, et qui de fait se trouvait hors de sa portée. Puis, il lui parla de Caroline, comment elle s'était éloignée de lui sans qu'il s'en aperçoive, comment, après le suicide de sa mère, l'enfant était restée seule, toute une nuit, au pied du cadavre suspendu à une corde, et comment il l'avait progressivement perdue malgré d'immenses efforts désespérés, et comment après mille déboires il avait soupçonné en elle cet être effrayant appelé « la Karo », sans en avoir la moindre certitude, mais surtout sans se trouver en mesure de l'admettre. Il lui expliqua que cette nuit était sa dernière en tant que policier. Qu'il avait envisagé dès demain de la reconquérir, de lui consacrer le reste de sa vie, de son âme, pour simplement se rapprocher d'elle, sauver ce qui pouvait l'être. Puis, comme pour compléter tout ce qu'il y avait à dire et qui ne sortait pas, le commandant de police s'était mis à pleurer.

Le monstre avait alors remis son arme à sa ceinture, réajusté son énorme bakoua sur son crâne, puis commencé à s'éloigner du commandant de police. Ce dernier avait eu l'impression que le monstre pleurait lui aussi mais il n'en eut jamais la certitude. À sa grande surprise, il s'entendit lui dire : « Aidez-moi ! Aidez-moi à la retrouver… » Le monstre demeura un instant silencieux, puis répondit qu'il allait s'en occuper lui-même ; que le bad boy et la Karo étaient retenus quelque part vers le quartier Pont-de-Chaînes, et qu'il allait porter le châtiment sur le dernier Anglais avant de disparaître. Le commandant de police s'entendit chevroter : « Qu'allez-vous faire de ces jeunes ? » Le monstre répondit que, s'ils étaient encore vivants, il ne leur ferait rien, qu'il leur infligerait juste la leçon des valeurs. Il s'en allait encore quand le commandant de police le supplia de pouvoir l'accompagner. Il était important qu'il soit le premier à retrouver sa fille, sinon elle échouerait sans escale en prison et finirait devant une cour d'assises. S'il la retrouvait, il lui serait possible de voir ce qui pouvait être sauvé, de sauver ce qui pouvait l'être.

« Elle devra répondre de ses actes, inspectère…

– Je ne veux pas qu'elle se retrouve en prison…

– Et la Justice, inspectère, qu'est-ce que tu fais de la Justice ?…

– Je… je ne vais pas supporter qu'elle se retrouve en prison…

– Alors qu'est-ce que tu vas faire pour cela, inspectère ?! Cacher des preuves, effacer des indices, mentir, raconter n'importe quoi, bafouer ton Honneur, salir la Vérité ?… Que fais-tu de la Sincérité, inspectère ? Et que fais-tu de la Vérité ? Et que fais-tu de l'Estime que l'on doit avoir de soi-même ? Tu vas la sauver à n'importe quel prix et sombrer dans l'abîme ?!…

– Elle est trop jeune…

– La Vérité n'est pas une affaire d'âge, la Vérité est une lumière !

– Trop jeune… Trop jeune pour finir en prison… »

Le monstre gronda qu'il ne fallait pas la sortir de ses responsabilités, que Caroline était une enfant en souffrance, d'accord, mais que la Karo devait, à un moment ou à un autre, sentir le tranchant de l'autorité et la larel du maintien de soi et de la dignité ! Ce à quoi le commandant de police répondit qu'il s'en chargerait lui-même, et qu'il fallait lui accorder cette chance…

« *Summum jus, summa injuria…* » murmura-t-il en désespoir de cause.

En achevant cette phrase, il réalisa que dans chacun de ces mots, venus du plus profond, il avait supplié.

LA PETITE CROIX – Ils roulèrent ensemble, en silence, dans la petite japonaise qui se faufilait dans les ruelles et les passes les plus discrètes. Le tueur, depuis la fin de sa confession, n'avait plus dit un mot. Le commandant, dévasté à l'idée de ce que pouvait vivre sa fille, ne dit pas un mot lui non plus. Il pensait à ce qu'il venait de découvrir : *ce que pouvait être un tueur*. Il avait tout lu sur les psychopathes, les malades et les monstres inhumains, mais aucun des exemples étudiés ne prenait la consistance troublante de celui qu'il avait découvert cette nuit-là. Et surtout, il n'avait jamais imaginé que quelque chose de lui-même pouvait exister en monstrueux, avec une telle concordance et une telle précision. *Il se sentait proche du monstre !* Il comprenait ses douleurs, vivait ses émotions, partageait ses interrogations. Il prenait la mesure de ce qui constituait des égarements terribles et qui se fondait sur ce que nous envisageons de plus honorable et de plus juste.

Cet homme était un monstre, ce monstre était son frère ! Il le regarda intensément, comme s'il le découvrait pour la toute première fois.

Puis, pour la première fois depuis leur effrayante rencontre, il murmura son nom : « Hypérion Victimaire… Hypérion… », mais aucun souffle ne sortit de sa gorge.

Le commandant de police Éloi Éphraïm Évariste Pilon essayait d'imaginer aussi comment il sortirait sa Caroline de ce mauvais pas. Aucune idée ne lui venait. Les faits étaient effrayants et son degré d'implication absolument impardonnable. Avant tout, il tenait à la retrouver vivante, la voir vivante, l'avoir vivante, alors il aviserait. Il fut parfois bouleversé à l'idée de se retrouver dans une intervention commune avec un tueur, lui le policier intègre et impeccable, mais tout cela était désormais brouillé : le bien n'était pas au nord, ni en haut ; le mal n'était pas au sud, ni en bas. Ils étaient en fait nulle part, juste comme le vent qui allait et venait, emmêlait les parfums et les douleurs, les levers de soleil et les longs crépuscules, l'odeur d'algue de l'iode et les épouvantes des cadavres qui pourrissent. Cette idée, sans doute pour une toute dernière fois, le fit pleurer.

Quand ils parvinrent au quartier Pont-de-Chaînes où se trouvait la cache, là où les Anglais retenaient le bad boy et la Karo, Hypérion Victimaire sortit son arme et mit en joue le commandant de police. Il le força à se passer ses propres menottes, les accrocha à la poignée de la porte. Il était préférable, expliqua-t-il, de ne pas se mêler à ce qui allait venir, que c'était l'affaire de l'Archange. Le policier se devait de rester du côté de la Dignité, de la Justice, de l'Autorité et de la Lumière. « La Lumière, inspectère, jamais la perdre de vue, jamais fermer les yeux pour en perdre une seconde, la voir toujours et même quand il fait nuit !… »

Puis, il se tut en sanglotant.

Quand il retrouva la force de s'exprimer, ce fut pour dire d'une voix faible, d'une voix d'enfant, que ce qui s'était produit de pire cette nuit-là c'est que… *l'Archange était parti !* Il lui était impossible de savoir à quel moment il s'en était allé, mais il était parti, et ce départ était définitif.

« J'ai voulu me convaincre qu'il était encore là, inspectère, avec ses forces, sa puissance invisible, la fulgurance de son latin que j'ânonnais de plus en plus souvent et de manière de plus en plus incompréhensible, mais je sais maintenant qu'il n'est plus là, et qu'il ne me reste plus que le souvenir, inspectère, le souvenir de la lumière, mais elle est très lointaine… »

Le commandant de police pleura à l'idée de ne pas pouvoir se porter au secours de sa fille. Il essaya rageusement d'arracher la poignée de portière à laquelle il avait été menotté. Il dut se rendre à l'impuissance et regarder Hypérion Victimaire ouvrir le coffre, s'accrocher plein de choses luisantes à la taille et à chacune de ses épaules, puis se diriger d'une démarche aérienne en direction de la cache. Une vieille case à l'arrière d'un dancing désaffecté, juste dans une touffe de broussailles et de débris qui s'accumulaient à l'en-bas d'une falaise. Le commandant de police vit la porte de la case exploser, et Hypérion Victimaire plonger à l'intérieur. Le reste fut une incroyable succession de cris, de coups, de frappes, de tirs d'armes à feu, de délires d'agonie et de hurlements de treize sortes de souffrances. Cela ne dura que trois minutes. Un long silence régna alors durant plus de quinze minutes qui parurent interminables au commandant de police. Puis, il vit sortir Hypérion Victimaire.

L'homme poussait devant lui sa Caroline, laquelle soutenait le jeune Alexis Balthazar ensanglanté, et à moitié conscient. Derrière eux, la case s'était soudainement enflammée, comme si un poumon infernal en activait la combustion. Hypérion Victimaire fit monter les deux jeunes à l'arrière de la japonaise. Il conduisit en silence sans qu'un mot ne soit prononcé durant tout le trajet. Éloi Éphraïm Évariste Pilon se retourna vers sa fille pour lui demander si elle allait bien, mais il la découvrit blafarde, décomposée par ce qu'elle venait de vivre. Les deux jeunes regardaient Hypérion Victimaire comme s'il s'était agi d'une calamité vivante. Pour ne pas le voir, ils préféraient fermer les yeux, et serrer les paupières. Dans l'espoir de combler la gêne insoutenable qui régnait dans la petite japonaise, le commandant de police demanda combien de personnes se trouvaient dans la cache.

« L'Anglais n'était pas seul, ils étaient cinq, répondit Hypérion Victimaire.

– Et que leur avez-vous fait ?

– J'ai libéré le souvenir de l'Archange, mais ce souvenir était très loin. »

Éloi Éphraïm Évariste Pilon préféra ne pas imaginer ce que cela signifiait, et se perdit dans de sombres pensées concernant l'avenir de sa pauvre Caroline.

Hypérion Victimaire gara la petite japonaise à quelques mètres de sa DS obscure. Il prit le temps de transférer ses outils dans son coffre, le geste lent, le pas très lourd, puis il ouvrit la portière pour libérer le commandant de police, lui souhaiter bonne chance. Il se pencha vers le jeune Alexis Balthazar terrifié pour lui demander de saisir son ultime chance, que la vie n'en offrait pas beaucoup, et qu'il était rare qu'elle daigne doubler la mise ; puis à la Karo, de sa voix d'outre-tombe, il expliqua que son papa l'aimait, que cet amour n'était qu'une souffrance, mais qu'il était venu la chercher, de tout son cœur, de toute son âme, et que la vie lui offrait là, ce soir, une ultime *possibilité* qu'il lui fallait saisir. Il leur demanda d'une voix lasse s'ils l'avaient bien compris. Ce à quoi les enfants répondirent « oui », avec les yeux fermés, en tremblant d'épouvante. Hypérion Victimaire demanda alors au bad boy de tendre son bras gauche, ce que le jeune fit en se liquéfiant de terreur. Le tueur sortit un couteau étincelant et y traça une petite croix. Il fit de même sur le bras de la Karo qui le regardait les yeux exorbités, décomposée et grelottante. Les englobant d'un regard sidéral, il leur dit en murmurant que ces croix étaient le signe indélébile de leur promesse, et que s'ils ne la tenaient pas, lui, Hypérion Victimaire, reviendrait pour les reprendre, avec le bras sans doute, et l'épaule, et une bonne partie de leur peau, de leur chair. Enfin, il fixa sur le commandant de police ses pupilles insondables : « Mon père n'a jamais été un bon père, ce qu'il me faisait en m'écartelant de toute sa puissance n'est pas ce que doit faire un vrai père à son fils, je le lui ai dit quand je l'ai trouvé mort dans la DS, je le lui ai répété quand je l'ai châtié dans les grands bois jusqu'à ce qu'il ne reste rien de son cadavre, et je l'ai répété à toute force quand j'utilisai la totalité de son sang pour nourrir le cuir, le beau cuir rouge de sa DS… » Puis, Hypérion Victimaire s'éloigna d'un pas traînant, dépourvu de toute grâce, et disparut dans la noire silhouette de son antique automobile qui elle-même, sans bruit et sans couleur, se dilua lentement dans l'abîme de la nuit…

Quand elle fut certaine qu'il avait disparu, Caroline sortit de la japonaise, la contourna et vint se jeter dans les bras de son père. Alexis Balthazar, lui, effondré sur le siège arrière, pleurait comme le plus tendre des enfants de ce monde. Ce qu'il advint ensuite n'a pas grande importance, tout comme il n'est d'aucune importance de savoir si quelque procédure judiciaire parvint à démêler dans toute cette merde ce qui relevait du bien, ce qui tenait du mal, ce qui était juste de ce qui ne l'était pas, et on se moque bien de savoir de quel côté se situait le héros de l'affaire, c'était sans doute celui qui avait le plus souffert, ou alors qui s'était rapproché le plus des contradictions irrésistibles de l'humaine perdition. Gardons juste le frémissement de ce sillage barbare, paupières ouvertes, et sans ciller, sur ce que la vie elle-même nous signale d'impensable par de brusques plongées dans ces enfers où l'écriture nous mène, sans jamais, je l'espère, nous y laisser crever.

Favorite, le 10-06-2012

DU MÊME AUTEUR

Manman Dlo contre la fée Carabosse
Éditions caribéennes, 1982

Chronique des sept misères
prix Kléber Haedens 1986
prix de l'Île Maurice 1986
prix international francophone Loys-Masson 1987
Gallimard, 1986
et « Folio », n° 1965

Au temps de l'antan
Grand Prix de la littérature de jeunesse 1988
Hatier, 1988

Solibo Magnifique
Gallimard, 1988
et « Folio », n° 2277

Antan d'enfance
prix Carbet de la Caraïbe 1990
Hatier, 1990
Gallimard, 1994, 1999
et « Folio », n° 2844

Lettres créoles
Tracées antillaises et continentales
de la littérature (1635-1975)
(avec Raphaël Confiant)
Hatier, 1991
et « Folio Essais », n° 352

Martinique
X. Richer, 1991

Texaco
prix Goncourt 1992
Gallimard, 1992
et « Folio », n° 2634

Chemin-d'école
Gallimard, 1994, 2012
et « Folio », n° 2843

Guyane, traces-mémoires du bagne
(photographies de Rodolphe Hammadi)
Éditions du patrimoine, 1994

L'Esclave vieil homme et le Molosse
Gallimard, 1997
et « Folio », n° 3184

Écrire en pays dominé
Gallimard, 1997
et « Folio », n° 3677

Elmire des sept bonheurs
Confidences d'un vieux travailleur de la distillerie Saint-Étienne
(photographies de Jean-Luc de Laguarigue)
Gallimard, 1998

Émerveilles
Peintures de Maure
Gallimard-Jeunesse, 1998

Tracées de mélancolies
(photographies de Jean-Luc de Laguarigue)
Traces, 1999
repris sous le titre
Métiers créoles : tracées de mélancolie
Hazan, 2001

Cases en pays mêlés
(photographies de Jean-Luc de Laguarigue)
Traces, 2000
repris sous le titre
Cases des îles pays-mêlés
Hazan, 2001

Biblique des derniers gestes
prix spécial du jury RFO 2002
Gallimard, 2002
et « Folio », n° 3942

Livret des villes du deuxième monde
Éditions du patrimoine, 2002

Les Bois sacrés d'Hélénon

(avec Dominique Berthet)
Dapper, 2002

Le Commandeur d'une pluie

(illustrations de William Wilson)
Gallimard Jeunesse, 2002

À bout d'enfance

Gallimard, 2005
et « Folio », n° 4430

Une enfance créole

3 volumes
Gallimard, « Folio », 2006

Un dimanche au cachot

prix du livre RFO 2008
Gallimard, 2007
et « Folio », n° 4899

Trésors cachés et patrimoine naturel de la Martinique vue du ciel

(photographies d'Anne Chopin)
HC, 2007

Les Neuf Consciences du Malfini

Gallimard, 2009
et « Folio », n° 5160

Encyclomerveille d'un tueur
vol. 1. L'Orphelin de Cocoyer Grand-Bois

scénario de Patrick Chamoiseau
illustrations et couleur de Thierry Ségur
Delcourt, 2009

Le Déshumain grandiose

Gallimard, « Folio », 2010

Le Papillon et la Lumière

Philippe Rey, 2011

L'Empreinte à Crusoé
Gallimard, 2012
et « Folio », n° 5644

Césaire, Perse, Glissant
Les Liaisons magnétiques
Philippe Rey, 2013

Veilles et merveilles créoles
Contes du pays martiniquais
(illustrations de Giorgia Grippo Belfi)
Square, 2013

La Matière de l'absence
Seuil, 2016
et « Points Signatures », n° P4725

Frères migrants
Seuil, 2017
et « Points », n° P4809

Contes des sages créoles
Seuil, 2018

RÉALISATION : NORD COMPO À VILLENEUVE-D'ASCQ
IMPRESSION : CPI FRANCE
DÉPÔT LÉGAL : OCTOBRE 2018. N° 138498 (3029959)
IMPRIMÉ EN FRANCE